MEIKUANG DIANGONG
ANQUAN PEIXUN DUBEN

周孟然　主编

煤矿电工
安全培训
读本

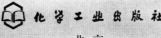

化学工业出版社

·北京·

图书在版编目（CIP）数据

煤矿电工安全培训读本/周孟然主编，—北京：化学工
业出版社，2009.1
ISBN 978-7-122-04210-1

Ⅰ．煤…　Ⅱ．周…　Ⅲ．煤矿-矿山电工-安全技术-基
本知识　Ⅳ．TD608

中国版本图书馆 CIP 数据核字（2008）第 183611 号

责任编辑：刘　哲　　　　　　　文字编辑：孙凤英
责任校对：李　林　　　　　　　装帧设计：韩　飞

出版发行：化学工业出版社（北京市东城区青年湖南街 13 号　邮政编码 100011）
印　　刷：北京市振南印刷有限责任公司
装　　订：三河市宇新装订厂
850mm×1168mm　1/32　印张 9　字数 240 千字　　2009 年 3 月北京第 1 版第 1 次印刷

购书咨询：010-64518888（传真：010-64519686）　售后服务：010-64518899
网　　址：http：//www.cip.com.cn
凡购买本书，如有缺损质量问题，本社销售中心负责调换。

定　　价：22.00 元

前　言

煤矿生产由于受到瓦斯、水、电、火、煤尘、顶板等灾害的威胁，加上煤矿自然条件和生产条件都很复杂，所以搞好煤矿安全生产是保障国家财产和人民群众生命安全的一件大事，它关系到国民经济的发展和 社会的稳定。随着我国社会主义市场经济体制的发展，煤炭工业面临着良好的发展机遇，煤炭企业正在向高产、低耗、安全和集约化生产方向发展。但是，煤炭企业安全生产形势仍较为严峻：一方面，煤矿开采深度正在不断加深，生产条件更加复杂化；另一方面，一些煤炭企业仍然存在着盲目追求最大经济效益、不重视安全生产的行为。因此，依法加强对煤矿企业安全生产的监察，加强煤矿安全人员专业基本知识和基本技能的培训，并通过培训全面提高煤矿企业从业人员的安全素质，提高他们上岗后安全生产和处理实际问题的能力，是摆在煤炭行业人员面前迫在眉睫的任务。针对煤炭行业电工安全培训资料缺乏的现状，在教材编写中以电气安全方面的知识为主，内容覆盖面广，基本上保证了知识的系统性和连贯性，力求浓缩、精炼，突出针对性、典型性和实用性。

本书从生产实际出发，力图为生产一线的工作人员提供电气安全技术服务，对分析、使用和维护电气设备的方法、经验作了归纳和总结，并介绍了国家对煤矿供电系统的要求，对煤矿电工基本技能的要求，以及煤矿电气安全和矿井监控的基本原理、要求和监察方法等。全书共分为六章，主要内容包括煤矿供电与安全基础知识、井下低压电网的三大保护、防爆电气设备、基本技能操作、矿井安全监控以及电工井下事故预防。本书可供煤矿电工进行安全资格培训与自学使用，也是各类煤矿安全人员上岗后不断巩固、提高安全生产知识的工具书，同时，也可供基层机电管理人员、工程技术人员及大专院校的师生参考。

本书在编写过程中，得到了相关煤炭企业同行的大力支持，因此，它的出版是各级领导、全体编写人员、审稿人员以及提供资料的单位共同努力的结果，也凝聚着煤炭系统广大职工共同的智慧与结晶，在此向他们表示衷心的感谢。

本书的编写组织工作有相当的难度，加之时间仓促，水平有限，书中疏漏之处在所难免，恳请各使用单位和读者提出宝贵意见和建议。

编者

目 录

第一章 煤矿供电与安全基础知识

第一节 煤矿供电系统

一、矿井供电系统的有关规定

由矿井地面变电所、井下中央变电所、采区变电所、工作面配电点按照一定方式相互连接起来的一个供电整体，称为矿井供电系统。大型矿井一般采用三级供电方式，即地面变电所、井下中央变电所、采区变电所。而中小型矿井一般采用二级供电方式，即地面变电所、采区变电所。

《煤矿安全规程》规定：矿井应有两回路电源线路。当任一回路发生故障停止供电时，另一回路应能担负矿井全部供电负荷。年产 60000t 以下的矿井采用单回路供电时，必须有备用电源；备用电源的容量必须满足通风、排水、提升等的供电要求。

矿井的两回路电源线路上都不得分接任何负荷。

正常情况下，矿井电源应采用分列运行方式，一回路运行时另一回路必须带电备用，以保证供电的连续性。

10kV 及其以下的矿井架空电源线路不得共杆架设。

矿井电源线路上严禁装设负荷定量器。

《煤矿安全规程》规定：两回路电源线路应分别来自电力网中两个不同区域的变电所或发电厂。如实现这一要求确有困难时，则必须分别引自同一区域变电所或发电厂的不同母线段。两个电源之间相互独立，发生任何一种故障时，线路不得同时受到损坏，至少应有一个电源不中断供电，并能担负矿井全部负荷。

正常情况下，矿井电源采用分别运行方式是为了减少线路的电压损失和能量损失。正常工作时矿井的两回路电源应同时运行，当某一回路出现故障而导致矿井一段母线停电时，矿井的另一段母线仍然有电，保证该段母线上重要负荷连续运行，其他重要负荷可通过双回路倒闸操作迅速恢复供电，减少停电造成影响的时间和范围，以满足矿井供电的连续性。

对井下水平中央变（配）电所、主排水泵房和下山开采的采区排水泵房供电的线路，不得少于两回路。当任一回路停止供电时，其余回路应能担负全部负荷。

主要通风机、提升人员的立井绞车、抽放瓦斯泵的主要设备房应各有两回路直接由变（配）电所馈出的供电线路；受条件限制时，其中的一回路可引自上述同种设备房的配电装置。上述供电线路应来自各自的变压器和母线段，线路上不应分接任何负荷。

井下各级配电电压和各种电气设备的额定电压等级应符合下列要求：

（1）高压，不超过 10000V；

（2）低压，不超过 1140V；

（3）照明、信号、电话和手持式电气设备的供电额定电压，不超过 127V；

（4）远距离控制线路的额定电压，不超过 36V。

采区电气设备使用 3300V 供电时，必须制定专门的安全措施。

36V 电压为煤矿井下安全电压的有效值。安全电压是为防止触电事故而采用的由特定电源供电的电压系列。这个电压的上限值，在正常和故障情况下，任何两导体间或任一导体与地之间均不得超过交流有效值 50V。

在全国各行各业中，环境条件、使用条件各有差异，所以对安全电压值要求有所不同，为适应不同条件，满足各行业各地区的要求，在交流有效值 50V 这个上限值之下，分为 42V、36V、24V、12V、6V 五个安全电压等级。42V 适用于有触电危险场所的手持电动工具等用电设备上；36V 或 24V 适用于手持行灯、高度不足

2.5m 的照明灯、矿井等危险环境；12V 适用于金属容器内特别潮湿、特别危险环境；6V 适用于水下作业的场所。

二、供电系统接线方式

供电系统接线是指由各种电气设备及其连接线构成的电路，其功能是汇集和分配电能。

接线中的母线又称汇流排，它实质上是电源线路或变压器与多个用户馈出线的连接处，表现为电路中的一个节点，起集中和分配电能作用。

系统或网络结构的基本方式有放射式、干线式和环状式。

1. 放射式

(1) 单回路放射式　如图 1-1(a) 所示。适于向三级或二级小负荷或某些专用设备供电。这种接线方式的优点是系统简单，运行维护方便；缺点是使用的开关、线路多，供电可靠性较差。

(2) 双回路放射式　根据所含电源数目，双回路放射式又分为单电源双回路和双电源双回路两种。

单电源双回路放射式接线方式如图 1-1(b) 所示。在这种方式中，从一段母线上并列引出两回路线路，且每回路均由单独的开关控制。这种接线适用于二级负荷。例如在由一路电源供电的采区变电所中，它的两台变压器低压侧采用分段母线。正常情况下分列运行，当一台变压器维修或故障时，接通母线联络开关，由另一台保证采区的重要负荷供电，或维持必要的生产设备供电。

与单回路放射式相比，由于双回路放射式只有两个独立可控的回路，故其可靠性自然要高（电源故障情况除外）。此外，这种接线要比单回路放射式有较好的灵活性，它既可采用双回路同时运行方式，使线路上的功率、电压损失减小，又可采用一回路工作、另一回路备用运行方式，使两回路互为备用。

双电源双回路放射式接线方式如图 1-1(c) 所示。在这种方式中，从两段母线上各引出一回路线路对用户供电。这种接线方式适用于具有较大容量或一级负荷的供电点，比如图 1-1(c) 中的主通

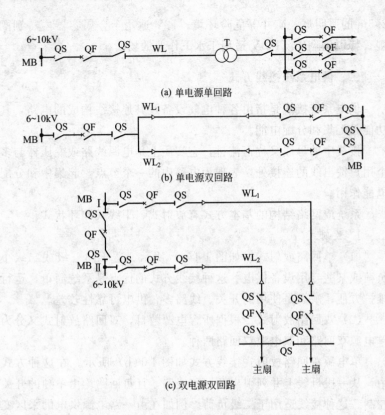

(a) 单电源单回路

(b) 单电源双回路

(c) 双电源双回路

图 1-1　放射式接线

MB—母线；QS—隔离开关；QF—断路器；

WL—电源线路；T—电力变压器

风机。由于该方式具有两回路电源，故较前述两种方式在可靠性上有了进一步的提高，即当任何一回路线路或电源发生故障时，供电均不会中断。至于在负荷侧接线中的进线与母线分段开关是采用断路器还是隔离开关，要根据用户点负荷出线数量及性质而定。比如在图 1-1(c) 中，由于主通风机不属于瞬时不能停电的矿山电力设备，故其配电母线可采用隔离开关分段，进线开关为断路器。在一回路线路故障时，能使其两侧开关均自动切断，投入母线分段隔离开关，由另侧电源线路连续供电。

2. 干线式

干线式接线分直接连接 [图 1-2(a)] 与贯穿连接 [图 1-2(b)] 两种。

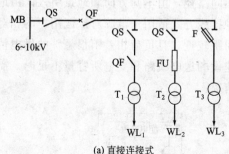

(a) 直接连接式

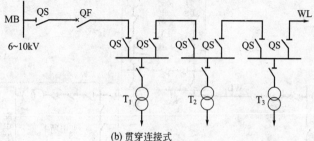

(b) 贯穿连接式

图 1-2　干线式接线

MB—母线；QS—隔离开关；QF—断路器；WL—电源线路；
T—电力变压器；FU—熔断器；F—跌落式熔断器

直接连接的接线方式是从一路高压配电干线上直接引出分支线向用户供电，其分支线数一般不超过 5 个，且配电变压器容量不宜超过 3000kV·A。它一般适用于架空线上对三级负荷分散用户配电，也适用于井下线路对多台工作面巷道输送机的供电。

与放射式接线相比，直接连接干线式具有回路少、能使高压配电装置数量减少、造价低等优点。但是，当公用的干线发生故障时，全部干线上的负荷供电均中断，故其可靠性差。

贯穿连接式接线方式的备用变电所呈串接形式。由于在连接各用户干线的进出两端均采用了隔离开关，故有可能减少因一段干线故障而引起的停电范围。

3. 环状式

环状式接线方式如图 1-3 所示，线路将电能从两段母线或同一电源引出，经过不同路径，由不同方向和地点引入矿山地面变电所或某负荷点。此种接线方式适用于电源对矿区用户的相对位置居中或较远，而用户间距较近，且负荷相差不很悬殊的供电情况。特别是适用于当初期建设的送电线路和变电所容量不足时，需在其他位置新建变电所的情况。

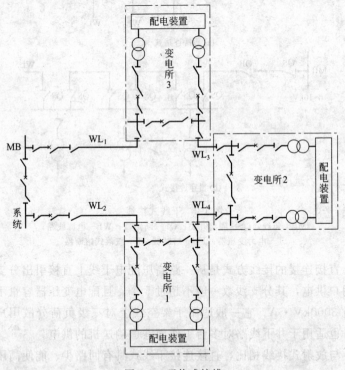

图 1-3　环状式接线

MB—母线；WL—电源线路

三、供电系统

矿井供电方式取决于矿区范围、矿层埋藏深浅、井下涌水量大小、井型大小、采煤方法、机械化程度等因素。典型的矿井供电系统主要有深井、浅井、平硐三种,下面分述它们的构成和特点。

1. 深井供电系统

对于矿层埋藏深、倾角小、采用立井和斜井开拓、生产能力大的矿井,多采用如图 1-4 所示的供电系统,它属深井供电系统。

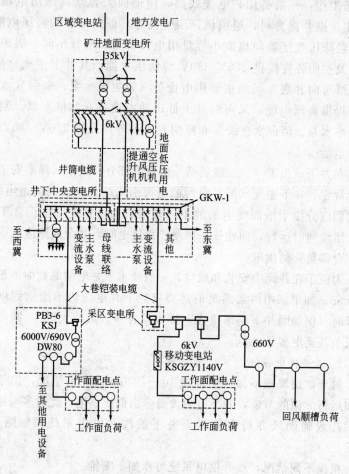

图 1-4 典型的深井供电系统

在图 1-4 所示的供电系统中，6kV 高压电能从矿山地面变电所的母线引出，先由沿井筒敷设的铠装电缆传送至井下主变（配）电所，再送到采区变电所或移动变电站降压，所得 660V（或 380V）、1140V 低压电能再经采掘工作面配电点，向采区机械等设备供电。

在深井供电系统中，地面变电所既可直接经分段母线配出两条（一条工作，一条备用）电缆线路，向地面大容量高压用电设备（如主、副井提升机，通风机，压气机等）提供可靠的高压电能，又可经降压变压器向地面小容量用电设备（如机修车间、锅炉房等）及照明装置提供 220V/380V 的低压电能。其井下主变（配）电所既可向井底车场的主要用电设备（如主排水泵、牵引变流所等）提供高压电能，又可向井下低压动力设备（如推车器、翻车器、小水泵、清理水仓绞车和照明变压器等）提供 220V/380V 的低压电能。

在井下，由于一、二级负荷一般占大部分，故依《煤矿安全规程》规定，井下主变（配）电所的电源引入线至少要用两条电线，且它们应分接于地面变电所的不同母线段上；并使得在正常工作时，诸段同时运行，而在任一回路停止供电时，其余回路应能承担井下全部负荷的供电。

为便于在井筒中安装和敷设，一般要求下井电缆的截面不超过 120mm。如果采用两条满足前述要求的下井电缆仍不能达到供电要求时（例如因井下涌水量大、排水设备多、负荷大时），则可采用三条甚至更多条电缆。

2. 浅井供电系统

对于矿层埋藏不深（距地表 100～200m 内）的情况，出于经济和运行方便的考虑，井下电力设备多由低压供电，此时多采用借助钻孔或辅助风井将电能送至井下的浅井供电系统，如图 1-5 所示。

根据不同情况，浅井供电系统可作如下安排。

（1）对于采区距井底车场较远（超过 2km）、井下负荷小、涌

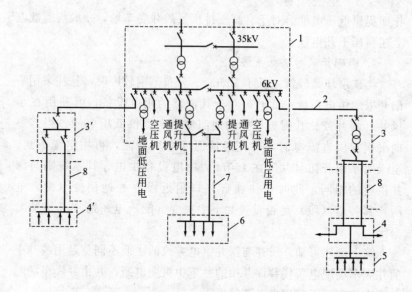

图 1-5 浅井供电系统

1—矿井地面变电所；2—电源进线；3—变电亭；4—采区变电所；5—工作面配电点；
6—井底车场配电所；7—井筒；8—钻眼；3′—配电所；4′—采区变电所

水量不大的矿井，可先经架空线路，将 6～10kV 高压电能由地面
变电所送予与采区位置相应的地面变电亭（或移动变电亭）；经该
亭降至 380V 或 660V 后，再借沿钻孔敷设的低压电缆，向井下该
区变电所供电。此时，对井底车场的低压用电，可直接由地面变电
所的低压母线提供。对于短期内并不计划进行深部开采的矿井，也
可采用浅井供电系统。

（2）当采区负荷小而井底车场负荷大时，对井底车场的供电，
可借沿井筒敷设的高压下井电缆提供，而对采区的供电，则可借沿
钻孔套管敷设的低压下井电缆提供。

（3）对于采区巷道很长、负荷又大，有时不能靠由地面变电亭
送低压电至采区工作面，保证正常电压的情况，可先经高压架空线
路，将电能送至与采区地面位置相应的配电点，并借经钻孔敷设的
高压电缆，向井下该区变电所供电，然后再由该变电所降压，向工

作面提供低压电能。对于有高压排水泵的井底车场，一般均需敷设上述高压下井电线。

3. 平硐开采的供电系统

当矿层埋藏较浅（低于100m）、分布范围较广时，往往采用平硐开采的供电系统。此时，对于其深部的用电设备，可利用在小风井、斜井或钻孔附近设置的地面变电亭提供低压电能。当需要向平硐提供直流电时，可先经地面变电所整流，再用电缆下送。至于对平硐开拓且井深在150m的用电设备供电，其系统则与深井供电的相同，此时往往在盲井口附近设立一地面变（配）电所，其各道（段）是否设置井下中央变（配）电所需视具体情况而定。

综上所述可知，浅井与深井供电方式的主要不同点是用浅井中的井底车场配电所代替深井中的井下中央变电所，并由井底车场配电所直接向附近的用电设备供电。

（1）采用钻孔敷设电缆的优点

① 将由矿井地面变电所至采区变电所的电缆线路换成可靠的架空线路，节约了有色金属和投资。

② 井下巷道中没有高压电缆，使人员和设备更加安全。

③ 减少了井下变电所硐室的开拓量。

④ 在有瓦斯、煤尘爆炸危险的采区中，由于将变电亭设在地面，使防爆高压配电箱和矿用变压器的用量达到了最低限度。

（2）钻井敷设电缆的缺点

①需要进行钻孔、下套管工作，且套管不能回收。

②需要架设高压架空线，修建变电亭。

③冬季施工和维护困难。

当将采区变电所设在地面时，如变压器容量小于 $180kV \cdot A$，则可将其装在钻孔附近的木杆上，如图1-6所示。若超过这个容量，则可将其装在专用的变电亭内。

根据有关规程规定，对"经由地面架空线路引入井下的供电线

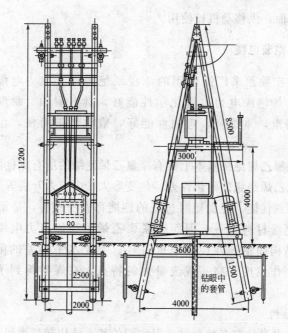

图 1-6 地面变电亭 单位：mm

路（包括电机车架线），必须在入井处装设避雷装置"，以免其遭雷击和引起井下电火灾害，且在具体施工时，线路两端均需装设避雷装置，其型号以管型的为宜。

由变电亭向井下敷设的电缆要穿过内径为 120～150mm 的钢管。为承担电缆的重量，要将每条电缆与吊挂它用的钢丝绳绑在一起。根据开采程序及矿层结构，有时也分别在先期或后期采用深、浅井两种不同的供电方式。

第二节 矿用电缆及故障探测

煤矿井下常用的动力电缆主要有铠装电缆（油浸纸绝缘、聚氯乙烯绝缘、交联聚乙烯绝缘）和橡套电缆等类。铠装电缆主要在井筒和巷道中，作井下输电干线向固定设备供电用；橡套电缆主要在采掘工作面，供移动机械使用。

一、铠装电缆

在煤矿除原来广泛使用的油浸纸绝缘铅套电力电缆外，因为聚氯乙烯绝缘电力电缆化学性能好，具有耐油、耐酸碱、不延燃等特点，重量轻，弯曲性能好，敷设维护简便，也得到推广使用。

交联聚乙烯绝缘基本上具有聚氯乙烯绝缘的所有优良性能，克服了聚氯乙烯绝缘的耐热性差、热变形大、内应力开裂等方面的缺陷，耐溶剂性能、经受短时过载的性能都有所改善，是最有发展前途的绝缘材料之一，因而交联聚乙烯绝缘以电力电缆绝缘性能好、结构简单、外径小、重量轻、不受水平落差的限制、长期允许工作温度较高、载流量大的特点，在煤矿得到了广泛的应用。

1. 结构

铠装电缆虽有多种型号，但它们的基本结构却都类似。现以油浸纸绝缘铠装电缆为例说明，其结构如图 1-7 所示。

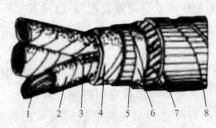

图 1-7　铠装电缆结构

1—铜（铝）绞线；2—相间绝缘层；

3—黄麻填料；4—统包纸绝缘层；

5—铅包层；6—纸衬垫；

7—黄麻护层；8—铠装

在图 1-7 中，1 为铜或铝绞线制成的主芯线，三根截面相同的芯线用来输送三相电能；2 为浸油绝缘纸构成的相间绝缘层，其层厚随额定电压的升高而加大；3 为黄麻填料，它既可保证电缆成缆后为圆形，又可存储绝缘油；4 是统包纸绝缘层，为了增加相线对地的绝缘；5 是铅包层，可防止潮气进入纸绝缘层而降低绝缘水平，同时与铠装一起作为接地线；6 是纸衬垫，用来保护铅或铝包层不受空气和水的腐蚀；7 是用沥青浸过的黄麻护层，作用是避免铠装和铅或铝包之间互相摩擦而使铅或铝包损坏；8是钢丝或带构成的铠装，其作用是承受机械力不致使电缆碰伤。铠装外部通常缠有浸过焦油的黄麻层，借以保护铠装不受侵蚀，由于这层为易燃物，故在井下硐室或木支架的井巷中敷设此类电缆时，必须将该层剥除，涂上防腐漆。

由于裸钢带（或钢丝）铠装电缆的防腐性差，故近年来生产出了内铠装电缆，即在上述铠装外再加一层聚氯乙烯护层，这样既能解决防火问题，又解决了防锈蚀问题，同时，在安装和搬迁时还可避免沥青污染的问题。

2. 型号及使用场所

常用矿井铠装电缆的型号及其使用场所见表1-1。

表 1-1　矿井常用动力电缆的型号及使用地点

型号	结　　构	使 用 地 点
ZQ_{20}	铜芯油浸纸绝缘铅包裸钢带铠装	45°以下及水平巷道有可燃性支架的场所及硐室
ZLQ_{20}	铝芯油浸纸绝缘铅包裸钢带铠装	45°以下及水平巷道有可燃性支架的场所及硐室，但应符合铝芯电缆在井下使用范围，一般可用于井下主变电所
ZQP_{20}	铜芯滴干纸绝缘铅包裸钢带铠装	在高差不大于100m的45°以下的井巷中
ZQP_{30}	铜芯滴干纸绝缘铅包裸细钢丝铠装	在高差不大于100m的45°以下的井巷中
ZQP_5	铜芯滴干纸绝缘铅包裸粗钢丝铠装	能承受相当的拉力，用于井筒中
ZQD_{30}	铜芯不滴流铅包裸细钢丝铠装	垂直或45°以上的井巷中，垂高不限
ZQD_5	铜芯不滴流铅包裸粗钢丝铠装	深井井筒作下井电缆
YJV_{59}	铜芯交联聚氯乙烯绝缘，聚氯乙烯护套内粗钢丝铠装	深井井筒作下井电缆
VV_{22}	铜芯聚氯乙烯绝缘，聚氯乙烯护套内钢带铠装	水平或45°以下巷道

表1-1中的型号代表着电缆的结构特征。例如 ZQ_{22}-3×95-6-250，说明该种电缆是三芯的黏性油浸纸绝缘铜芯铅套钢带铠装聚

氯乙烯套电缆，其截面积为 95mm^2，工作电压为 6kV，长度为 250m。

二、橡套电缆

橡套电缆型号较多，基本上有普通型和屏蔽型两类。

1. 普通橡套电缆

矿用橡套电缆有 4、6、7、8、11 芯等类，它们均以 3 根粗线作三相动力芯线，1 根细线作接地用，4 芯以上电缆的其余芯线都用作控制芯线。先以 4 芯矿用橡套电缆为例说明，结构见图 1-8。

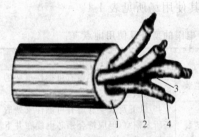

图 1-8　矿用橡套电缆结构示意图
1—芯线；2—热绝缘混合胶套；
3—橡胶芯子；4—橡皮护套

由图 1-8 可知，普通橡套电缆的芯线 1 是用铜质多股导线绞成，每根芯线外都包有一层着色热绝缘混合胶套 2，作为芯线间的绝缘，并借黑、白、红、蓝、绿等颜色互相成形，又可避免芯线受机械损伤，衬垫好的芯线外面以橡皮护套 4 压紧，作为绝缘和保护层。

根据护套材料的不同，橡套电缆有可燃型、非延燃型和加强型三种。可燃型的护套用易燃的天然橡胶制成，它起绝缘、抗磨和防腐作用。非延燃型电缆的护套用氯丁橡胶制成，它除起上述作用外，由于这种材料在燃烧时产生的气体可使火焰与空气隔绝，故还可起到不使火势蔓延的作用，适于在有沼气、煤尘爆炸危险的场所使用。加强型电缆的护套中夹有镀锌软钢丝之类的材料，因此它要比前两种类型护套的抗机械损伤能力强，尤其适用于各种采掘机械设备的电气连接。

橡套电缆的型号及其使用场所如表 1-2 所示。矿用橡胶电缆和铜芯聚氯乙烯电缆的主要技术数据见表 1-3。

表 1-2 矿用橡套电缆的型号及使用场所

型 号	名 称	使用场所
UG	矿用高压橡套电缆	采区变电所至移动变电站
UGF	矿用高压氯丁橡胶护套电缆	采区变电所至移动变电站
UGSP	矿用监视型双屏蔽高压橡套电缆	采区变电所至移动变电站
UCP	采掘机械用屏蔽橡套电缆	各种采掘机械
UC	采掘机械用橡套电缆	各种采掘机械
UP	矿用移动屏蔽橡套电缆	各种移动电气设备
U	矿用橡套电缆	各种电气设备及采区动力线路
UCPQ	千伏级采煤机用屏蔽橡套电缆	采煤机用
UCPJQ	千伏级采煤机用加强型屏蔽橡套电缆	采煤机用
UPQ	千伏级矿用移动屏蔽橡套电缆	千伏级各种电气设备
UZ	矿用电钻电缆	电钻及控制信号线
UM(UMP)	矿灯电缆	

表 1-3 矿用橡套电缆和铜芯聚氯乙烯电缆主要技术数据

型号		芯数×截面/mm²	电缆标称外径/mm	芯线最高允许温度 65℃、环境温度 25℃时的长时允许负荷电流/A	用 途
新	旧				
UZ	UZH UZHF	3×2.5+1×2.5	17.8		500V 以下电钻电缆
		3×2.5+2×2.5	19.1		
		3×4+1×4	19.1	36	
		3×4+2×4	20.5	36	
U (UP)	UHF UH	3×4+1×4	20.7(32.7)	36	用于 1000V 以下各种移动电器
		3×4+2×4	22.3(26.7)	36	
		3×6+1×6	22.2(25.2)	46	
		3×10+1×6	26.5(29.6)	64	
		3×16+1×6	29.5(32.6)	85	
		3×25+1×10	35.0(38.0)	113	
		3×35+1×10	37.3(41.5)	138	
		3×50+1×10	42.3(46.5)	173	
		3×70+1×16	46.5(51.5)	215	

续表

型号 新	型号 旧	芯数×截面/mm²	电缆标称外径/mm	芯线最高允许温度65℃、环境温度25℃时的长时允许负荷电流/A	用　途
UC (UCP)	UY (UYP、 UYPJ)	3×10+1×10	28.3(31.3)	64	用于1000V以下各种采掘机
		3×10+3×10	33.0(37.8)	64	
		3×16+1×10	31.2(34.4)	85	
		3×16+1×4+2×2.5	31.5(35.8)	85	
		3×25+1×10	37.1(10.2)	113	
		3×25+1×6+4×2.5	38.8(42.7)	113	
		3×25+1×6	39.8(42.8)	113	
		3×35+1×6+4×4	41.2(45.2)	138	
		3×50+1×16	44.1(47.3)	173	
		3×50+1×10+7×4	46.9(50.9)	173	
UPQ		3×10+1×10	33.8	64	用1140V井下采煤机
		3×16+1×10	36.9	85	
		3×25+1×16	41.9	113	
		3×35+1×16	45.0	138	
		3×50+1×16	51.2	173	
		3×70+1×25	56.9	215	
		3×95+1×25	63.1	260	
UCPQ (UCPJQ)		3×35+1×10+3×4	44.1	138	用于1140V井下采煤机
		3×35+1×16	48.9(52.8)		
		3×50+1×25	54.4(58.2)		
		3×50+1×10+3×6	54.4(58.2)	178	
		3×70+1×25	62.8(67.2)		
		3×70+1×16+3×6	62.8(67.2)	215	
		3×95+1×35	68.8(72.9)		
VV₂₀ (VV)		3×4+1×2.5	15.77(13.37)	30	用于1000V以下
		3×6+1×4	17.58(15.28)	39	
		3×10+1×6	20.06(17.26)	52	
		3×16+1×6	22.59(19.39)	70	
		3×25+1×10	27.74(24.54)	94	
		3×35+1×10	29.57(24.37)	119	
		3×50+1×16	31.59(27.99)	149	
		3×70+1×25	35.58(31.58)	184	
		3×95+1×35	40.48(37.28)	226	
		3×120+1×35	42.62(39.42)	260	

注：1. U—矿用；Z—电钻；Y—移动；J—加强；H—普通型；F—非燃性；C—采掘用；P—屏蔽。

2. VV—聚氯乙烯绝缘、聚氯乙烯护套；20—内钢带铠装。

2. 屏蔽电缆

目前井下较多使用的低压屏蔽电缆有 4 芯、7 芯，高压双屏蔽电缆为 UGSP 型，它们的结构分别如图 1-9、图 1-10 所示。

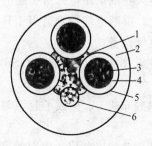
(a) 无控制芯线

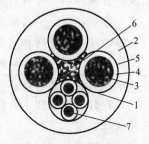
(b) 有控制芯线

图 1-9　矿用低压屏蔽电缆的结构

1—垫芯；2—护套；3—主线芯；4—绝缘层；
5—屏蔽层；6—接地芯线；7—控制芯线

由图 1-9、图 1-10 可知，屏蔽橡套电缆是在普通橡套电缆的结构基础上，经改进制成的。首先是在普通橡套电缆三相主芯线的护套外又包了一层半导体屏蔽层（简称屏蔽层）；其次是将 4 芯以上电缆的相间衬垫改用导电橡胶制成；再次是将 4 芯电缆的接地裸芯线做在导电橡胶中间，从而使其外围的导电橡胶与接地芯线连为一体。

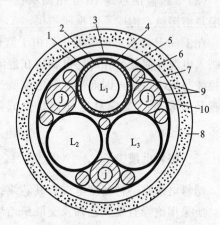

图 1-10　UGSP 6kV 高压双屏蔽电缆结构

L_1～L_3—电缆主芯线；j—监视芯线；
1,10—铜绞线；2,6—导电胶布带；
3—内绝缘；4,5—铜丝尼龙网的分相绝缘；
7—统包绝缘；8—氯丁胶护套；9—导电橡胶

17

在屏蔽橡套电缆中，由于各屏蔽层都是接地的，故当任一主芯线绝缘破坏时，首先通过屏蔽层直接接地造成接地故障。接地故障使检漏继电器动作，切断故障电源，从而既可防止严密的相间短路发生或护套损坏，又可有效地防止漏电火花或短路电弧所引起的沼气、煤尘爆炸，保证了人身安全。因此，屏蔽电缆特别适用于具有沼气、煤尘爆炸的场所和启动频繁的电气设备。

与前述的4芯、7芯屏蔽电缆相比，图1-10所示的UGSP型双屏蔽电缆具有下述特点。

（1）在其导电芯线1外绕包着导电胶布带2，构成了起均匀电场作用的屏蔽层。

（2）它既有分相屏蔽，又有总屏蔽。分相屏蔽层4由铜丝尼龙网组成，包在每相导体绝缘层外。各分相屏蔽层互相编织在一起，作为电缆的接地芯线。在三个分相绝缘层5以外，又统包了一层导电胶布带6，作为总的屏蔽层。

（3）3根监视芯线10互相编织在一起，经导电橡胶9与总屏蔽层紧密接触，构成了监视保护层。

在UGSP型双屏蔽电缆中，由于监视线和接地芯线是同心的，故刺入电缆任何处的外部导电物质在造成相间短路前，定会先引起监视线与地线短路，因而当配有电缆监视装置时，这种短路即可使监视装置动作，实现对电缆内、外故障的监视保护，保证供电安全。

三、塑料电缆

塑料电缆是一种新型电缆，其芯线绝缘和护套全部采用塑料制成，所采用绝缘有聚氯乙烯及交联聚乙烯两种，后一种有较好的耐热性，长期允许工作温度可达80℃。

塑料电缆既有铠装的又有软的，这类电缆除具有较好的电气性能外，还具有耐水、抗腐蚀、不延燃、敷设落差不受限、制造工艺简单、重量轻、运输方便等优点，近年来已开始在煤矿中采用。

四、矿用电缆的敷设

煤矿井下电缆的用量是很大的，据统计，在一个年产百万吨的矿井供电系统中，所敷设电缆的总长度就可达几十至几百千米，而在一个综合机械化采煤工作面中，电缆的用量亦可达 5～6km。在井下恶劣环境下，使用如此多的电缆，如不严格执行《煤矿安全规程》中的有关规定，势必会因其非防爆性和受机械力破坏引起事故。事实上，统计表明，在井下总的电气事故中，由电缆故障引起的要占 50%以上，而在总电气引爆事故中，电缆故障也要占 40%。因此，为提高矿井电气安全水平，除在设计中尽可能采取必要措施（例如，尽量使用屏蔽电缆）外，还必须遵循电缆的敷设、连接规则，并加强管理。

1. 对电缆敷设地点的限制

由于进风井在发生电缆放炮或火灾时，将危及全矿井的安全，故规定在采用机械提升的进风井的倾斜井巷（不包括输送机上、下山）和使用木支架的立井井筒中，不应敷设电缆。但是，在个别情况下，例如对小型井口或巷道小的情况，也可征得主管部门允许后，采取必要的保护措施避开这一限制。

在溜放煤矸、材料的溜道中，由于电缆易受损伤，规定不应敷设。

2. 对电缆悬挂与连接的要求

（1）在水平巷道或倾角小于 30°的井巷中，应用吊钩悬挂电缆；在立井井筒或倾角小于等于 30°的井巷中，电缆应当用卡子、卡箍或其他夹持装置敷设，且所用夹持装置应保证能承受电线重量并不致损坏电缆。

水平巷道或倾斜井巷中悬挂的电缆应有适当的弛度，并在承受意外重力时能够自由坠落。电缆的悬挂高度要适宜，使得在矿车掉道时不会将其撞击。

在水平或倾斜巷道中，电缆悬挂点的间距不应超过 3m，而在立井井筒中，该间距不应超过 6m。

沿钻孔敷设电缆时，钻孔必须加装套管，电缆必须绑在钢丝绳上。

（2）不应将电缆悬挂在风管或水管上，也不得使其遭受淋水或滴水，并严禁在其上悬挂任何物件。

当电缆是同压风或供水钢管在巷道同一侧敷设时，必须使其处于这些管子上方，并与它们保持 0.3m 以上的间距。

原则上应将电缆同橡皮管之类易燃物分挂在巷道两侧，若非在一侧不可时，则应使它们相互间保持 0.3m 以上的距离。

（3）井筒和巷道内的电话线信号电缆应同电力电缆分挂在巷的两侧；若做不到时，则在井筒内应将其敷设在距电力电缆 0.3m 以外处；在巷道内应敷设在电力电缆上方且保持 0.1m 以上的距离。

当高、低压电力电缆敷设在巷道的同一侧时，它们应有 0.1m 以上的间距。为便于摘挂，两高压电缆和两低压电缆的间距均不得小于 50mm。

（4）沿井下巷道内的电缆，在每隔一定距离（一般不大于 100m）处，在拐弯或分支点上，以及在连接不同直径电缆的接线盒两端，都应在吊钩或夹持装置上悬挂标志牌，并在牌上注明号码、用途、电压等，以便识别。

（5）为便于检修和维护，立井井筒中所敷设的电缆原则上不应有接头，但如因井筒太深确需有接头时，则应将其安排在中间的水平巷道内。

如在运行中因故（如电缆放炮）需增设接头时，可在井筒中设置接线盒，该盒应妥善置于托架上，不使接头承力。在连接两条铠装电缆时，应使用电线接线盒，且在分叉处应使用三通接线盒。

当将电缆与电气设备相连时，应使用终端接线盒，且该盒必须同所连电气设备的类型相符（如矿用各种防爆型，矿用一般型），必须使用齿形压线板（卡爪）或线鼻进行电缆芯线和电气设备的连接。

（6）敷设在硐室内和木支架井巷中的电缆，必须将其黄麻外皮剥除，并应定期在其铠装层上加涂防锈漆。穿墙的电缆部分应用套管保护，并严密封堵套管口。

3．橡套电缆的悬挂与连接

（1）尽管移动式机械（如采煤机组、耙斗机、电钻等）已使用了专用的不燃性电线，并且千伏级的已使用了屏蔽电线，但仍要对这些电缆妥加保护，尽量不使它们受撞击、炮崩和工具的损伤。

（2）工作面上可用木楔子悬挂电缆。在开采厚度小于1m的煤层时，允许沿工作面底板敷设电缆。

（3）橡套电线的修补（包括绝缘、护套已损坏的橡套电缆的修补）必须使用硫化热补或与其有同等效应的冷补，补后的电缆必须经浸水、耐压实验后，方可使用。

（4）由于屏蔽电缆的屏蔽层是与其接地芯线相通的，故在将这种电缆与开关或电气设备相连时，必须将其橡套层外的屏蔽层全部剥光，以免造成屏蔽层直接与导电部分接触，致使检漏继电器动作而无法送电。对绝缘层表面黏附的屏蔽层粉末，也必须处理干净，否则同样会因检漏断电器动作而不能送电。

屏蔽电缆接头的热补可依与矿用橡套电缆接头热补的相同细则进行，但在施行前必须先将屏蔽层剥除干净。

4．其他

由于屏蔽层对音频电磁波有隔离作用，故不能用声测法寻找屏蔽电线的故障。

从经济、技术合理的角度看，对半固定的、不易损坏的干线，可只采用普通橡套电缆；而对经常移动的电气设备，则可将普通橡套电线与屏蔽电缆混合使用。

五、电缆故障探测

1．电缆故障的种类及其产生原因

由于煤矿井下工作环境特殊（空气潮湿、工作空间小、有冒顶片帮危险等），致使井下的电缆事故远远多于井上；井下电缆故障将造成一个采区、一个水平甚至全井下停电；一处电缆放爆，有时还会导致同一电网内的绝缘薄弱的电缆、开关、变压器的故障，危及人和设备安全，影响生产的正常进行。

（1）电缆故障的种类

① 漏电 电缆芯线相间、相对地绝缘水平下降，导致漏电。

② 接地

a. 完全接地。安全接地指电缆某相线芯对地绝缘电阻降至零。

b. 低阻接地。低阻接地指一相或多相对地绝缘电阻降到500kΩ 及以下。

c. 高阻接地。高阻接地指一相或多相对地绝缘电阻降到500kΩ 甚至到 1MΩ 及以上。

③ 短路 短路包括完全短路，低电阻或高电阻短路，两相、三相接地短路。

④ 断线 断线包括一相或多相线芯断开和一相线芯不完全断开（似断非断）。

⑤ 闪络性故障 当电压达到某一定值时，线芯间或线芯对地发生闪络性击穿，电压降低时击穿停止。在某些情况下，即使再次提高电压值，击穿亦不会出现；经过若干时间后，击穿又会发生，形成自封闭性故障点。

（2）电缆故障的原因

① 机械损伤 煤矿井下顶板的破碎岩石掉落、采掘机械挤压、爆破时煤岩崩落等均可能造成电缆的机械损伤。

② 绝缘老化 电缆过负荷运行、被煤压埋（散热不良）等使电缆线芯发热，加速电缆绝缘的老化。

③ 施工不当

a. 电缆头（盒）制作不规范（材料不合格、施工工艺质量低劣等），以致在运行一段时间后绝缘恶化。

b. 电缆敷设高差不符合生产厂家规定，造成绝缘油漏泄，使绝缘能力下降。

c. 铠装电缆弯曲半径过小，使铅包层产生裂纹，潮气入侵，使绝缘能力降低。

d. 过电压。井下主要是短路故障产生的过电压和操作过电压使绝缘薄弱的电缆击穿。

2. 电缆故障的性质与诊断

（1）故障的性质　电缆故障的性质可分为开路、低阻、高阻、闪络 4 类，见表 1-4。

表 1-4　电缆故障的性质

故障性质	绝缘电阻	击 穿 间 隙
开路	无限大	在直流或高压脉冲作用下击穿
低阻	小于 $10Z_c$	在绝缘电阻不太低时,可用高压脉冲击穿
高阻	大于 $10Z_c$	高压脉冲击穿
闪络	无限大	直流或高压脉冲击穿

（2）故障性质的诊断　所谓诊断电缆故障的性质，是指确定故障点电阻是高阻还是低阻，是闪络还是封闭性故障，是接地、短路、断线还是它们的混合，是单相、两相还是三相故障。可以根据故障发生时出现的现象，初步判断故障的性质。例如：运行中的电缆发生故障时，若只是给出了单相接地故障信号，则有可能是单相接地故障；若过电流保护动作使线路跳闸，则可能是发生了两相、三相或接地短路，强大的短路电流有可能烧断电缆线芯，形成断线故障。

上述判断是大致的，还必须通过测量绝缘电阻，进行"导通"试验。测量绝缘电阻时，使用兆欧表（1kV 以下的电缆用 1000V 兆欧表，1kV 以上的电缆用 2500V 兆欧表）来测量电缆线芯之间和线芯对地的绝缘电阻。进行"导通"试验时，将电缆的末端三相短接，用万用表在电缆的首端测量芯线之间的电阻。例如：某故障电缆的测量结果见表 1-5，可以分析出此故障是两相接地；根据"导通"试验结果，可以确定三相电缆未发生断线；此故障点的状态如图 1-11 所示。

表 1-5　某故障电缆的绝缘电阻测量与"导通"试验结果

绝缘电阻/MΩ				"导通"试验电阻/Ω	
线芯间		线芯与地		末端三相短接	
AB	2500	AE	2500	AB	0
BC	∞	BE	5	BC	0
CA	2500	CE	3	CA	0

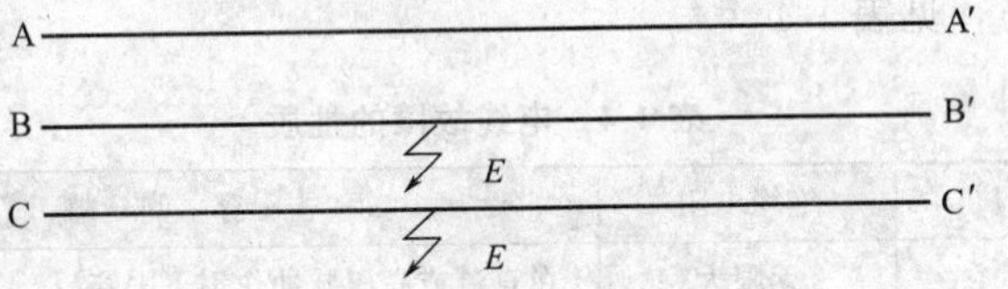

A ——————————————————— A′

B ——————————————————— B′

C ——————⚡ E ——————————— C′

⚡ E

图 1-11　某电缆线路故障状态图

3. 电缆故障探测方法

（1）电桥法　图 1-12 所示为这种方法的原理接线图。

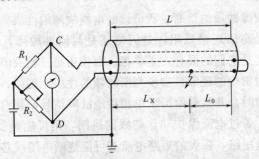

图 1-12　电桥法测距原理接线图

调节 R_2 使电桥平衡，则

$$\frac{R_1}{R_2} = \frac{(L+L_0)R_0}{R_0} = \frac{2L-L_X}{L_X} = K$$

$$L_X = \frac{2L}{K+1}$$

式中　L_X——测量点到故障点的距离，m；

　　　K——比例系数，调节电桥平衡后，从电桥面板上直接

　　　　　读出；

R_0——单位电缆长的电阻，Ω/m；

L——被测电缆长度，m。

这种方法的优点是简单、方便。缺点是：测量精度很低，不适于电缆的高阻、闪络性故障，需知道电缆的准确长度，不能检测电缆的短路和断线故障。

（2）低压脉冲反射法（雷达法） 向被测电缆芯线发射低电压脉冲（属分布参数电路中的行波），它以波速 v 沿芯线前进至故障点后反射回来，观察测量脉冲与反射脉冲的时间差 Δt 来测量故障点的距离。即：

$$L_X = \frac{v\Delta t}{2}$$

这种测量方法的优点是：简单、直观，不需要知道电缆的准确长度和电缆芯线的截面积、材料等，还可以从反射脉冲识别电缆接头与分支点的位置。缺点是不能检测高阻与闪络性故障。

（3）脉冲电压法（闪测法） 使电缆故障点在直流高压或脉冲高压作用下击穿，通过观察放电脉冲（行波）在测量点与故障点之间往返一次的时间来测距。

这种方法的优点是：不必将电缆高阻与闪络性故障点烧穿，直接利用故障点击穿产生的瞬态脉冲电压信号测距；测量速度快，测量过程简化，是电缆故障测距技术的重大进步。

脉冲电压法的缺点是：安全性差（仪器与高电压测量回路有电耦合），接线较复杂，放电脉冲的波形不尖锐，难以理解。

（4）脉冲电流法 它是将故障点放电电流脉冲（行波）通过线性电流耦合器变换到测距仪进行测距。

这种方法的优点是：测距仪与高电压回路是磁的耦合，实现了电的隔离，安全、可靠；经线性电流耦合器变换的脉冲电流波形亦比较容易理解；接线比较简单。

目前国内外普遍采用闪测法原理测量故障点的距离；用低压脉冲反射法测量电缆断线和低阻故障；用脉冲电流法测量电缆的高阻或闪络性故障。

第三节　静电及其防护

一、静电的产生

静电是指物体中有过剩的正电荷或负电荷。静电的产生主要是因两个物体进行接触和分离（摩擦、剥离、流动、冲撞、破裂、飞沫、滴落等）所引起的。

两个不同物体进行接触和分离而带静电是最常见的物理现象。如经过图 1-13 所示的接触过程，在各自物体上就产生了静电。即当两个物体相接触时，在其界面上产生电荷移动 [图 1-13（a）]，正、负电荷相对排列成偶电层 [图 1-13（b）]。当物体进行分离时，则引起偶电层的电荷分离，在两个物体上各自产生极性不同的等量电荷 [图 1-13（c）]。

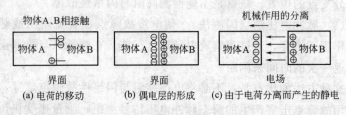

图 1-13　由于接触而产生的静电

同种物体相互接触和分离时，也会产生静电。这是由于其表面状态（表面污染、腐蚀和平滑度等）不同而造成的。静电的产生亦有例外，即有的静电不是经过上述的接触和分离过程而产生的。如物体的附近有电子和电离的离子存在或有其他的带电物体存在时，物体就能够产生静电。一般情况下，电导率越小的非导体（绝缘体）越容易带电。因为电导率大时，即使在物体上产生了静电，也会向大地等处泄漏而消失掉，所以物体不易带电，但该物体如果不和大地接触，尽管物体的电导率大，它也会产生静电。

实验证明，不同物质其电子逸出功是不同的。当不同逸出功的两种物质接触时（接触距离小于 25×10^{-8} cm），则此两种物质之间就会发生互相交换电子的现象。在同一温度下，逸出功小的物质失去电子而带正电，逸出功大的物质得到电子而带负电。按物质逸出功的大小。可将物质排列成四个典型的静电带电序列：

（1）（＋）铅—锌—铝—铬—铁—铜—镍—金—铂（—）；

（2）（＋）羊毛—尼龙—人造纤维—绢—木棉—麻—玻璃纤维—醋酸酯—维尼纶—聚酯—丙烯—聚偏二氯乙烯；

（3）（＋）石棉—毛皮（人的头发）—玻璃—棉—木材—人的皮肤—纸—橡胶—硝纤（象牙、赛璐珞）—玻璃纸；

（4）（＋）硬橡胶—聚苯乙烯—聚丙烯—聚乙烯—氯乙烯—聚四氟乙烯。

从静电序列的排列方式可知，在同一序列中任取其中两种物质进行接触（摩擦），则列在前面的物质带正电，列在后面的物质带负电。

摩擦产生静电是人们最常见的一种物理现象。两个物体摩擦接触时，在两物体的接触面上便形成等量异号的电荷层，或叫做形成接触电势差。因接触面之间的距离很小（小于 25×10^{-8} cm），故造成接触面之间的电容非常大。因此，虽然接触电势差只有几伏，但接触面偶电层的电荷密度却是非常大的。如果使接触面同时迅速地分开，尽量减少两边电荷的倒流，则分开后，两个物体都将带有很多的电荷。

如把接触面按平行平板电容器处理，则每单位面积上的电容 C 为：

$$C = \frac{\varepsilon_r \varepsilon_0}{d}$$

式中　ε_r——平行平板间隙内介质的相对介电常数；

ε_0——真空时介电常数，$\varepsilon_0 = 8.854 \times 10^{-12}$ F/m；

d——两平行平板之间的距离，m。

若 $d = 25 \times 10^{-10}$ m，间隙内为真空（$\varepsilon_r = 1$），则按上式求得两平行平板之间电容 $C = 3.54 \times 10^{-3}$ F/m²。如将 d 增大到 1mm，则电容变为 $C_1 = 8.85 \times 10^{-9}$ F/m²，即 $C/C_1 = 4 \times 10^5$，电容变为原来的 1/400000。因此，在两接触面电量不变的条件下，依据 $Q=$

CU 的关系，当 C 变为原来的 1/400000 时，则电势差将增大为原来的 40 万倍。这就是微弱的接触电势差变成很高的静电电压的原因。任何物质都具有一定的耐电压极限，当施加于物体上的电压超过极限时，则物体的绝缘会遭到破坏，即发生放电。在放电的同时，多数会出现破裂声响和发光。根据声和光，能够确定物体已产生放电或物体已经带静电。放电是静电能量的消耗方式，一旦产生放电，则储存在带电物体内的静电能量便向带电物体的附近空间放出而被消耗掉。静电放电一般分为大气中产生的空间放电和沿着带电物体表面产生的表面放电。由带电物体产生的空间放电按放电状态分为电晕放电、刷形放电、火花放电。电晕放电能产生微弱的声音并发出淡紫蓝色光，但只是在突出部位和刀刃状部位的尖端附近出现，如图 1-14 所示。刷形放电是具有强烈破坏声响和发光的放电，

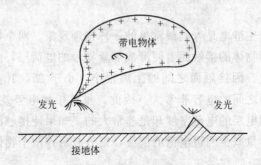

图 1-14　电晕放电

图 1-15　刷形放电

发光形态呈树枝状，如图 1-15 所示。火花放电是指在带电物体和接地体的形状都比较平滑、彼此间隔小的情况下，在其气相空间突然产生的放电。放电时亦有强烈的光和破裂声响，如图 1-16 所示。火花放电的放电能量大，而且是在瞬间放出的，因此，它成为引火源或发生静电电击的概率很高。

图 1-16　火花放电

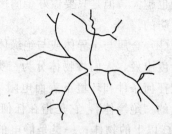

图 1-17　表面放电

表面放电是指带电的非导体接近接地体时，在带电体和接地体之间产生的、沿非导体表面的放电。它具有固定形状（形状一旦形成，基本不变），呈树枝状地发光，如图 1-17 所示。表面放电的放电能量大，因此它的危害程度同火花放电一样大。

在含有爆炸性混合物的环境内，静电放电是不容忽视的危险的引爆火源。而物体的静电电压的大小是衡量其危害程度的重要指标。

1. 固体接触静电起电

（1）金属与金属相互接触的静电起电　金属是导电性物体，一般不易积聚电荷，但将其绝缘后，金属物体仍然会带很多的电荷。两个金属物体相互接触时，若其间隙小于 25×10^{-8} cm（金属物体相互摩擦就是为了使两物体间距离在 25×10^{-8} cm 以下），使其分开后，则两金属都带有异性同等的静电荷。

金属的原子结合在一起形成金属盐的时候，每个原子都失去最外层的电子（称为价电子），成为正离子。这些正离子结合在一起成为固体，而价电子在整个固体内自由运动，称为自由电子。自由电子要受正离子的吸引，因此要将其从金属内部移到外面，需要对电子做功，或者从外部供给它能量，如加热、光照等。一个电子从金属表面逸出时所需要的功就是金属的逸出功。各种不同的金属逸出功是不一样的，但它们的数值一般都在 3～5eV 范围内，例如钨为 4.5eV，镍为 4.3eV。

两个金属物体其逸出功差值越大，则接触摩擦分离后产生的静电量也越大，但是只要做好金属接地，金属静电的危害还是能很好地预防的。

（2）金属与半导体或与绝缘体接触的静电起电　从防止静电危害角度出发，人们将物体分为三类：一类是静电的"导体"，它是指在任何条件和环境下表面电阻率小于 $1\times10^{6}\Omega$ 的物体；一类是静电的"绝缘体"，它是指在任何条件和环境下表面电阻率在 $1\times10^{10}\Omega$ 以上的物体；一类是静电的"亚导体"或叫"半导体"，它是指在任何条件和环境下表面电阻率为 $1\times10^{6}\sim1\times10^{10}\Omega$ 的物体。

① 半导体与金属接触的静电起电　在生产火药的过程中有不少半导体，如 DDNP、硫化锑及各种氧化剂等。半导体材料与金属设备接触摩擦产生的静电是安全生产中值得注意的问题。金属与 N 型半导体接触，半导体带正电。当电荷交换平衡后，由于金属带负电，半导体带正电，所以电子在金属面上势能高。

煤矿火工厂在制造、混合、运输和储存炸药时，随着摩擦、分离或混合的出现，会产生强烈的静电现象，甚至会发生表面放电，这是十分危险的。

② 绝缘体与金属接触的静电　金属与绝缘物体之间的接触或摩擦产生的静电较为复杂，因为绝缘物体与金属不同，它不存在自由电子。由于绝缘体表面受氧化及其他因素的作用，其表面状态和内部不一样，在表面上会形成一片薄薄的金属片，因此，高分子绝缘体具有不同的逸出功。所以，金属与高分子绝缘体之间的接触带电仍可用逸出功来解释。实验观察发现，某一高分子绝缘体与一系列金属接触后的带电量基本上与金属的逸出功成正比。

2. 液体接触的静电起电

液体由于机械运动而带电的现象很多，但大体上可分为两类：气体和液体间的带电及固体与液体间的带电。前者如雾状水滴（云）与空气摩擦而带电，雷电也是带电云的放电。后者是由于固体表面与液体表面的相对运动使液体带电。

当液体表面和固体表面接触时，在其界面处，固体表面因其表面分子电离或选择吸附液体中某种离子而带电，液体中相反符号的离子将被吸引而浓集在界面附近。这样在固-液界面处就形成了符号相反的两种电荷，称为偶电荷层，如图 1-18 所示。

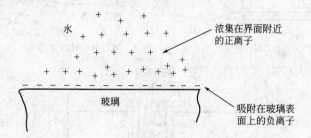

图 1-18　水和玻璃接触形成的偶电荷层

　　偶电荷层中的两层电荷的分布是不相同的。内层是紧贴在固体表面上的离子，沿表面自然分布；外层离子是可动的，既受内层离子的吸引作用，也受布朗运动的反作用，因此外层离子的分布是扩散的，它们可以延伸到离界面数百埃（$1\mathring{A}=10^{-10}$ m）甚至更远的地方。图 1-18 是玻璃与水接触时偶电荷层的示意图。玻璃与水接触时，复合阴离子被紧紧地吸附在玻璃表面上，形成一个负电荷层。水中的碱金属离子和氢离子分布在负电荷层附近的一定范围内，形成一个正电荷层。

　　应当指出，在偶电荷层的外层中（即液体中）既有正离子，也有负离子，只是因为内层离子的作用，造成了一种离子多于另一种离子。偶电荷层整体是电中性的，其总电量为零。但是，当两种物体发生相对运动时，偶电荷层中两层电荷被分离，电中性被破坏，这时就会出现带电现象。图 1-19 就是液体流动的带电示意图。

　　图 1-19（a）表示绝缘流体流出管口时，将分离的电荷带入储油罐而产生的静电。图 1-19（b）表示液体从喷嘴高速喷出后成雾状液滴而产生的静电，喷嘴带有与液滴相反符号的电荷。图 1-19（c）表示液体对液面冲击时，液体产生的静电。

　　（1）冲流电流和冲流电压　图 1-20（a）所示为液体在管壁表面上产生的偶电荷层。其中紧贴管壁的是固定电荷层［图 1-20（a）中的负电荷层］，向液体内部扩散的相反电荷层是易于移动的扩散电

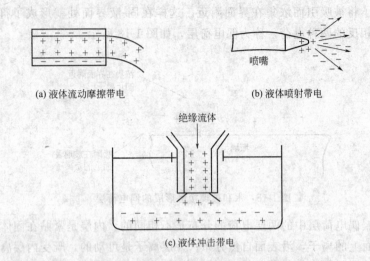

(a) 液体流动摩擦带电　　　　　　　(b) 液体喷射带电

(c) 液体冲击带电

图 1-19　液体运动带电现象

荷层［图 1-20(a) 中的正电荷层］。扩散电荷层上的电荷在液体流动时，可以被冲刷下来，而随液体流走。这种随液体流动的电荷所形成的电流叫冲流电流。冲流电流等于单位时间内通过管道断面冲刷下来的带电粒子的电量。

图 1-20　偶电荷层和冲流电流

在图 1-20(b) 中，随液体流动的是正电荷。冲流电流方向与液体流动方向一致。由于冲流电流的存在，使管路一端有较多的正电荷，另一端有较多的负电荷，若管壁是绝缘的，则管路两端就产生了电压，这个电压叫冲流电压。

冲流电流与液体的平均速度成正比，但是这个结论只对稳恒冲流和导电较好的液体才是正确的。

（2）绝缘液体在导体管路内流动的静电起电　绝缘液体与导体管路的接触面处也会产生偶电荷层，不过偶电荷层要厚得多。在液体流动时，同样会把偶电荷层的扩散部分冲刷下来，形成冲流电流。如果将绝缘液体送入金属管路，则由于冲流的存在，绝缘液体内的电荷密度会随着流动而逐渐增加。但是，当绝缘液体内开始有了电荷以后，绝缘液体就可以通过与它接触的管壁向金属管路放电，产生放电电流。当冲流电流与放电电流达到平衡时，绝缘液体内的电荷密度即达到一个稳定值。

绝缘液体中含有杂质分子，它们在液体内分离成正、负离子，从而在液体表面形成偶电荷层。纯度高的绝缘液体产生的静电并不多，例如高纯度汽油不易带电，但在工业生产中使用的油，或多或少都要混入一些杂质，例如水和油的内部都含有少量杂质，它们会分离成带电的离子，因此在水和油的界面附近都有偶电荷层存在。在图 1-21（a）中，水滴的偶电荷层将油内的偶电荷层的外层电荷紧密黏附。在图 1-21（b）中，水滴下降时将油中的偶电荷层分层，使油体和水滴带上不同符号的电荷。这种情况常常发生在往储油罐内注油时，而且即使停泵很久静电还能继续存在。因为停泵以后，分散的小水滴逐渐汇合成大水滴，通过油层向罐底沉降，沉降过程就是带电过程，因此应特别注意。

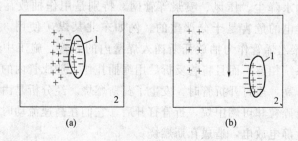

(a)　　　　　　　　　　　(b)

图 1-21　水和油掺混时的带电
1—水滴；2—油

与以上情况类似，油体中气泡上升时，也能出现油体内偶电荷层的电荷分离，从而使气泡相油体都带有电荷。图1-19(c)的冲击带电主要原因就是液体向下冲击时，使液体中卷入无数气泡，这些气泡在液体中上升时，就产生电荷的分离而带电。因此装油时，最好采用从油罐底部向上灌装的方式，这样可以避免液体产生飞沫而带电。

二、煤炭工业生产过程中的静电危害

1. 塑料制品静电的危害

塑料是一种新型的工业材料，由于它重量轻、耐腐蚀、安装方便，而且可用来代替钢，节约了钢材，因此，在工业生产上获得广泛的应用。20世纪70年代国外一些主要产煤国家如德国、前苏联、英国和美国，为了确保煤矿安全生产，对用于井下的塑料管做了大量的研究工作，研制出煤矿专用塑料管材，并设置了国家级的塑料制品的检验机构。

我国煤矿井下使用塑料管材始于1973年，首先用于洒水降尘方面，后来又扩展到锚喷支护、抽放瓦斯以及压风等各个生产环节。初期使用的塑料管都是普通的聚乙烯塑料管（俗称白管），其表面电阻一般为 $10^{13} \sim 10^{14} \, \Omega$。尽管煤矿井下相对湿度很大，但在使用过程中仍然发生了静电放电的危害。实践证明，普通塑料管用作井下洒水降尘、压风、喷浆等管网，特别是用作抽放瓦斯管网时，其静电的危害是十分严重的。例如东北某煤矿使用 $32 \text{mm} \times 3 \text{mm}$ 的聚乙烯管作为抽放瓦斯插入煤壁内的导管，施工中未及时和管网系统相连，而且将管反折后用绳捆扎住，造成管内的甲烷气体压力升高，当打开折管时，发生了瓦斯燃烧。经分析是由于管内含有煤岩碎粒和可燃甲烷，折管打开后，它们在高速流动时和管壁摩擦产生静电放电，造成瓦斯燃烧。

在喷浆系统中，由于砂粒与管壁的摩擦、碰撞，静电放电更为严重，曾发生过喷浆机静电电击人身的事故。例如在北票矿务局进行了喷浆过程中静电测试，测试条件是压风风压为 80000 ～

100000Pa，物料为 500 号水泥、河砂和碎石（粒度均在 10mm 左右），水、水泥和砂石比为 1：2：2。使用夹布胶管进行试验时，没有发现静电放电现象。改用普通聚乙烯管时，当压风通入不久，即发现静电放电，观察到蓝色火花，并将测试仪表击穿。改用防静电聚乙烯管后，在喷干料时亦发现静电放电，但强度和频率均较普通聚乙烯管弱。实验证明，煤矿井下尽管相对湿度很大（实测地点的相对湿度都在 93％以上），采用普通塑料管做喷浆管仍是不安全的。

一个表面带电的非导体和一个接地体之间产生放电时，由于非导体的带电表面不是一个等势面，因此放电时的电荷转移不可能是表面的全部电量，仅仅是部分电量。同样电荷转移的通路也不像带电导体与接地体之间的放电那样有一个集中的闪络现象，而常常是多支路的刷形放电（见图 1-15）。这种放电能量比等面积充了等量电荷的导体与接地体之间的放电能量要小得多。但实验证明，虽然表面带电的非导体对地放电能量较小，但当静电荷积聚到一定程度时，其放电能量仍足以引燃瓦斯。

塑料表面静电位越高，电荷密度就越大，放电时产生的放电能量也越大，引燃瓦斯的危险性也越大。塑料表面电阻越小，电荷越易流散到放电点。在表面电荷密度相同的情况下，表面电阻越小，其放电能量越大。但塑料表面电阻的减小伴随着静电大量泄漏，因此不可能具有较大的表面电荷密度。所以总的来看，塑料表面电阻减小，其放电能量也减小，引爆瓦斯的危险程度也减小。

许多实验还证明，对于极性和强极性的塑料体（即亲水性强的塑料体），在空气中相对湿度增大时，它们的表面极易附着水分，加之空气中二氧化碳的作用，表面会形成一层极薄的水膜吸附面导电层，大大降低了其表面电阻，当然所产生的静电电位就降低很多。一般来讲，当空气中相对湿度增加到 70％以上时，大部分塑料都会发生表面电阻的降低，但是对于一些非极性和弱极性塑料体的影响却很小。如聚乙烯在水里浸了 24 小时，体积电阻系数却没有显著的变化，因为聚乙烯材料没有亲水性能，在空气中相对湿度增大到 70％以上时也不会形成连贯的水膜吸附面。所以，这种塑料的表面电阻值不会因空气中的相对湿度增加而明显下降。如在煤矿井下，在空气相对湿度为 89％的环境中用棉纱摩擦聚乙烯塑料管后，仍可测得 9000V 的表面静电电位。又如在空气相对湿度为 95％的矿井中，用聚乙烯塑料管输送干混凝土拌和料进行巷道喷浆支护作业时，管壁与接地的铁矿车之间出现长达 100mm 的放电火花，在未放电处仍可测得高达 30000V 的表面静电电位。由此可见，对由非极性塑料（例如聚乙烯）制造的管材，光靠增加环境相对湿度的办法是不能显著改善防静电性能的。为保证聚乙烯塑料管材在煤矿井下的安全使用，MT 181—88《煤矿井下用塑料管安全性能检验规范》要求，煤矿井下各种不同用途的塑料或橡胶表面电阻的规定值是：

（1）排水、给水用管，其管外壁表面电阻值不得大于 $10^9\Omega$；

（2）正压风用管，其管外壁表面电阻不得大于 $10^8\Omega$；

（3）喷浆用管，其管内、外壁表面电阻值不得大于 $10^8\Omega$；

（4）负压风及抽放瓦斯用管，其管内、外壁表面电阻值不得大于 $10^6\Omega$。

2. 胶带输送机的输送带和托辊接触起电的危害

胶带输送机在运转时，由于输送带和托辊（或输送机滚筒）的接触与分离，使输送带产生较高的静电电位，有时可高达数千伏至数万伏。当输送带带电量达到一定值时，就会发生火花放电。带电量的大小是根据输送带和托辊（或输送机滚筒）的材质、接触电阻而定的。此外，带电量还与输送带的运行速度有关，速度大，带电量亦大。接触面大，带电量也大。输送带与托辊之间发生打滑时，带电量会更大。

MT 113—85《煤矿井下用非金属聚合物制品安全性能检验规范》对煤矿井下用阻燃导风筒、阻燃风帘、阻燃塑料网及厚度不超过 13mm 的薄板等非金属材料制品的防静电指标进行了规定。按规定要求，塑料网等产品可按 GB 1044—70《塑料体积电阻系数和表面电阻系数试验方法》进行测试电阻。对防爆电气设备等塑料外壳表面电阻，应按 GB 1410—78《固体电工绝缘材料电阻、体积电阻系数和表面电阻系数试验方法》进行测试。按上述规定测试方法测得的试件内外两个表面层的表面电阻值都必须小于 $3\times10^8\,\Omega$（以测试值的平均值为准），并应在使用中保持此值。

MT 141—86《煤矿井下塑料网假顶检验规范》中规定：试件进行表面电阻测定时，每组三片试件的正、反六个表面的电阻算术平均值应不小于 $1\times10^9\,\Omega$。

三、静电对人体的作用

人体带电是普遍现象。随着化纤服装的大量涌现，人体带电问题也日益严重，因人体带电而造成的静电事故也时有发生。在通常情况下，带电的人在工作时很容易遭受电击，特别是存在易燃易爆气体的场所。由于人体带电而引起的燃烧爆炸，不仅使物质财富受到严重损失，而且往往造成人体的伤害。在电子计算机房中，人体带电会妨碍计算机正常运行，造成计算机的误动作。在半导体器件的生产工序中，人体带电会造成晶体管的静电击穿。在火工产品生产工序中，人体带电会造成火药、雷管的爆炸。因此防止人体带电是当代工业生产中需要迫切解决的问题。

静电对人体的作用主要是使人感觉有微弱的、中等或强烈的刺激或烧灼感，其程度与放电能量多少有关。由于电流值不大，刺激或烧灼的感觉对人不会造成直接的危险。但是，如果静电受害者正好靠近无围栏的机器的旋转部分，由于反射性的动作会造成一些意想不到的后果。为了防止人体带电，必须解决人们的穿着如衣服、鞋、袜等防静电问题，同时尽量减小人体对地的电阻和电容。

四、静电防治

静电严重威胁安全生产，因此应设法消除，以避免静电放电造成不应有的灾害。就煤矿而言，主要是防止静电放电火花引爆瓦斯。尽管静电起电对煤矿安全生产有严重的威胁，但是静电引起瓦斯爆炸是有条件的，即静电放电能量足够；在静电放电空间有达到爆炸范围的可燃性混合气体。煤矿井下作业条件恶劣，瓦斯超限的危险情况经常出现，因此，要完全消除瓦斯是比较困难的，相比之下，消除静电的聚集无论在技术上或工艺都是比较容易实现的。本节简单介绍一些常用的消除静电危害的方法。

1. 保护接地

接地是防止静电荷积累的方法之一。它的原理是将带电物体上产生的静电荷通过接地导线迅速引入大地，避免出现高电位，减小物体对地的电位差。对静电而言，只要物体的电阻率在 $10^6\Omega\cdot m$ 以下，便算作静电的良导体。因此，采用保护接地的防治措施是可行的。保护接地还可以防止接近带电物体的物体受静电感应而带电。但是保护接地仅是防止物体带电的措施，而不是防止产生静电的措施。接地良好（带电物体与接地的金属导体连接良好）能够起到防止静电危害的作用，否则会适得其反。

半导体（电阻率在 $10^9\sim10^{10}\Omega\cdot m$）带电后，不可能瞬间就泄入大地，需要有两个泄漏时间，这一点与金属导体的接地泄漏是不同的。

如果只考虑以防静电为目的的保护接地，其接地电阻值要求不严。日本产业安全研究所编制的《静电安全指南》对接地电阻值规定为，在任何条件和环境下，都应确保其值不大于 $1\times10^6\Omega$，在标准环境下（气温 20℃、相对湿度为 50%）最好是小于 $1\times10^8\Omega$。我国煤矿井下目前虽然对防静电的保护接地电阻值还没有明确规定，但作为矿井电气保护接地、防雷电保护接地以及高压和电磁波感应的保护接地系统，均能满足防静电保护接地的要求，有条件时可利用这些接地系统作为防静电保护接地系统。

非导体（系指电阻率在 $10^{10}\Omega\cdot m$ 以上）采用保护接地是非常不可靠的，因为保护接地不可能泄漏非导体上所带的静电电荷，而是使非导体改变性能变为半导体（如导电的塑料管材、导电的输送机胶带等），减少静电荷的产生，增大泄漏电荷的能力。非金属导体接地时，应该在导体的表面（一般应有 $20cm^2$ 左右的接触面积）包一层与它紧密接触的金属物体，有条件时可以使用导电涂料、导电黏结剂等材料，以保证与非金属导体的表面接触紧密。

2. 加抗静电剂或导电填料

材质本身电阻率较高时，电荷就不易泄漏，从而加剧了静电的聚集。如煤矿井下采用普通聚乙烯管材作为喷浆和瓦斯抽放管就是十分危险的，因为聚乙烯管表面电阻一般在 $10^{10}\,\Omega$ 以上。如果对高电阻材料进行改性，即加入一些导电填料、抗静电剂等，使其体积电阻或表面电阻减小，提高材料静电的泄漏性，将会在煤矿井下扩大应用非金属制品的范围，实现以塑代钢的技术革新。已研制了许多品种的抗静电塑料管材、风筒、输送机胶带以及塑料网假顶等，这些抗静电物品都是在非导体（塑料、橡胶等）中较为均匀地掺入电导率大的物质或用抗静电剂给予表面涂层，增大了非导体的导电性能，满足了煤矿安全生产的需要。

目前国内常用加入填料和抗静电剂的方法。

（1）在材质中加入石墨、炭黑或金属粉末　实践表明，在高压聚乙烯树脂材料中加入导电性炭黑，可以大大降低材质的电阻值。山东某厂测试的结果表明，随着加入导电炭黑数量的增加，高压聚乙烯复合材料表面电阻逐渐降低，即导电性愈来愈好。当导电性炭黑的填充比超过某一数值后，再增加炭黑，导电性变化不大。试验曲线如图 1-22 所示。由图 1-22 中的曲线可知，当炭黑加入超过

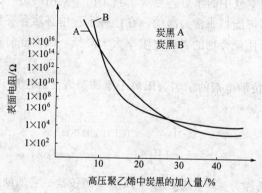

图 1-22　高压聚乙烯中炭黑加入量与表面电阻的关系

30％时，导电性几乎不再增加。

高压聚乙烯中加入导电性炭黑后，由非导体材料变成半导体材料，达到了良好的抗静电效果。但是加入了炭黑，使原高压聚乙烯由柔软、坚韧变成了硬而易碎，使良好的力学性能变坏。为此，制造厂还需加入高分子改性剂，提高抗静电材料的良好力学性能。

橡胶中掺入炭黑以后，同样可以大大降低橡胶的体积电阻。某胶带厂试制防静电三角胶带时，加入炭黑后使橡胶表面电阻降到 $5 \times 10^3 \sim 6 \times 10^4 \Omega$，体积电阻率降为 $4 \times 10^3 \sim 4 \times 10^4 \Omega \cdot cm$（测试温度为 32.5℃、相对湿度 65％），比一般普通用的三角胶带表面电阻率小两个数量级以上。

（2）在塑料、化纤或橡胶中加入化学抗静电剂　化学抗静电剂按其化学结构分有阳离子型、阴离子型、两性离子型、非离子型、高分子型以及混合离子型等。它们是借助于分子结构中的亲水基因（排列在塑料表面），吸收空气中的水分，形成肉眼看不见的含水层，为电荷向空气泄漏提供了方便。同时，含水层又为离子型抗静电剂提供了电离条件，使塑料表面形成导电层，借以消除静电。目前 SN、TM、MPN 型化学抗静电剂在化纤、塑料工业中已普遍采用，消除静电的效果良好。它的主要作用是使化纤、塑料等聚合物表面能吸附空气中的水分，形成水膜。由于实用的塑料、橡胶、化纤等表面不可能是非常纯净的，在这种水膜中必然含有相当数量的杂质离子，使聚合物的表面电阻率大大降低，因而能防止静电电荷的积累。

SN 型抗静电剂的学名为阳离子季铵型表面活性剂。分子式为

$$[C_{18}H_{21}-\underset{\underset{CH_3}{|}}{\overset{\overset{CH_3}{|}}{N}}-CH_2CH_2OH]NO_3$$

本品又称为二甲基烃乙基十八烷基硝铵盐。它的缺点是不耐高温，当温度为 180℃时易分解，一般在 75℃时较稳定，可作表面涂

层用。

SN 抗静电剂也可作为丁腈橡胶制品纺织皮辊的静电消除剂。它是一种呈棕红色油状黏稠物，在室温时易溶于丙酮、苯、正丁醇、氯仿、二甲基甲酰胺等，在 50℃时可溶于四氯化碳、二氯乙烷、苯乙烯等。它可以与阳离子活性剂及非离子活性剂混用，但不宜与阴离子活性剂混用。

TM 抗静电剂的化学组成为季铵盐型阻苛性活性剂，为淡黄色油状液体，易溶于水，具有吸湿性，对聚丙烯腈、聚酯、聚酰胺等合成纤维有较好的消除静电的作用，并可与阳离子活性剂混合使用。

第四节 杂散电流与防护

任何不按指定通路流动的电流叫杂散电流。在煤矿井下直流牵引网路的杂散电流是整个矿井杂散电流的一部分，它是以泄漏形式出现的，因此也称泄漏电流。

架线电机车的牵引网路中，轨道是回路电导体，也就是说电机车从架空线上取得的电流是沿着轨道回到牵引变流所负母线上去的。由于轨道与大地不是绝缘的，因此，本来从轨道回到牵引变流所负母线上去的电流就可能有一部分电流不通过轨道而通过大地或其他设备、管线回到牵引变流所的负母线上去，即产生杂散电流。此外，架空线的绝缘不良也产生杂散电流。

矿井杂散电流会对邻近的金属管道和铠装电缆金属外皮造成腐蚀，缩短金属管道和铠装电缆的使用寿命。这是由于杂散电流流入大地后，金属管道和电缆外皮的电阻小于大地，因此，电流必定流入金属管道和电缆外皮。如果流入的电流靠近回电点处，再由金属管道和电缆外皮流出，经大地而至轨道，这时在管道和电缆的一端形成阴极区（电流流入），而在管道和电缆另一端形成阳极区（电流流出）。由电化学效应而知，在电解时，金属是从阳极进入电解槽的，此时管道、大地和轨道就形成电解槽，轨道作为阳极要被腐蚀，管道作为阳极也要被腐蚀。根据实验，1A的杂散电流在一年中就能腐蚀9kg的钢材。因此，牵引网路中杂散电流对金属管道和电缆外皮的腐蚀是严重的。一般情况下，由于电机车在不断地运行着，轨道的腐蚀点是分散的，几乎分布在轨道的全长上，所以腐蚀不明显。对金属管道和电线外皮来说，阳极区是永远靠近回电点处，腐蚀是集中的、经常的，情况是较严重的。

矿井杂散电流可能引起电雷管的先期爆炸，威胁人员安全。这是由于一般电雷管只需1～1.5V的电压就可以引爆，在杂散电流的影响下，轨道与大地之间的电位差有可能达到1～1.5V。因此，两根放炮线一根与轨道接触，另一根与地接触就可能引爆雷管。杂散电流流经的途径还会产生火花，有引起瓦斯煤尘燃烧与爆炸的可能。

关于杂散电流的防治，原煤炭工业部颁发了《煤矿井下牵引网路杂散电流防治技术暂行规定》。杂散电流的大小取决于架空线对地的绝缘程度和轨道电阻的大小。

防治的措施有以下几种。

（1）架空线必须有不少于两道的绝缘。绝缘瓷瓶要定期清扫，减少架空线对地的漏电。

（2）对轨道和道岔的接线必须进行可靠的电气连接，接触处的电阻不超过同种钢轨4m长度的电阻值。各平行轨之间每隔50m要连接一根断面不小于$50mm^2$的铜线或其他具有等效电阻的导线，以减小轨道电阻，降低牵引网路的电压降。

（3）不回电的轨道和架线电机车回电轨道之间必须加两个绝缘点，第一个绝缘点设在两种轨道的连接处，第二个绝缘点设在不回电的轨道上，其与第一个绝缘点必须大于一列车（斜巷一串车）长度。绝缘点处应无积水，绝缘电阻值不应小于$50k\Omega$。

（4）矿井使用的铠装电缆要吊挂在巷道壁侧的吊架上，要定期涂防腐绝缘点，金属管道要设有木垫或选择适当位置吊挂。

（5）清理道床、道木、疏通巷道水沟时，做到轨道无淤泥积水，经常保持轨道清洁干净。

第五节　照　明

一、照明及监察

足够的照明是安全生产和事故处理的重要保证。因此，井下照明应满足下列要求。

（1）井下下列地点必须有足够的照明：①井底车场及其附近；②机电设备用室、调度室、机车库、爆炸材料库、保健站、候车室、信号站、瓦斯抽放泵站等；③使用机车的主要运输巷道、兼作人行道的集中胶带输送机巷道、升降人员的绞车道以及升降物料和人行交替使用的绞车道，其照明灯的间距不得大于30m；④主要巷道的交叉点（不包括回风巷道）和采区车场；⑤从地面到井下的专用人行道；⑥综合机械化采煤工作面，照明灯间距不得大于15m。

（2）地面的通风机房、绞车房、压风机房、变电所、调度室等必须设有应急照明设施。

（3）架线电机车运输巷道的照明严禁利用电机车架空线作电源。

（4）矿灯的管理和使用必须遵守下列规定：①矿灯必须是矿用防爆型；②每一矿井完好的矿灯总数至少应比经常用灯的总人数多10%；③矿灯应统一管理，每盏矿灯必须编号，经常使用矿灯的人员必须专人专灯；④矿灯应保持完好，如果有电池漏液、亮度不够、电线破损、灯锁不良、灯头密封不严、灯头圈松动、玻璃破裂等情况，严禁发放，发出的矿灯最低应能连续正常使用11小时；⑤使用矿灯人员应爱护矿灯，严禁拆开、敲打、撞击矿灯，出井后（地面领用矿灯人员，在下班后）必须立即将矿灯交还灯房；⑥灯房人员在每次换班后2小时，必须把没有还灯人员的名单立即报告矿调度室；⑦矿灯必须装有可靠的短路保护装置，高瓦斯矿井应装有短路保护器。

（5）矿灯房必须符合下列要求：①灯房应用不燃性材料建筑；

② 灯房取暖应用蒸汽或热水管式设备，个别情况下采用火炉取暖时，火炉间应有单独的间隔和出口；③灯房应有良好的通风装置，灯房和仓库内严禁烟火，并必须备有灭火器材。

（6）充电装置应有可靠的充电稳压装置。

（7）准备和装添电液必须使用专用器具。工作人员必须戴防护眼镜、口罩和橡胶手套，系橡胶围裙，穿胶鞋。调合和储存电液必须使用有盖的瓷质、玻璃质等容器。调合酸性电液时，必须将硫酸徐徐倒入水中，严禁向硫酸内倒水。房间内必须备有中和电液用的溶液，以备电液灼伤时使用。

二、照明电光源

1. 分类

目前用于照明的电光源，按发光原理可分为两大类。

（1）**热辐射光源**　利用物体通电加热时辐射发光的原理制成的，如钨丝白炽灯，即普通白炽灯和卤钨循环白炽灯。

（2）**气体放电光源**　利用电流通过气体时发光原理制成的，分金属、惰性气体和金属卤化物灯。金属的又分汞灯和钠灯。惰性气体的又分氖灯和汞氖灯等。

2. 对照明质量的要求

（1）合适的照度。照度是决定物体明亮程度的间接指标，在一定范围内照度增加，可使视功能提高。合适的照度有利于保护视力，提高劳动生产率和产品质量。

（2）照明的均匀度。在工作环境中，照度相差很大的表面会使视觉疲劳，因此要求照度要均匀。工作环境中最低照度与最高照度之比称最低均匀度，最低照度与平均照度之比称平均均匀度。

（3）恰当的亮度对比。亮度对比是指物体与背景的亮度对比。它是决定物体能见度的重要因数。亮度对比度过小，使物体清晰度降低，亮度对比度过大，容易使视觉疲劳，甚至造成眩光。

（4）限制眩光。当人们观察高亮度物体时，所产生的刺眼的视觉状态称为眩光。眩光分两类：直接眩光，它是由光源直接投入视野所产生的眩光；反射眩光，它是由发光体放射的光线经光泽表面反射后形成的眩光。眩光对视力的危害很大，严重的可使人感到眩晕，造成事故。长时间的轻微眩光也会使视功能逐渐降低。一般被视物与背景的亮度对比超过 1：100 时，就容易引起眩光。眩光与光源亮度、背景亮度、照明器的保护角、人的视角及照明器具的悬挂高度有关。

（5）光源的显色性。在需要正确辨色的场所，应采用显色指数高的光源，如白炽灯、日光色荧光灯等。

（6）照明的扩散度。光通量在各个方向上的分散程度称为扩散度，良好的扩散度能限制眩光。

（7）照度的稳定性。照度的不稳定主要由于光源光通量的变化，照度变化引起照明忽亮忽暗，会分散人的注意力，导致视觉疲劳。

第二章 井下低压电网三大保护

　　煤矿井下环境湿度大、条件差，供电设备和线路很容易受潮和损伤，造成漏电。漏电的结果不仅会引起人身触电，还将使绝缘进一步恶化发展为短路故障，如果不及时排除，将危及矿井的安全。如果漏电保护装置失去作用，漏电就可能发展为短路，短路保护就成为漏电保护的后备保护。从另一方面看，如果电气设备内部发生短路，短路保护失去作用，炽热的短路电弧便与防爆外壳相连，漏电保护装置可及时动作，切断电源。而此漏电保护又是短路保护的后备保护。由此可见短路保护和漏电保护两者之间是互为备用的。电气设备最容易发生一相碰壳事故，使设备的金属外壳带电，如果漏电保护失去作用，保护接地就是漏电保护的后备保护。

　　井下短路保护、漏电保护和保护接地是保证煤矿井下安全供电的三大保护。《煤矿安全规程》要求：井下配电网路（变压器馈出线路、电动机等）均应装设过流、短路保护装置，必须用配电网路的最大三相短路电流校验开关设备的分断能力和动、热稳定性以及电缆的热稳定性。必须正确选择熔断器的熔体。必须用最小两相短路电流检验保护装置的可靠系数。

　　井下高压电动机、动力变压器的高压控制设备，应有短路、过负荷、接地和欠压释放保护。井下由采区变电所、移动变电站或配电点引出的馈电线上，应装设短路、过负荷和漏电保护装置。

第一节　保护接地系统

　　在煤矿井下人体触电事故中，以人触及带电壳体而造成触电事故最为常见。为限制此时通过人体的触电电流，设置可靠的保护接地系统是最有效的措施。所谓保护接地系统，就是将井下所有电气设备的局部接地装置用总接地干线与主接地极连接在一起，形成一个保护接地系统。具体来说，就是用导体把电气设备中不带电的金属外壳部分（如电动机、变压器、接线盒等）连成一个整体，接到接地极上。由于有了接地极，当设备外壳和动力电任何一相相碰时，就能避免触电危险，从而保证人身安全。

《煤矿安全规程》要求：井下电压在 36V 以上和由于绝缘损坏可能带有危险电压的电气设备的金属外壳、构架、铠装电缆的钢带（或钢丝）、铝皮或屏蔽护套等必须有保护接地。

一、保护接地的作用

电气设备内部绝缘损坏，使一相带电体碰壳时，人体接触电流将通过人身电阻与接地装置的接地电阻并联入地，再经过其他两相对地绝缘电阻回到电源。

由于接地电阻与人身电阻相并联，则通过人身的触电电流 I_h 为：

$$I_h = I_L \frac{R_d}{R_h + R_d} \approx I_L \frac{R_d}{R_h}$$

式中　I_h——通过人身的触电电流；

I_L——总漏电电流，即人身触电电流与通过外壳入地电流之和；

R_h——人身电阻，计算时取 1000Ω；

R_d——接地电阻，取 2Ω。

从上可以看出，接地电阻 R_d 越小，通过人身的触电电流也就越小。适当选取接地电阻 R_d 的数值，就可将人身触电电流限制在安全范围之内。

漏电保护是一旦发生漏电故障时，尽快切断电源，将故障存在的时间减少到最短。而接地保护是限制人身触电电流。保护接地是漏电保护的后备保护。两者相互备用，使电网运行更加安全可靠。

二、井下保护接地网

按《煤矿安全规程》规定，应在煤矿井下指定地点敷设主接地极、局部接地极，并用电缆铅包、铠装外皮及接地线芯相互连接起来，形成一个总接地网，如图 2-1 所示。

1. 主接地极

主、副水仓或集水仓内必须各设一块主接地极。

主、副水仓和分区的主接地极均应采用面积不小于 $0.75m^2$、厚度不小于 5mm 的钢板制成。如矿井水为酸性时，应视其腐蚀情况适当加大厚度或镀上耐酸金属，或采用锅炉钢板及其他耐腐蚀的钢板。

主接地极的表面积大，矿井水的电导率高，使得接地电阻要比其他接地极小，又因其位于接地网的中心，因此主接地极在整个保护接地网中起着十分重要的作用。矿井有几个水平时，各个水平都要设立主接地极，如果该水平没有水仓，不能设立主接地极时，则该水平的接地网必须与其他水平的主接地极连接。

矿井内分区从井上独立供电者（包括钻眼供电），可以单独在井下或井上设置分区的主接地极，但其总接地网的接地电阻也应符合不超过 2Ω 的要求。

2. 局部接地极

按《煤矿安全规程》规定，在下列地点应装设局部接地极：

（1）每个装有电气设备的硐室；

（2）每个（套）单独装设的高压电气设备；

（3）每个低压配电点，如果采煤工作面的机巷、回风巷和掘进巷道内无低压配电点时，上述巷道内至少应分别设置一个局部接地极；

（4）连接动力铠装电缆的每个接线盒。

在上述规定中，对局部接地极的具体敷设地点及接地电阻值无明确规定。在机巷或回风巷的局部接地极应尽量设在靠近工作面。为了避免接地极过于频繁移动，一般设在距工作面约 50m 处为好。

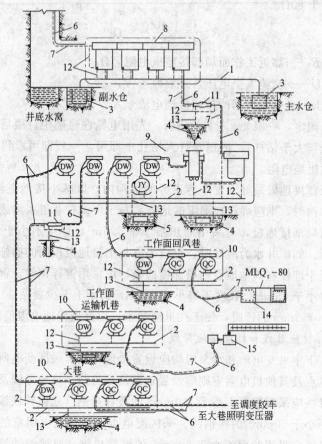

图 2-1 井下总接地网示意图

1—接地母线；2—辅助接地母线；3—主接地极；4—局部接地极；
5—漏电保护辅助接地极；6—电缆；7—电缆接地层；8—中央变电所；
9—采区变电所；10—配电点；11—电缆接线盒；12—连接导线；
13—接地导线；14—采煤机组；15—输送机

设这一局部接地极的作用是：当供机巷或回风巷电气设备电缆线路的接地芯线断裂时，仍能起着保护人身触电的作用。据测定，在660V 或 380V 低压供电系统中，单相接地电流值一般最大不超过500mA，因此，靠近工作面的局部接地极的接地电阻按下式计算

应不大于 80Ω。

$$R=\frac{U}{I_r}=\frac{40}{0.5}=80\Omega$$

式中　R——靠近工作面局部接地极电阻，Ω；

　　　U——交流安全电压，一般取 40V；

　　　I_r——低压电网的单相接地电流，A。

据测定，一根 2m 左右的钢管，先用电钻在煤层中订眼后（钢管直径稍大于钻杆），把钢管打入钻孔中即可，一般即可取得低于 80Ω 的接地电阻。

局部接地极最好设置于巷道旁的水沟内，以减小接地电阻值。如无水沟时，则应埋设在潮湿的地方。对于埋设在巷道水沟或潮湿地方的局部接地极，可采用面积不小于 $0.6m^2$、厚度不小于 3mm 的钢板。如矿井水为酸性时，也应采取与主接地极相同的措施。

至于埋设在其他地点的局部接地极，可采用镀锌钢管。钢管直径不得小于 35mm、长度不得小于 1.5m，管子上至少要钻 20 个直径不小于 5mm 的透眼，便于往里灌盐水，以降低接地电阻值。

3. 接地母线和辅助接地母线

井下中央变电所和水泵房均应设置接地母线，采区变电所、采区配电点及其他机电硐室则应设置辅助接地母线。接地母线及辅助接地母线应采用断面不小于 $100mm^2$ 的镀锌扁钢（或镀锌铁线）或断面不小于 $50mm^2$ 的裸铜线。采区配电点及其他机电硐室的辅助接地母线应采用断面不小于 $50mm^2$ 的镀锌扁钢（或镀锌铁线）或断面不小于 $25mm^2$ 的裸铜线。接地母线和辅助接地母线均应分别和主接地极、局部接地极连接。连接接地极的接地导线应采用断面不小于 $50mm^2$ 的镀锌扁钢（或镀锌铁线）或断面不小于 $25\ mm^2$ 的裸铜线。

4. 连接导线和接地导线

各个电气设备的金属外壳、铠装电缆的钢带（或钢丝）和铅包均应通过单独的连接导线，直接与接地母线或辅助接地母线连接。连接导线和接地导线均应采用断面不小于 $50mm^2$ 的镀锌扁钢（或镀锌铁线）或断面不小于 25mm² 的裸铜线。对于移动式电气设备，应用橡套电缆的接地芯线进行连接，并要求每一移动式电气设备与总接地网或局部接地极之间的接地电阻不得超过 1Ω。

三、接地极的安装

1. 主接地极

主接地极的构造及其安装示意图如图 2-2 所示。

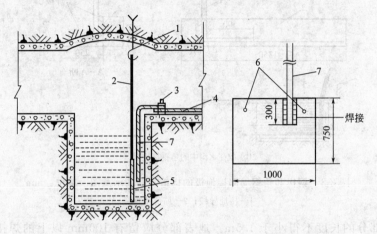

图 2-2　主接地极的构造及其安装示意图　单位：mm

1—吊环；2—吊绳；3—连接螺栓；4—辅助母线（4mm×25mm 扁钢）；
5—主接地极板；6—吊绳孔；7—接地导线（引至接地母线）

两块主接地极应分别设置在主、副水仓或集水井内，并保证其工作时总是没于水中。为了升降主接地极，检修方便起见，应设置专用吊环和吊绳。此外，主接地极的接地导线必须焊接。在安装时，接地导线和接地极线的连接处应保证其接触良好，并不承受较大的拉力。

2. 局部接地极

局部接地极最好埋设在巷道的排水沟中或其他潮湿的地方，如图 2-3 所示。

对于管状局部接地极，必须垂直打入潮湿的地中，其埋在地下

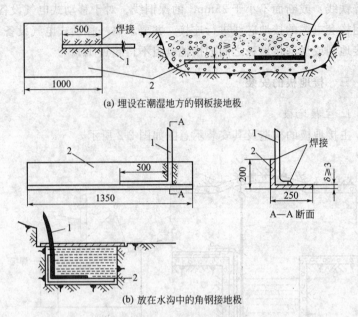

图 2-3　钢板和角钢局部接地极的构造及安装示意图　单位：mm

1—接地导线；2—局部接地极

部分的长度不得小于 1.5m。地表部分应留有 100mm 以上的焊接长度，如图 2-4 所示。

如是干燥的接地坑，局部接地极的四周应用砂子、木炭和食盐等混合物填满。砂子和食盐的比例按体积比约 6：1。

四、电气设备的接地方法

按照《煤矿安全规程》规定，所有必须接地的设备（包括电气设备正常不带电的金属外壳、铠装电缆的金属铠装、铅皮、橡套与塑料电缆的接地线芯和局部接地装置）都应与总接地网连接，并且每台设备均需用单独的连接导线与总接地网（包括接地母线、辅助接地母线）直接相连。禁止将几台设备串联接地，也禁止将几个接地部分串联。

所谓几台设备串联接地，可由图 2-5(a) 看出，2、3 号磁力启动器的连接导线不是直接与接地极（或辅助接地母线）连接，而是通过1号磁力启动器的连接导线再与接地极相连，故叫串联接地。一旦1号磁力启动器的连接导线损坏或连接处接触不良，都将影响到2、3号磁力启动器的接地好坏。因此，正确的接地方法应如图2-5（b）所示。

下面介绍"矿井保护接地装置的安装、检查、测定工作细则"中所列举的几种电气设备的接地方法。

1. 变压器的接地方法

首先，用连接导线将变压器高、低压侧铠装电缆的钢带和铅皮分别接到变压器外壳专供接地的螺钉上，然后再将该螺钉与接地母线（或辅助接地母线）相连。如用橡套电

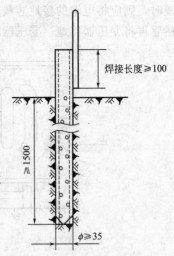

图 2-4　管状局部接地极的构造及安装示意图　单位：mm

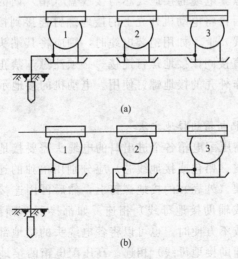

(a)

(b)

图 2-5　几台设备串联接地（a）和正确接地（b）的示意图

缆时，则应将电缆的接地芯线接到进出线接线装置的接地端子上，然后再将变压器接地。变压器的接地示意图如图 2-6 所示。

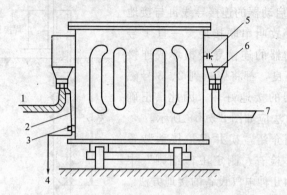

图 2-6　变压器的接地示意图

1—高压铠装电缆；2—连接导线；3—接地螺钉；4—连接导线
（接至接地母线或辅助接地母线）；5—接线装置内的接地端子；
6—橡套电缆的接地线芯；7—低压橡套电缆

2. 电动机的接地方法

首先将橡套电缆的接地线芯与接线盒（箱）内的接地螺钉连接起来。然后再将电动机外壳上的接地螺钉连接到接地母线（或辅助接地母线）上。如用铠装电缆时，则应将其端头的钢带（钢丝）和铅皮直接同该接地螺钉连接。必须注意，禁止把电动机的底脚螺钉当作外壳的接地螺钉使用。电动机的接地示意图如图 2-7 所示。

3. 高压配电箱的接地方法

首先，高压配电箱各个进出口的电缆头需要接地的部分（如金属铠装外皮、铅包或接地线芯）应分别用单独的连接导线汇接到配电箱底架（外壳）的接地螺钉上，然后再用连接导线将其与接地母线（或辅助接地母线）相连。如都接到一颗接地螺钉上，连接不牢固或不方便时，也可以将各电缆头的接地部分直接与接地母线（或辅助接地母线）相连。高压配电箱的接地方法如图 2-8 所示。

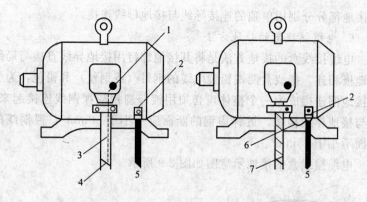

图 2-7 电动机的接地示意图

1—接线盒内的接地螺钉；2—接地螺钉；3—橡套电缆的接地线芯；

4—橡套电缆；5—连接导线（接至接地母线或辅助接地母线）；

6—连接导线；7—铠装电缆

4. 井下各机电硐室、各采区变电所及各配电点电气设备的接地方法

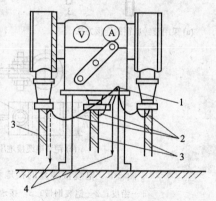

井下各机电硐室、各采区变电所及各配电点的电气设备，除通过电缆的铠装层、铅包、屏蔽套或接地线芯与总接地网相连以外，还必须设置辅助接地母线。所有设备的外壳以及电缆头的接地部分都要用单独的连接导线接到辅助接地母线上。辅助接地母线还应用接地导线与局部接地极连接。

图 2-8 高压配电箱的接地示意图

1—接地螺钉；2—连接导线；3—铠装电缆；

4—引至接地母线或辅助接地母线

5. 井下中央变电所（或中央配电站）电气设备的接地方法

井下中央变电所（或中央配电站）应设置与主、副水仓中的主接地极直接相连的接地母线，然后再将电气设备的外壳以及电缆头

的接地部分分别用单独的连接导线与接地母线连接。

　　6. 电缆接线盒的接地方法

　　电缆接线盒的接地方法是将其接地螺钉用接地导线直接与局部接地极相连。接线盒两端铅装电缆的钢带（或钢丝）和铅包，为了使接地网连接成为一个整体，必须用镀锌扁钢或裸铜线连接起来，并与接地导线相接。镀锌扁钢的断面应不小于 $50mm^2$，裸铜线的断面不小于 $25mm^2$。

　　电缆接线盒的接地示意图如图 2-9 所示。

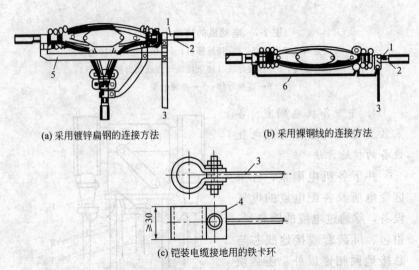

(a) 采用镀锌扁钢的连接方法　　　　(b) 采用裸铜线的连接方法

(c) 铠装电缆接地用的铁卡环

图 2-9　电缆接线盒的接地示意图　单位：mm

1—铅皮；2—铠装钢带；3—接地导线；4—镀锌铁卡环；

5—镀锌扁钢；6—裸铜线

五、接地电阻的测定

　　井下总接地网接电阻值的测定要有专人负责，每季至少进行一次，并将测量结果记入记录簿内，以便查阅。新安装的接地装置应在投入运行前，对其接地电阻值进行测量。

　　在有瓦斯及煤尘爆炸危险的矿井内进行接地电阻测量时，应采用安全火花型测量仪表（如 ZC-18 型安全火花接地电阻测量仪）。普通型仪表只被用在沼气浓度为 1％以下的地点，并采取一定的安全措施，报有关部门审批。

ZC-18 型安全火花接地电阻测量仪的电源是由其内部的手摇式交流发电机供给，EC 端的输出电压不超过 27V，输出电流不超过 13mA。当 EC 两端直接短路时，其短路电流也不超过 17mA，从而满足了安全火花的要求。

1. ZC-18 型安全火花接地电阻测量仪的主要技术特征

（1）量限　0～10Ω 和 0～100Ω 两挡。

（2）刻度　电位器所带刻度盘上共分 10 个大格，每一大格分为 10 个小格。

当量限为 0～10Ω 挡时，表盘上的倍率指示为"×1"，因此刻度盘上的每一大格即为 1Ω，每一小格即为 0.1Ω。

当量限为 0～100Ω 挡时，表盘上的倍率指示为"×10"，因此，应将刻度盘上的指示数乘 10，才是被测的接地电阻值，亦即此时刻度盘上的每一大格为 10Ω，每一小格为 1Ω。例如，当指针指在刻度盘上的 9 时，则被测接地电阻值等于 90Ω。

（3）准确度　为额定值的±5％。

（4）发电机摇把的转速　等于或大于 120r/min。

（5）辅助接地极 C′和探针 P′　接地电阻值不大于 200Ω。

（6）工作环境　温度为 0～50℃；相对湿度为 98％以下。

2. 接地电阻的测定方法

当采用 ZC-18 型安全火花接地电阻测量仪测定接地电阻时，其接线方法如图 2-10，具体步骤如下。

（1）自被测接地极 E′起，使电位探针 P′和辅助接地极 C′按直线彼此相距 20m 以上，并且应将电位探针 P′插于被测接地极 E′和辅助接地极 C′之间。

（2）用导线将 E′和仪表的端子 E 、P′和端子 P、C′和端子 C 相连接。

（3）将仪表放置在水平位置，并检查检流计的指针是否指在零

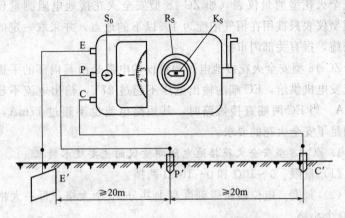

图 2-10　接地电阻测定示意图

S_0—零位调节器；R_S—电位器；K_S—量限转换开关

位，否则，应用零位调节器 S_0 进行调控。

（4）转动量限转换开关 K_S，将倍率标度盘拨于"×10"倍数挡（即 $0 \sim 100\Omega$ 挡），然后慢慢转动发电机的摇把，此时检流计的指针必然离开零位向一侧偏转，与此同时，应转动电位器 R_S 的调节旋钮（其刻度盘也随之转动），使检流计的指针逐渐返回零位。

（5）当检流计的指针接近零位时，应加快发电机摇把的转速，使其达到 $120r/min$ 以上，然后继续调节电位器 R_S 的旋钮，让指针完全指在零位为止，此时指针所指刻度盘上的数字即为测量所得的读数。例如，图 2-10 中指针所指刻度盘上的数字为 2.50，即测得的读数为 2.50。由于倍率盘的指示为"×10"，因此，应将实际读数 2.50 乘以 10，即得所测的接地电阻值为 $2.5 \times 10 = 25\Omega$。

（6）其将倍率标度盘置于"×10"挡，所测得的读数小于 1时，则应将倍率标度盘转换至"×1"挡，然后再重新调节电位器 R_S 的旋钮，使指针重又指零，才能得到更为准确的读数。

测量注意事项如下。

（1）用电压表检查被测接地网，如果已有电压存在，将会影响测量结果的准确性，应予以消除。

（2）测量主接地极处总接地网的过渡电阻时，应将一个主接地极与总接地网断开，以表示主接地极之一处于检修状态下。

（3）当被测接地极 E′ 和辅助接地极 C′ 之间的距离大于 20m 时，若电位探针 P′ 的位置与 E′、C′ 不在同一条直线上，只要 P′ 的位置离 E′、C′ 之间连线的垂直距离为几米以上，其测量误差可以不计。但是如果 E′、C′ 之间的距离小于 20m 时，则应将电位探针 P′ 正确地插在 E′ 和 C′ 的直线上。

（4）当检流计的灵敏度过高时，可将电位探针 P′ 插入土壤中的深度浅一些。

（5）将电位探针 P′ 前后移动三次，重复进行测量，如三次测量的结果接近即可，并取其平均值。

（6）辅助接地极 C′ 与电位探针 P′ 应远离铠装电缆、电机车运输轨道等长、大的金属物，最好与其垂直布置。

（7）当测量单个接地极的接地电阻值时，应先将其接地导线与接地网断开。

第二节　井下低压电网漏电保护

煤矿井下供电电网漏电，不仅会引起人身触电，而且还可能导致瓦斯、煤尘爆炸，电雷管提前引爆。此外，大量的漏电电流还可能造成短路；绝缘材料发热着火，造成火灾及其他更为严重的事故。因此《煤矿安全规程》要求：井下低压馈电线上必须装设检漏保护装置或有选择性的漏电保护装置，保证切断漏电的馈电线路。

一、变压器中性点接地系统漏电的分析

变压器中性点接地系统是指变压器中性点直接接地。在此供电系统中，发生人身触电事故，便有电流通过人身。人身触电电流回路如图 2-11 所示，变压器中性点构成漏电回路如图 2-12 所示。此时，人身触电电流值可按下式计算：

$$I_h = \frac{U_\phi}{R_h}$$

式中　I_h——人身触电电流值，A；

　　　U_ϕ——电源相电压，V；

　　　R_h——人身电阻，Ω，并下人身电阻在计算时取 1000Ω。

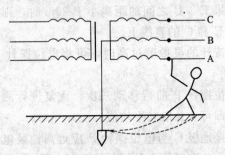

图 2-11　人身触电电流回路

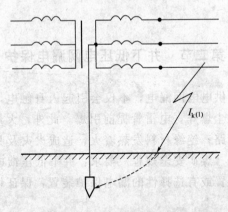

图 2-12　单相接地电流回路

　　上式忽略了变压器绕组阻抗、线路阻抗、接地电阻等的影响。电网对地的绝缘电阻和电网对地的分布电容对人身触电电流并无影响，只与电网的电压和人身电阻有关。在人身电阻一定的条件下，电压越高，人身触电电流值也就越大。例如，对于 380V 供电系统，电源相电压 $U_\phi = 220V$，则

$$I_h = \frac{U_\phi}{R_h} = \frac{220}{1000} = 0.22\text{A}$$

通过人身约 1mA 电流时，人便有感觉触电，此电流称为感知电流。触电者能自行摆脱带电体的最大电流约为 10mA，称为摆脱电流。当通过人身 5mA 电流时，就引起心室纤维颤动，就有死亡的危险，因此，也称为致死电流。人体触电的安全电流为 30mA。可见变压器中性点接地系统人身触电是非常危险的。

在变压器中性点接地系统中，若发生单相接地，即为单相短路。单相短路电流可按下式计算：

$$I_{k(1)} = \frac{U_\phi}{R_e + R_f}$$

式中 $I_{k(1)}$——单相短路电流，A；

   U_ϕ——电源相电压，V；

   R_e——工作接地极的接地电阻，Ω。

   R_f——故障点土壤的流散电阻，Ω。

当电网电压为 380V，电源相电压 $U_\phi = 220$V，$R_e = 4\Omega$，$R_f = 16\Omega$，单相短路电流值 $I_{k(1)}$ 为：

$$I_{k(1)} = \frac{220}{4+16} = 11\text{A}$$

显然单相接地电流太大，足以引起瓦斯和煤尘爆炸。另外，变压器中性点接地供电系统三相对地电压均为相电压，容易将电雷管先期引爆。

二、变压器中性点不接地供电系统

变压器中性点不接地的供电系统在电缆总长度较短的条件下，忽略电网对地的分布电容，三相电压对称，三相对地的绝缘电阻相等，则三相对地电压与电源的相电压相等，变压器中性点与大地之间没有电位差。发生人身触电事故时，如触及 A 相带电导体，便有电流通过人身，使 A 相绝缘电阻与人身电阻并联，三相绝缘电阻不等，变压器中性点与大地之间出现电位差（$\dot{U} \neq 0$），各相对地电压不再平衡，B、C 两相对地电压增大，A 相对地减小。如 A 相和大地发生金属短路接地，则 A 相对地电压为零，B、C 两相对地电压为线电压。可见在变压器中性点不接地供电系统，如无漏电保护时，在一相接地的条件下，人身触电更危险。

在忽略电网对地分布电容、三相电源电压对称、三相对地绝缘电阻相等的条件下，人身触电时触电电流可用下式计算：

$$I_h = \frac{3U_\phi}{3R_h + r}$$

式中　I_h——触电电流，A；

U_ϕ——电源的相电压，V；

r——电网每相对地的绝缘电阻，Ω；

R_h——人身触电电阻，Ω。

从上式可知，当电网电压和人身电阻一定时，人身触电电流的大小仅决定于电网对地的绝缘电阻值，只要电网绝缘电阻不小于规定值，漏电电流则不大于安全电流。漏电保护装置的动作电阻值为：

1140V 电网，动作电阻值为 20kΩ；

660V 电网，动作电阻值为 11kΩ；

380V 电网为 3.5 kΩ。

从上式可知，提高电网对地绝缘电阻值，则能减小电网的漏电电流。但是，在电网电路较长、分布电容较大的情况下，提高绝缘电阻反而有增大触电电流的危险。因此，对电容电流必须进行补偿。补偿的方法是在人为中性点与地之间接入一个电抗线圈，见图 2-13。当人身触电时，在电抗线圈中产生电感性电流，用以抵消电容性电流，以减小人身触电或单相接地的危险。

三、漏电保护装置

在变压器中性点不接地的供电系统中，装设灵敏可靠的漏电保护装置，并与屏蔽电缆配合使用，不但可以减少漏电故障，还可减少短路故障，从而提高了供电的可靠性。目前，使用最多的是附加直流原理的漏电保护，其优点是能够连续监视电网的绝缘电阻，动

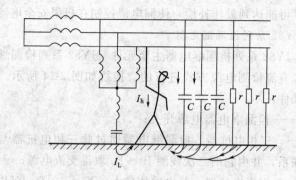

图 2-13　人身触电原理图

作准确，可靠性强。缺点是没有选择性。

在各种电压下，漏电保护装置应满足以下几点要求，才能保证电网出现危险性漏电故障时能迅速可靠地动作，而在允许的漏电流时它又不动作。

（1）检漏继电器必须对电网的绝缘水平进行经常性的监视，要求欧姆表指示准确无误。当绝缘电阻下降到危险值或发生漏电事故时，检漏继电器必须准确、可靠地动作，迅速切断故障电网。为了达到上述目的，检漏器必须设定正确的跳闸整定值。

井下低压电网各级电压 1140V、660V、380V、127V 单相对地绝缘电阻跳闸值见表 2-1。

表 2-1　漏电跳闸动作电阻值

电阻/kΩ	电压/V 127	380	660	1140
最低绝缘电阻值	5.3	19.00	35.00	63.00
整定值（计算）	1.52	6.35	11.70	21.0
整定值（采用）	1.10	3.5	11.00	20.00

（2）检漏继电器的动作时间必须迅速。在任何漏电故障情况下，其切断电源的总时间（包括馈电开关跳闸时间在内）一般应小于 0.25 秒（660V 系统）、0.4 秒（380V 系统）或 1 秒（127V 系统）。

（3）检漏继电器对电网形成的分布电容必须有足够的补偿能

力，应尽可能达到最佳补偿，使漏电流控制在极限安全电流以下。

1. JY82 系列检漏继电器

（1）JY82 系列检漏继电器主要元件　JY82 系列检漏继电器是采用附加直流检测电源方式进行的。接线如图 2-14 所示。图 2-14 中主要元件：

GK——检漏继电器电源开关；

SK——三相电抗器，检漏继电器通过此三相电抗器与三相电网发生联系，并由它的二次线圈 $B_0 \sim B_6$ 取得交流电源；

LK——零序电抗器，其电感值较大，$X_L \approx 10^5 \Omega$，可以保证线路对地有较高的绝缘水平，并且通过它的电感电流补偿线路漏电的电容电流；

C——接地电容，其值为 $2 \mu F$，当电网接地时，交流电流经此电容到地，减少交流分量对直流回路的干扰，以免使直流继电器 ZJ 的性能恶化；

ZJ——直流继电器，额定动作电流为 5mA，两对常开接点 ZJ_1 和 ZJ_2，ZJ_2 先于 ZJ_1 闭合，用于接通馈电开关的跳闸线圈，抗干扰；

ZD——监视灯，根据它的亮度，借以监视 GK 开关触点闭合的好坏，同时，也起照明作用，便于观看欧姆表；

ZL——桥式整流器，用以提供直流电源；

R_r——平衡电阻，其阻值为 1000Ω，用以稳定整流器的输出电压；

Ω——欧姆表，用以监视电网的绝缘电阻；

R_Y——试验电阻，660V 时，$R_Y = 11k\Omega$，380V 时，$R_Y = 3.5k\Omega$；

AY——试验按钮；

D_r——辅助接地装置，试验用；

D_z——局部接地装置与检漏继电器中的 ZJ 及欧姆表相串联，并与外壳一起接地。

（2）动作原理　当检漏继电器接入电网时，直流电源便和电网

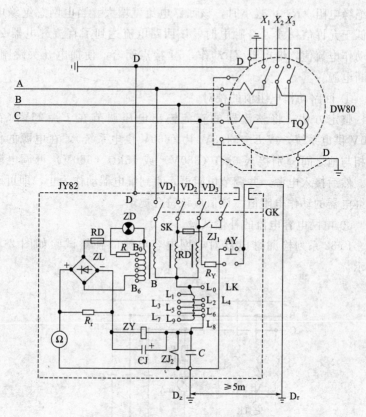

图 2-14　JY82 系列检漏继电器原理接线图

绝缘电阻构成直流电路，其回路是：直流电源＋→ 大地→ 电网绝缘电阻（当人身未触及电网时）→ 电网→ 三相电抗器→ 零序电抗器→ 直流继电器线圈→ 电源－。该回路的电流和电网总绝缘电阻值成反比，故可用回路电流的大小来表示电网总绝缘电阻值。总绝缘电阻与各相绝缘电阻的关系是：

$$R_\Sigma = \cfrac{1}{\cfrac{1}{R_A} + \cfrac{1}{R_B} + \cfrac{1}{R_C}}$$

R_A、R_B、R_C 分别为 A、B、C 三相对地的绝缘电阻。当电网总绝缘电阻（R_Σ）减小时，该回路电流就增大。当电网总绝缘电阻低于允许值，或人身触电时，该回路电流达到了直流继电器 ZJ 的动作电流值，继电器 ZJ 动作，ZJ 接点闭合，使馈电开关跳闸，切断电源。

① 回路动作电阻值的校对。

整定方法：将整流器的直流输出电压调节在 $E = 26V$（在 380V 供电系统）或 $E = 54.8V$ 上（660V 供电系统），在电源的任一相与地之间分别接入 $6k\Omega$（380V）或 $15k\Omega$（660V）可调电阻器。然后接入电源，并调节电阻器，直到继电器动作为止，即可确定继电器的动作电阻值。该值应该符合规定。

② 电网电容电流的补偿试验。

JY82 系列检漏继电器对电网电容电流的补偿试验如图 2-15 所示。

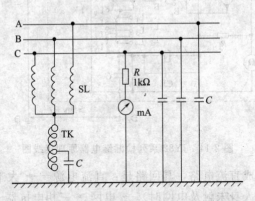

图 2-15　JY82 系列检漏器电网电容电流补偿试验

试验前必须经瓦斯检查员检查，无瓦斯方可进行。打开检漏继电器的外盖，在电源进线端子的任何一相与地之间接入一个交流毫安表（量程 0~500mA）和 1 $k\Omega$ 电阻 R。然后送上电源，并调节零序电抗器抽头，逐渐改变电抗器的匝数，使毫安表读数达到最小为止，此时即为电容电流的最佳补偿状态。

在进行补偿试验时，应先在继电器 ZJ 的两个常开接点中放上绝缘物，以免开关跳闸。

补偿效果可按下式进行计算：

$$\varphi=\frac{I_1-I_2}{I_1}\times100\%$$

式中　φ——补偿效果；

　　　I_1——无补偿（即将零序电抗器回路断开）时毫安表的
　　　　　读数；

　　　I_2——最佳补偿状态下毫安表的读数。

2. BJD$_2$-660/380 型检漏继电器

（1）型号说明

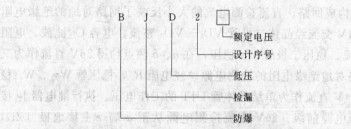

（2）继电器的基本参数　BJD$_2$ 型检漏继电器基本参数见表 2-2。

表 2-2　BJD$_2$ 型检漏继电器基本参数

额定电压 /V	单相漏电动作 电阻/kΩ	单相经 1kΩ 电阻 接地动作时间/s	网路电容为 $0.2\sim1.5\mu F$/相 时的补偿效率/%
380	3.5	≤0.10	760
660	11	≤0.08	

注：1. 继电器工作制为长期工作制。

2. 允许电源电压波动范围为额定值的 90%～110%。

（3）结构　继电器的隔爆外壳为钢板成型的圆柱转盖式结构。前盖与安装于壳体右侧隔离开关手柄之间设有机械闭锁机构。盖的上方设有指示网路绝缘的欧姆表及电容电流补偿指示的毫安表观察窗；盖的下方设有人工漏电及电容补偿的试验按钮。调节电容电流补偿电位器手柄装于外壳的右侧。接线定在外壳的左后方。为便于检修，在前盖的内侧附有金属薄板制成的电路图。

隔离开关及补偿电位器直接安装于外壳上，其余电气元件、组件均安装于可抽出的芯架上。芯架与外壳内电气的连接采用多脚插接件构成的插入式结构。芯架推入外壳内，用两只螺钉固定于滑道上。

（4）工作原理　BJD_2 型检漏继电器电路由漏电跳闸保护电路、网路电容电流补偿电路及不断电试验电路三部分组成，其原理电路如图 2-16 所示。

① 漏电跳闸保护电路。漏电跳闸保护电路采用直流绝缘监视原理。在接于三相交流电路的三相电抗器（SK）构成的伪中性点与大地之间附加一直流检测电源叠加于交流网路。直流电流经大地、网路对地绝缘电阻（r）、三相电抗器（SK）、零序电抗器（CF）构成回路。直流检测电流的大小反映了网路对地的绝缘电阻值。34V 交流经晶体二极管 $VD_6 \sim VD_9$ 整流、电容 C_1 滤波、电阻 R_5 阻流、稳压二极管 W_{y1} 稳压，在 a、b 两点约得 26V 直流作为三相网路对地绝缘电阻的检测电源。经电阻 R_2，稳压管 W_{y2}、W_{y3} 稳压得 14V 直流作为单结晶体管 UJT 的工作电压。执行继电器 J_2 接于稳压电源前级。26V 直流检测电源从正 a 端→主接地极（ZD）→网路对地绝缘电阻→三相交流网路→电源隔离开关（GK）→三相电抗器（SK）→零序电抗器（CF）→欧姆表（kΩ）→整定电位器 W→电源负极 b。检测电流在电位器 W 上产生一电压降，电压降的大小与网路对地绝缘电阻值成反比。当网路对地绝缘电阻降低到动作电阻值，或人员触及一相带电导体，电容器 C_3 两端的电压达到单结晶体管 UJT 的峰值电压（U_p），单结晶体管导通，电容器 C_3 向电阻 R_4 放电。放电电流在 R_4 上产生一电压降，触发可控硅 SCR，继电器 J_2 吸合，其常开触点 J_{2-1} 接通 DW 自动开关分励脱扣线圈的电源，DW 自动开关跳闸，切断主电路三相电源，起到漏电保护作用。

在漏电跳闸保护电路中，还设置了由电阻 R_1、电容器 C_2、继电器 J_1 构成的 RC 延时电路。延时电路的作用在于：当隔离开关合闸时，防止由于直流电源向电容器 C_4 从网路分布电容 C 充电过程引起继电器误动作。

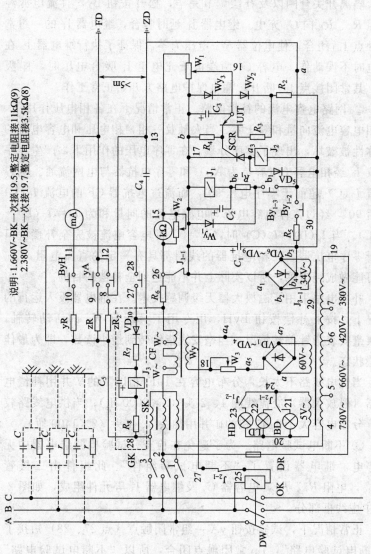

图 2-16　BJD₂ 型检漏继电器原理线路图

说明：1.660V~BK—次接19.5,整定电阻接11kΩ(9)
2.380V~BK—次接19.7,整定电阻接3.5kΩ(8)

隔离开关合闸以及补偿调节完毕，松开按钮 By，直流电源经电阻 R_5、R_1 向 C_2 充电。继电器 J_1 延时吸合，继电器 J_1 的一组常闭触点 J_{1-1} 闭合，使电位器 W_1 电压为零，保证了执行继电器 J_2 在送电时不误动作。电容 C_2 两端电压充电至 J_1 吸合电压时，J_1 吸合，其常闭接点 J_{1-1} 断开，漏电保护电路方开始正常工作。

② 网路电容电流的补偿电路。正常情况下在各相电压作用下，三相电容电流向量和等于零。当人触及一相，相电压和电容电流的对称性被破坏，出现了零序分量。在零序电压的作用下，产生零序电流 I_0 经相电容 C（容抗为 X_C）和零序电抗器与电网流通。电容电流 $I_0(C)$ 超前于零序电压 $90°$，而流过电抗器 CF 的电流 $I_0(L)$ 滞后 $90°$，经过人体电容电流与电感电流的向量和为 $I_g = I_0(L) - I_0(C)$。当 $I_0(L) = I_0(C)$ 时，$I_g = 0$，即电容电流被完全补偿。但由于零序电抗器、三相电抗器的线圈都具有一定的直流电阻，X_L 不可能做成纯电感，所以实际上并不能达到全补偿的目的。

补偿电路采用了磁放大器无级调感技术。在继电器投入运行的情况下，按下补偿按钮 ByH，用专用工具调节 W_3 的活动转轴，观察毫安表指针偏转情况，当毫安表指针转到最小读数，即为最佳补偿状态。

当供电线路不太长，分布电容在 $1\mu F$/相以下的矿井用补偿电抗器（磁放大器）交流线圈 1、2 头（$2×2000$ 匝）；当供电线路较长，分布电容大于 $1\mu F$/相的矿井用抽头 3、4 头（$2×1400$ 匝）。

③ 不断电试验电路。为了避免在检查、试验检漏继电器中无故停电，继电器设置了"不断电试验组件"。此组件由二极管 VD_{10}，电阻 R_7、R_8，电容器 C_5 及继电器 J_3 等元件组成，如图 2-16 中虚线框部分。

正常情况下，试验按钮 yA 一组常闭触点（点 27、28）短接了"不断电试验电路"，J_{3-1} 常闭触点闭合，所以"不断电试验电路"的接入不影响继电器的正常功能。

当进行不断电试验检漏继电器时，按下试验按钮 yA，单相经 $11k\Omega$ 电阻接地，检漏继电器中的执行继电器 J_2 动作，其常闭触点

J_{2-1}闭合,红灯亮。由于按下 yA,断开 27、28 两点,使跨接于 B、C 两相的 OK 线圈与"不断电试验回路"串联成通路,由于电阻 R_7、R_8 的限流作用,该串联回路仅流过 10mA 左右的直流电流,而 OK 线圈则需要 80mA 以上的交流才能使馈电开关跳闸,所以 OK 线圈不动作。由于电容器 C_5 的充电延时作用继电器 J_3 大约经大于 1 秒的时间延时动作,其常闭触点 J_{3-1} 断开了漏电保护电路中的 34V 交流电源,J_2 无电释放,红灯灭,J_{2-1} 断开 OK 线圈与"不断电试验电路"组成串联回路,若在此时松开试验按钮 yA,即达到不断电试验检漏继电器的目的,并恢复检漏继电器的正常监视作用。

若需要进行断电试验检漏继电器时,按下试验按钮 yA,J_2 动作,红灯亮,在红灯亮时间内(J_3 尚未动作)松开 yA,由于 yA 的一组常闭触点短接了"不断电试验电路"部分,OK 线圈直接跨接于 B、C 两相之间,将有大于 120mA 的交流电流流过 OK 线圈回路,馈电开关跳闸,达到了不断电试验检漏继电器的目的。

(5)接线与整定 继电器接线盒内共有 6 个接线端子,如图 2-17 所示。A、B、C 分别接 DW 馈电开关负荷侧三相端子,OK 端子接馈电开关脱扣线圈,FD 与 ZD 为辅助接地与主接地端子。接地要

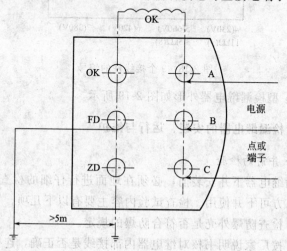

图 2-17 接线盒内接线端子

牢固可靠，FD 与 ZD 相接的辅、主接地极之间的距离要大于 5m。

根据供电电压的等级，选择控制变压器一次线圈的接线。控制变压器 BK 的一次线圈一 共有 5 个端子。其中 19.5 接 660V，19.7 接 380V。当井下电压高于 660V 或 380V 太多时，应分别接到 19.4 和 19.6 两组端子。在电器芯架的左前方设有 9 个接线柱的接线板，其中 5 接 660V、7 接 380V、4 接 230V、6 接 420V。接线板上的 1、2、3 号接线柱直接接三相电抗器的三组线圈，供测试电源电压之用。660V 试验按钮 yA 接端子 9，660V 试验按钮 yA 接端子 8。接线板端子布置见图 2-18。

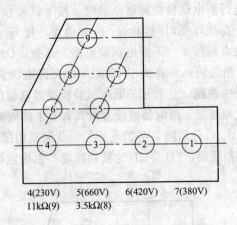

4(230V)　　5(660V)　　6(420V)　　7(380V)
11kΩ(9)　　3.5kΩ(8)

图 2-18　9 个接线柱的编号

BJD₂ 型检漏继电器外形如图 2-19 所示。

四、检漏继电器的安装、运行与维护

1. 下井前的检验

检漏继电器下井安装前，必须在地面进行仔细的检查与试验，符合要求方可下井使用。检查试验内容主要有以下几项。

（1）检查防爆外壳是否符合防爆的规定。

（2）按厂家说明书核对继电器内部接线是否正确，连接是否良好，元件和导线有无破损，设备电压是否与电网相符。

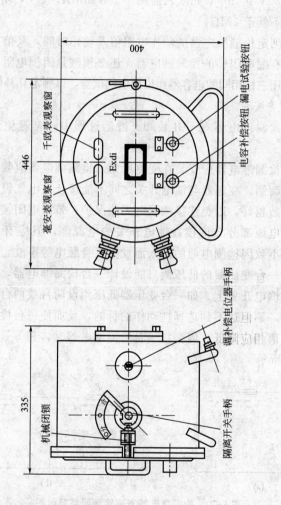

图 2-19 BJD₂ 型检漏继电器外形图 单位:mm

（3）对于660V的检漏继电器，用1000V兆欧表摇测不低于10MΩ；380V用500V兆欧表摇测不低于5MΩ；127V用500V兆欧表摇测不低于2MΩ。

（4）测定检漏继电器的动作电阻值及动作时间，其值应符合规定；对于有漏电闭锁的检漏继电器，还必须测量闭锁电阻值。

（5）用三相相同的电容器作模拟电网试验，以测定其补偿效果。

2. 下井安装

（1）检漏继电器在下井装卸、搬运过程中，应避免受剧烈的振动。

（2）检漏继电器应安装在变电所内。检漏继电器应装设在馈电开关的负荷侧。变压器与馈电开关之间不能接任何电气设备，并且连接线越短越好，以免连接线漏电无法保护；带漏电闭锁的检漏继电器，其电源部分允许接在馈电开关的电源侧，但应有可靠的措施，保证不致因检测电源的接入而发生人身触电等事故。

（3）一台变压器的低压侧只能设计一台检漏继电器，而将其安装在总的馈电开关上。如一台变压器低压侧设两台或两台以上检漏继电器时，不但达不到选择性动作的目的，反而使每台检漏继电器动作电阻值相应降低。因为接一台检漏继电器时，其等效电路如图2-20(a)所示。

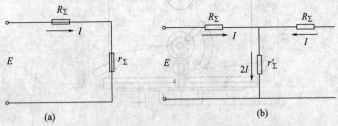

图 2-20　检漏继电器直流检测回路等效图

$$E - IR_\Sigma = Ir_\Sigma$$

式中　E——直流检测回路电源电压；

　　　R_Σ——欧姆表直流电阻、零序电抗器直流电阻、直流继电器
　　　　　　ZJ 直流电阻之和；

r_Σ——电网三相对地绝缘电阻。

当 E 为定值，R_Σ 为检漏器动作电阻，I 为 ZJ 动作电流，确定后 r_Σ 为定值。

接两台检漏继电器等效电路如图 2-20（b）所示，流入电网三相对地绝缘电阻的电流增大一倍，欲使 $2Ir'_\Sigma = Ir_\Sigma$，则 $r'_\Sigma = 1/2r_\Sigma$。

接入两台检漏继电器时动作电阻值降低为 1/2。如果接入 3 台检漏继电器，动作电阻值为原来的 1/3。

（4）变压器低压侧用两台馈电开关作为总开关，可以合用一台检漏继电器，其连接方法如图 2-21 所示。并应注意下列事项：

① 两台馈电开关的跳闸线圈必须连接在同一相电源上；

② 两台馈电开关跳闸线圈之间应串接一个隔爆型停止按钮，当第一台运行、第二台停运时，应按下按钮，并锁住不动，以免停运开关的负荷侧带电；

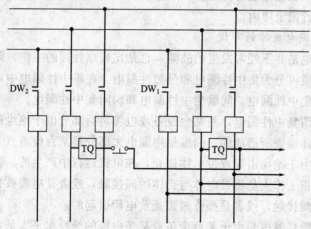

图 2-21 两台馈电开关合用一台检漏继电器接线示意图

③ 由于检漏器的电源只与一台馈电开关连接，如果需要停第一台开关，而让第二台开关运行时，应将检漏继电器的电源改接到第二台开关，否则检漏继电器将失去电源，无法工作；

④ 检漏继电器做试验用的辅助接地极应单独设置，其规格要

求与局部接地极相同，并距局部接地极的直线距离不小于 5m，与辅助接地极相连的接地线应用线芯断面不小于 $10mm^2$ 的橡套电缆，127V 电煤钻综合保护装置的辅助接地极可采用直径不小于 35mm、长度不小于 500mm 的钢管进行埋设。

3. 运行与维护

（1）值班电钳工每天应对检漏继电器的运行情况进行一次检查试验，并作好记录。

（2）当电网绝缘电阻值 660V 低于 $30k\Omega$、380V 低于 $15k\Omega$、127V 低于 $10k\Omega$ 时，应及时处理，提高电网绝缘电阻，以免跳闸。

（3）检漏继电器的维修工每月至少对检漏继电器进行一次详细检查，保证检漏继电器性能可靠，防爆性能符合规定。

（4）在瓦斯检查员的配合下，每日至少对检漏继电器进行一次远方人工漏电试验。

（5）检漏继电器的维护、检修及调试工作应记入专门的检漏继电器运行记录簿内。

4. 漏电故障的寻找

漏电是井下经常发生的故障，也是比较难处理的工作。漏电故障按性质可分为集中性漏电和分散性漏电。在集中性漏电中，又分为长期集中性漏电、间歇集中性漏电和瞬间集中性漏电。

所谓集中性漏电，是某台设备或电缆负荷部分由于绝缘被击穿或导电体碰壳所造成的。间歇集中漏电大部分是某台设备（主要是电机）由于绝缘击穿或带电体碰壳，在电机运行中产生的。瞬间集中漏电指工作人员将带电体与壳体瞬间接触，或者是电缆破裂部分与地瞬间接触，或者是操作时弧光放电而引起的。

分散性漏电是由于某台设备或某条电缆的绝缘水平太低，整个电网绝缘水平太低而引起的。

发生漏电故障后，根据电缆的新旧程度、井下使用时间的长短、周围环境和设备运转情况，首先判断漏电性质，估计漏电范围，然后细致检查、分析判断，找出漏电点。寻找漏电故障之前，首先应排除检漏继电器本身是否有故障。

如经细致检查寻找不到漏电点，可与瓦斯检查员联系，对可能有瓦斯积聚的地区进行瓦斯检测。当瓦斯浓度小于1％时，可应用下列方法进行寻找。

（1）集中性和分散性漏电的判断 合上总馈电开关，将各分馈电开关单独送，如发生跳闸，则为集中性漏电；当分馈电开关全部合上后，总馈电开关跳闸，则为分散性漏电。

（2）集中性漏电的寻找

① 漏电跳闸后，试合总馈电开关，如能合上，则为瞬间集中性漏电。

② 漏电跳闸后，总馈电开关不能合闸，将分馈电开关全部分断，总馈电开关仍不能合闸，则漏电点在电源线路上。

③ 分馈电开关全部分断，合上总馈电开关，然后将分馈电开关逐一合闸送电，如果在哪条线路跳闸，漏电点就在哪条线路上。

（3）分散性漏电的寻找 拉开全部分馈电开关，总馈电开关合闸，然后逐一合上分馈电开关。每合上一台分馈电开关，观察欧姆表的绝缘阻值，确定哪条线路绝缘电阻值最低，然后停电，用兆欧表实测该线路绝缘电阻值是否已不符合要求，应该换新的。

五、煤电钻综合保护装置

煤电钻是煤矿井下采掘工作面的主要生产用工具之一。

煤矿井下电压等级一般为660V（个别地区也有380V的）。由于煤电钻使用电压为127V，所以必须将660V限到127V，向煤电钻供电。目前我国煤矿井下127V电网主要是由KSG隔爆型干式变压器供电的电钻和照明线路，其漏电保护除单独的漏电继电器外，还有煤电钻综合保护和照明信号综合保护装置。煤电钻综合保护装置在结构上有两种类型：一种是不带主变压器，需要和KSG型干式变压器配套使用；另一种是自身带主变压器，可直接将输入的660V/380V电压变换成127V电压供煤电钻使用。两者电气原理相同。煤电钻综合保护装置有多种形式，以下仅介绍ZB82-127/20隔爆型煤电钻综合保护装置。

ZB82-127/20 型隔爆煤电钻综合保护控制器用于有瓦斯、煤尘爆炸危险的矿井中，与 2.5～4kV·A 干式变压器配套使用，对 127V 手持煤电钻进行控制及保护。

1. 结构

保护控制器方形外壳采用铸铁制成，壳内后腔为母线室，通道腔上的四个压垫盖引入电源线、负荷线及漏电继电器辅助接地线；前腔为电器室，全部电气元件装在可抽出的芯架上，所需电源由动、静触头引入。

保护控制器设有远方操作自动停送电、漏电和短路保护等装置。

2. 工作原理

ZB82-127/20 型隔爆煤电钻综合保护控制器电气原理图如图 2-22 所示。

（1）自动停送电 自动停送电装置中由 VD_1～VD_4、C_2、R_5、R_6、VD_8～VD_{10}、J_1、LH 等元件组成先导回路。当闭合煤电钻手把 DJ 时，电源 28V 交流经整流稳压→VD_{10}→导线 C→DJ→煤电钻绕组→DJ →电源（＋）→VD→DJ→煤电钻绕组→DJ→CJ_4→R_6→VD_8→J_1→J_{3-3}（为短路保护继电器 J_3 的常开接点，短路保护投入正常运行时，呈闭合状态）→电源（－）。于是 J_1 吸合，J_{1-1} 闭合（无短路故障时 J_{3-1} 已闭合），使 CJ 线圈有电，CJ_1、CJ_2、CJ_3 闭合，煤电钻工作。同时 CJ_4 打开，使先导回路与 127V 电路隔离。煤电钻电流通过 LH，维持 J_1 吸合。

当 DJ 打开时，LH 一次电压消失，J_1 释放，J 断开，使 CJ 无电释放，CJ_1、CJ_2、CJ_3 断开，煤电钻断电停止工作。

（2）漏电保护 漏电保护电路由三个电阻（R_1～R_3）及三个二极管（VD_1～VD_3），以及电位器 W_1、电容器 C_1、执行继电器 J_2 等元件组成。煤电钻工作时，漏电保护线路随时检测电网对地绝缘电阻。

当电网对地绝缘电阻大于动作电阻的整定值时（出厂时整定为 1.5 kΩ），漏电保护继电器 J_2 处于释放状态，煤电钻可持续工作。

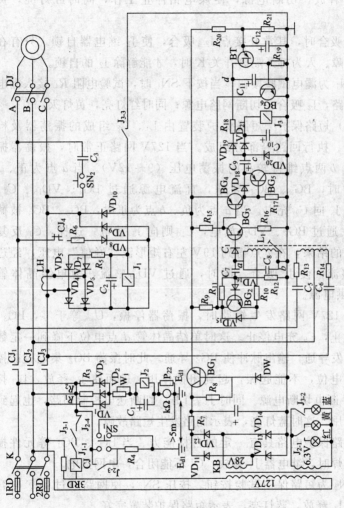

图 2-22 ZB82-127/20 型隔爆煤电钻综合保护控制器电气原理图

但在网路出现接地漏电故障时，漏电继电器 J_2 吸合，J_{2-4} 断开，CJ 释放，切断电源，使煤电钻停止工作，同时红灯亮，黄灯灭。

J_2 吸合时，其常开接点 J_{2-3} 吸合，使 J_2 继电器自锁。只有在解除故障、人为打开隔离开关 K 时，才能解除 J_2 的自锁。

SN_1 为漏电试验按钮，当按下 SN_1 时，试验电阻 R_4 接入漏电保护线路，J_2 吸合，切断网路电源；同时红灯亮，黄灯灭。

（3）短路保护　短路保护装置由 L_1、C_8 组成的振荡器及检测回路、执行回路等部分组成。当 127V 网路正常时，振荡器振荡，a、b 两点维持较高的振荡电压（9～12V）。当 a 点为正、b 点为负时，BG_3、BG_4 导通，直流电源通过 BG_4、VD_{18}、C_9、VD_{21}、J_3 向 C_9 充电。当 a 点为负、b 点为正时，BG_3、BG_4 被截止，C_9 通过 BG_5、VD_{20} 放电，C_{10} 则向 J_3 放电。这样，C_9 反复充放电的结果，在 c 点得到 19V 左右矩形波"峰值"电压，经过 VD_{21} 整流，使 J_3 吸合。同时，通过 VD_{19} 整流，为单结晶体管 BT 提供电源。

在 127V 网路发生短路时，振荡器停振，U_{ab} 等于零，BG_3、BG_4 截止，C_9 充电停止。这时单结晶体管 d 点电位下降到一定数值被触发导通，输出脉冲使 BG_6 导通。此时振荡 BG_2 集电极被控制在负电位，不能起振，起到闭锁作用，进而使 J_3 释放，J_{3-1} 打开，CJ 断电切断电源。同时 J_{3-3} 打开，切断送电控制回路，也起到闭锁作用。这时蓝灯亮，表示网路发生短路故障。

短路保护电路具有一定的自检能力。当 BG_2、BG_1 等元件损坏或开焊时，继电器 J_3 释放，CJ 不能闭合，电网无电。

SN_2 为短路保护试验按钮。按压 SN_2，使网路通过 $1\mu F$ 电容短路，J_3 释放，蓝灯亮，表示短路保护装置完好。

熔断器 RD 作为设备短路保护的后备保护。

3. 调试及安装

（1）保护装置的调试

① 煤电钻电缆长度在 300m 打钻时，振荡槽路（a、b 两点）

电压应大于 9V；在电缆长度 10m 打钻时，振荡槽路电压应大于 8V。无论是在 300m 终端或小于 10m 的近端，任意两相间短路时，振荡槽路电压都应为零。如有剩余电压，可调整 R_{10} 和槽路磁芯位置予以消除，最后将磁芯用蜡封牢固。

② 反复启动和停止装置，应无误动作。

③ 按下 SN_1 漏电试验按钮，应切断电网电源，同时红灯亮、黄灯灭。如不动作，可调整电位器 W_1 使其动作。

（2）保护装置的安装

① 运输时不应有剧烈的振动、冲击和倒放。安装前应仔细检查。

② 装置应可靠地接地，辅助接地极与主接地极直线距离应不小于 5m。

③ 安装前对装置的绝缘用 500V 兆欧表测量高、低压侧绝缘电阻，应不低于 5MΩ。

④ 装置的隔爆性能必须符合防爆规定。

⑤ 装置接入电网后，应先进行三次短路及漏电试验，每次都应可靠地动作，灯光显示符合装置说明书的规定。

4．怎样正确使用综合装置

（1）综合装置的各种保护必须齐全才准许使用。

（2）无载频保护（或失效）不显示黄灯不准使用。

（3）电钻手柄开关隔爆必须完好才能使用。

（4）订眼线长度必须符合规定，不得随意加长。

（5）禁止拆除插件板，用手柄开关代替接触器使用。

5．综合装置故障分析

综合装置设有黄、绿、红灯，根据显示灯亮、灭情况，可对综合装置的运行及故障情况进行判断。

（1）隔离开关合闸后，黄灯亮表示载频保护正常。

（2）电钻手柄开关合闸电钻启动，黄、绿灯同时亮，表示电路保护正常。

（3）隔离开关合闸后，红灯亮，电钻不能启动。这种故障可能是漏电，也可能是短路，可由下面试验决定：

① 打开壳盖，将钮子开关打在"无载频"位置，然后盖上壳盖合闸送电，如果红灯仍然亮，则为漏电；

② 若打在"载频"位置，黄灯灭、红灯亮，则为短路故障；

③ 电钻手柄开关合闸后，电钻启动几秒即断电，绿色灯几秒闪暗一次，电钻无法正常启动。这种故障是插件板中先导回路有故障，应换新插件板。

六、矿用隔爆型照明信号综合保护装置

矿用隔爆型照明信号综合保护装置是适用于煤矿井下 127V 照明及信号负载的电源，并具有短路保护、漏电保护、漏电闭锁及电缆绝缘危险指示等综合性的隔爆型电气设备。

下面以 ZBX 系列矿用隔爆型照明信号综合保护装置为例进行介绍。

1. 结构

综合保护装置的隔爆外壳为圆筒形，壳盖与壳身采用转盖止口结构。外壳上部是接线箱。外壳右侧装有操作隔离开关的手柄，启动、停止按钮和短路、漏电保护的试验按钮。隔离开关与壳盖之间有机械联锁，保证当隔离开关闭合时，壳盖不能打开；壳盖打开时，隔离开关不能闭合。壳盖上方有一透镜，可以从外面观察状态指示灯。

2. 技术特征

(1) 主变压器参数　ZBX-2.5 配 2.5kV·A 变压器，ZBX-4.0 配 4.0kV·A 变压器，参数见表 2-3。

表 2-3　主变压器参数表

型号	主 变 压 器					
	额定容量/kV·A	额定电压/V	额定电流/A	接线方式	允许温升/℃	绝缘等级
ZBX-2.5	2.5	660、380/133	2.19、3.79/10.85	Y、△/Y	85	B
ZBX-4.0	4.0	660、380/133	3.05、6.08/17.36	Y、△/△	85	B

(2) 照明短路保护参数见表 2-4。

表 2-4　照明短路保护参数

电缆截面 /mm²	保 护 距 离/m	
	ZBX-4.0 电流整定值 20A	ZBX-2.5 电流整定值 2A
6	600	900
4	400	600
2.5	250	400
1.5	150	250
1	100	150

照明短路保护动作时间＜0.25 秒。

（3）信号短路保护距离见表 2-5。

表 2-5　信号短路保护距离

电缆截面 /mm²	保 护 距 离/m	
	ZBX-4.0 电流整定值 5.5A	ZBX-2.5 电流整定值 4.5A
6	1800	1800
4	1400	1500
2.5	850	1000
1.5	600	650
1	400	450

信号短路保护动作时间＜0.4 秒。

（4）漏电动作整定电阻 1.5～3kΩ，连续可调，出厂整定 1.5kΩ。

（5）漏电闭锁电阻整定值 3 kΩ±1 kΩ。

（6）电缆绝缘危险指示值 10 kΩ±2 kΩ。

（7）漏电保护动作时间＜0.25 秒。

（8）工作电压允许波动范围 U_e±10％。

3. 电路原理

电路原理见图 2-23。

（1）主电路　主电路由 1K、1FU、2FU、ZB、3FU、4FU、CJ 触点组成。

（2）控制电路　控制电路由 CJ 线圈、QA_1、TA_1、J_1 常闭触点组成。装置投入工作时，首先闭合 1K，ZB、KB 有电，LED_3（绿

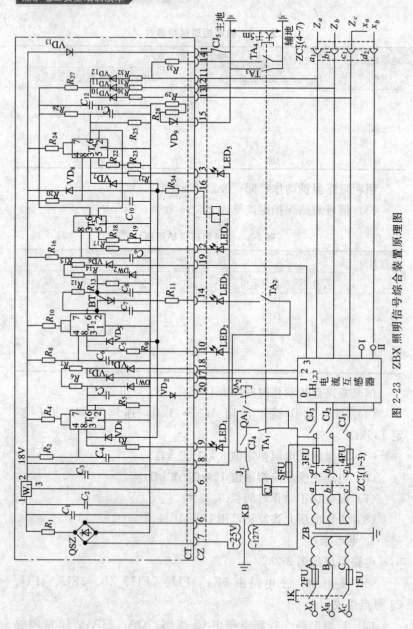

图 2-23 ZBX 照明信号综合装置原理图

色）亮，按 QA_1，CJ 有电，主触点 $CJ_{1\sim3}$ 闭合，负荷得电工作。停电时可按 TA_1，CJ 无电释放，断开主触点 $CJ_{1\sim3}$，负荷断电。

（3）保护电路

① 稳压电源　由 KB、QSZ、C_1、C_2、W_1、C_3 组成，输出稳定 18V 直流电压，作为保护电路电源。

② 照明保护电路　由 T_1、$R_{2\sim7}$、C_4、C_5、VD_1、VD_3、VD_4、DW_1 组成。正常运行时，电流互感器二次电压（LH_1、LH_2 二次输出，VD_3、VD_4 整流后的电压）经 R_7、R_6 到 T_1 管 2、6 脚，因电压低不足以使 T_1 翻转动作。当照明负荷任意两相发生短路时，这个电压增大，在 R_5 上的电压降使 T_1 翻转，T_1 输出端 3 脚由高电平变为低电平，电流由电源＋→插座端子 8→J 线圈→插座端子 16→R_{34}→VD_1→T_1 管 3 脚→电源－形成回路，J 吸合，常闭触点 J_1 断开，CJ 无电，$CJ_{1\sim3}$ 切断主电路。同时 LED_1（红色）亮，给出照明短路指示。

R_3 为限流电阻，R_5 为取样电阻，R_6、R_7 为调整电阻，R_4 为自锁负载电阻。T_1、T_2、T_3、T_4 四个管子型号一样。

③ 信号短路保护电路　正常运行时电流互感器二次电压（LH_3 输出整流电压）不足以使 T_2 翻转动作，当信号负载发生短路时，LH_3 输出经 VD_6 整流，经 R_{15}、R_{14} 在 R_{13} 上的电压使 T_2 翻转，T_2 输出端 3 脚由高电平变为低电平。电流由电源＋→插座端子 8→J 线圈→端子 16→R_{34}→VD_5→T_2 管 3 脚→电源－形成回路，J 吸合，J_1 断开，CJ 无电，$CJ_{1\sim3}$ 切断主回路。同时发光二极管 LED_2（黄色）亮，给出信号短路指示。

信号回路有声（电铃）、光（白炽灯）报警。因白炽灯灯丝电阻在冷态时限值很小，在刚通电瞬间回路电流很大，相当于短路，有可能产生误动作，所以设置了延时环节。

在信号打点瞬间，电流传感器二次电压使 C_8 两端（BT 管控制极、阴极间）电压大于 C_7 两端（BT 管阳极、阴极间）电压，BT 管截止。在信号打点间歇瞬间，则 C_7 两端电压大于 C_8 两端电压，此时，BT 管导通，将 C_7 两端电压迅速放掉。防止连续间断打点时，C_7 此端电压积累增高，造成 T_2 管翻转而产生误动作，BT 为 C_7 放电管。

④ 漏电保护电路

a. 在127V 未向负荷送电时，网路存在漏电，可实现闭锁。回路为电源＋→VD_{13}→端子 1→CJ_5→主接地极→127V 漏地处→Z_a（Z_b、Z_c）→端子 11（12、13）→R_{32}（R_{31}、R_{30}）→VD_{12}（VD_{11}、VD_{10}）→R_{27}→R_{26}→R_{25}→电源－。R_{25} 两端上的电压使 T_4 翻转，T_4 输出由高变低，电流由电源＋→端子 8→J 线圈→端子 16→R_{34}→VD_7→T_4 管 3 脚→电源－。J 吸合，CJ 无电，切断主回路，同时发光二极管 LED_5（红色）亮，给出漏电指示。

b. 在127V 向负荷送电后，若发生漏电，可实现跳闸。回路为 Z_a（Z_b、Z_c）→端子 11（12、13）→R_{32}（R_{31}、R_{30}）→VD_{12}（VD_{11}、VD_{10}）→R_{27}→R_{26}→R_{25}→电源→R_{29}→R_{28}→VD_9→端子 15→主接地极→127V 漏电处→Z_b（Z_c、Z_a）。R_{25} 上的信号电压使 T_4 翻转。

⑤ 电缆绝缘危险指示电路　当127V 电网对地绝缘电阻下降到一定数值时（降至 13 kΩ±10%），R_{25} 上的电压使 T_3 翻转，其输出端子 3 脚由高变低，LED_4（黄色）亮，给出绝缘危险指示。当电网绝缘电阻恢复至大于13kΩ 时，T_3 管自动返回初始状态，LED_4 熄灭，撤销危险指示。

上述 T_1、T_2、T_4 管只有自锁功能，故障解除后，将 1K 断合一次，才能恢复正常工作。T_3 管无自锁功能。

（4）试验电路

① 短路动作试验　按压按钮 TA_2，其回路为电源＋→端子8→TA_2→QA_2→LH_1、LH_2（LH_3）→端子 17、18（19）→VD_3、VD_4（VD_6）→R_7→R_6（R_{15}、R_{14}）→R_5（R_{13}）→电源－，R_5（R_{13}）上得到的电压使 T_1（T_2）翻转，继电器 J 动作。

② 漏电动作试验　按压按钮 TA_4，其回路为电源＋→VD_{13}→端子 1→CJ_5→主接地极→辅助接地极→TA_4→R_{33}→R_{32}→VD_{12}→R_{27}→R_{26}→R_{25}→电源－，R_{25} 上得到的电压使 T_4 翻转，继电器 J 动作。

（5）使用注意事项

① 出厂时主变压器使用电压见接线腔盖上的标签，如实际电压与之不符合，电缆的接线按说明书进行相应接线柱连接。接线前将印刷线路板插件拔出，用 500V 兆欧表测量高低压侧绝缘电阻值，应大于 5MΩ。

② 综合装置应可靠接地，主、辅接地极之间距离应大于 5m。

③ 电源接通后，闭合 1K，按压 QA，CJ 有电，接通 127V 负荷。首先进行三次保护试验，每次均应可靠动作，并给出灯光指示。注意，按 TA 后接通两种试验电路，短路、漏电发光二极管亮，CJ 能自动释放，表示动作正常。若手离开按钮 TA，发光二极管仍能继续亮，则表明保护电路自锁功能正常，绝缘指示灯例外。上述试验正常后，还应做一次漏电闭锁试验，断合一次 1K，在 CJ 主触点断开即负荷侧无电情况下进行，方法同前，LED$_5$ 亮。

④ 电流互感器 LH$_3$ 整定在 1000 挡，主变压器为 2.5kV·A 时，信号回路负载不得超过 350W；主变压器为 4.0kV·A 时，信号回路负载不得超过 600W，否则会出现误动作。

⑤ 使用中如出现误动作或按试验按钮产生拒动，可更换印刷线路板插件试之。

第三节　过流和短路保护

一、过流

超过设备的额定电流值称之为过流。电流不经过负载，而是通过电阻很小的导体直接形成回路叫短路。在三相供电系统中两根火线连在一起叫做两相短路，两相短路时流过的电流叫两相短路电流。三根火线连在一起叫做三相短路，三相短路时流过的电流叫三相短路电流。

短路电流是煤矿井下供电系统中经常发生的破坏性较大的电气事故之一。短路电流发生时产生较大的机械力，如果超过设备能承受的机械应力，设备将被破坏。短路电流的热作用和产生的电弧能使设备绝缘破坏，引起瓦斯、煤尘爆炸。短路电流非常大，还会导致电网电压下跌，影响正常工作。

计算短路电流目的是为了正确选择和校验电气设备，使之满足短路电流的动、热稳定性要求。此外，对于低压开关设备和熔断器，还应校验其分断能力和可靠系数。

井下低压电网短路电流的计算方法有公式法和图表法。

1. 公式计算法

三相短路电流的计算公式：

$$I_{k(3)} = \frac{U_{N2}}{\sqrt{3}\sqrt{(\sum R)^2 + (\sum X)^2}}$$

式中　　$I_{k(3)}$——三相短路电流，A；

　　　　U_{N2}——变压器二次侧的空载电压（对于 127V、380V、660V 和 1140V 电网，分别取 133V、400V、690V 和 1190V）；

　　　　$\sum R$——短路回路内一相电阻的总和，它是变压器绕组和线路电阻值的和，Ω；

　　　　$\sum X$——短路回路内一相电抗的总和，它是变压器绕组和线路电抗的和，Ω。

两相短路电流的计算公式：

$$I_{k(2)} = \frac{U_{N2}}{2\sqrt{(\sum R)^2 + (\sum X)^2}}$$

式中　　$I_{k(2)}$——两相短路电流，A；

其他符号的代表意义同上式。

三相短路电流与两相短路电流值的换算：

$$I_{k(3)} = 2/\sqrt{3}\,I_{k(2)} = 1.15I_{k(2)}$$
$$I_{k(2)} = 0.87I_{k(3)}$$

2. 图表法

用图表法计算两相短路电流是以公式计算为基础，只是在制作图表时将不同截面的电缆都换成同一标准截面，即 380V、660V 供电系统，以线芯截面 50mm² 作为标准截面。对于 127V，则以

$4mm^2$ 作为标准截面，即

$$L = K_1 L_1 + K_2 L_2 + K_3 L_3 + \cdots + K_n L_n$$

式中　　　　　L——电缆换算长度，m；

$K_1, K_2, K_3, \cdots, K_n$——不同截面换算系数，见表2-6。

表2-6　电缆换算长度表

电缆截面/mm^2	4	6	10	16	25	35	50	70
换算系数　　　　　　　电缆的实际长度/m	12.12	8.11	4.74	3.01	1.91	1.36	1.00	0.71
10	121	81	47	30	19	14	10	7
20	242	162	95	60	38	27	20	14
30	364	243	142	90	57	41	30	21
40	485	324	190	120	76	54	40	28
50	606	406	237	150	96	68	50	36
60	727	486	284	180	115	82	60	43
70	848	568	332	211	134	95	70	50
80	970	648	379	240	153	109	80	57
90	1091	730	427	270	172	122	90	64
100	1212	811	474	301	191	136	100	71
110	1333	892	521	331	210	150	110	78
120	1454	973	569	361	229	163	120	85
130	1576	1054	616	391	248	177	130	92
140	1697	1135	664	421	267	190	140	99
150	1818	1216	711	452	287	204	150	107
160	1939	1298	758	481	306	218	160	114
170	2060	1378	806	512	325	231	170	121
180	2182	1460	853	542	344	245	180	128
190	2303	1540	901	572	363	258	190	135
200	2424	1622	948	602	382	272	200	142
210	2545	1703	995	632	401	286	210	149
220	2666	1784	1043	662	420	299	220	156
230	2788	1865	1090	692	439	313	230	163
240	2909	1946	1138	722	458	326	240	170
250	3030	2028	1185	752	478	340	250	178
260	3151	2108	1232	782	497	354	260	185
270	3272	2190	1280	812	516	367	270	192
280	3394	2270	1327	842	535	381	280	199
290	3515	2352	1375	872	554	394	290	206

续表

电缆截面/mm²	4	6	10	16	25	35	50	70
换算系数 电缆的实际长度/m	12.12	8.11	4.74	3.01	1.91	1.36	1.00	0.71
300	3636	2433	1422	903	573	408	300	213
310	3757	2514	1469	933	592	422	310	220
320	3878	2595	1517	963	611	435	320	227
330	4000	2676	1564	993	630	449	330	234
340	4121	2757	1612	1023	649	462	340	241
350	4242	2838	1659	1054	669	476	350	249
360	4363	2920	1706	1084	688	490	360	256
370	4484	3000	1754	1114	707	503	370	263
380	4606	3082	1801	1144	726	517	380	270
390	4727	3162	1849	1174	745	530	390	277
400	4848	3244	1896	1204	764	544	400	284
410	4969	3325	1943	1234	783	558	410	291
420	5090	3406	1991	1264	802	571	420	298
430	5212	3487	2038	1294	821	585	430	305
440	5333	3568	2086	1324	840	598	440	312
450	5454	3650	2133	1354	860	612	450	320
460	5575	3730	2180	1384	879	626	460	327
470	5696	3812	2228	1414	898	639	470	334
480	5818	3892	2275	1444	917	653	480	341
490	5939	3974	2323	1474	936	666	490	348
500	6060	4055	2370	1505	955	680	500	355
510	6181	4136	2417	1535	974	694	510	362
520	6302	4217	2465	1565	993	707	520	369
530	6424	4298	2512	1595	1012	721	530	376
540	6545	4379	2560	1625	1031	734	540	383
550	6666	4460	2607	1656	1051	748	550	391
560	6787	4542	2654	1686	1070	762	560	398
570	6908	4622	2762	1716	1089	775	570	405
580	7030	4704	2749	1746	1108	789	580	412
590	7151	4784	2797	1776	1127	802	590	419
600	7272	4866	2844	1806	1146	816	600	426
610	7393	4974	2891	1836	1165	830	610	433
620	7514	5028	2939	1866	1184	843	620	440
630	7636	5109	2986	1896	1203	857	630	447

续表

电缆截面/mm²	4	6	10	16	25	35	50	70
换算系数 电缆的实际长度/m	12.12	8.11	4.74	3.01	1.91	1.36	1.00	0.71
640	7757	5190	3034	1926	1222	870	640	454
650	7878	5272	3081	1956	1242	884	650	462
660	7999	5352	3128	1986	1261	898	660	469
670	8120	5434	3176	2016	1280	911	670	476
680	8242	5514	3223	2046	1299	925	680	483
690	8363	5596	3271	2076	1318	938	690	490
700	8484	5677	3318	2107	1337	952	700	497
710	8605	5758	3365	2137	1356	966	710	504
720	8726	5839	3413	2167	1375	979	720	511
730	8848	5920	3460	2197	1394	993	730	518
740	8969	6001	3508	2227	1413	1006	740	525
750	9090	6082	3555	2258	1433	1020	750	533
760	9211	6164	3602	2288	1452	1034	760	540
770	9332	6244	3650	2318	1471	1047	770	547
780	9454	6326	3697	2348	1490	1061	780	554
790	9575	6406	3745	2378	1509	1074	790	561
800	9696	6488	3792	2408	1528	1088	800	568
810	9817	6569	3839	2438	1547	1102	810	575
820	9938	6650	3887	2468	1566	1115	820	582
830	10060	6731	3934	2498	1585	1129	830	589
840	10181	6812	3982	2528	1604	1142	840	596
850	10302	6894	4029	2558	1624	1156	850	604
860	10423	6974	4076	2588	1643	1170	860	611
870	10544	7056	4124	2618	1662	1183	870	618
880	10666	7136	4171	2648	1681	1197	880	625
890	10787	7218	4219	2678	1700	1210	890	632
900	10908	7299	4266	2709	1720	1224	900	639
910	11029	7380	4312	2739	1738	1238	910	646
920	11150	7461	4361	2769	1757	1251	920	653
930	11272	7542	4408	2799	1776	1265	930	660
940	11393	7623	4456	2829	1795	1278	940	667
950	11514	7704	4503	2860	1815	1292	950	675
960	11635	7786	4550	2890	1834	1306	960	682
970	11756	7866	4598	2920	1853	1319	970	689

续表

电缆截面/mm²	4	6	10	16	25	35	50	70
换算系数	12.12	8.11	4.74	3.01	1.91	1.36	1.00	0.71
电缆的实际长度/m								
980	11878	7948	4645	2950	1872	1333	980	696
990	11999	8028	4693	2980	1891	1346	990	703
1000	12120	8110	4740	3010	1910	1360	1000	710
1010	12241	8191	4787	3040	1929	1374	1010	717
1020	12362	8272	4835	3070	1948	1387	1020	724
1030	12484	8353	4882	3100	1967	1401	1030	731
1040	12605	8431	4930	3130	1986	1414	1040	738
1050	12726	8516	4977	3160	2006	1428	1050	746
1060	12847	8596	5024	3190	2025	1442	1060	753
1070	12968	8678	5072	3220	2044	1455	1070	760
1080	13090	8758	5119	3250	2063	1469	1080	767
1090	13211	8840	5167	3280	2082	1482	1090	774
1100	13332	8921	5214	3311	2101	1496	1100	781
1110	13453	9002	5261	3341	2120	1510	1110	788
1120	13574	9083	5309	3371	2139	1523	1120	795
1130	13696	9164	5356	3401	2158	1537	1130	802
1140	13817	9245	5404	3431	2177	1550	1140	809
1150	13938	9326	5451	3462	2197	1564	1150	817
1160	14059	9408	5498	3492	2216	1578	1160	824
1170	14180	9488	5546	3522	2235	1591	1170	831
1180	14302	9570	5593	3552	2254	1605	1180	838
1190	14423	9650	5641	3582	2273	1618	1190	845
1200	14544	9732	5688	3612	2292	1632	1200	852

电网电压为 127V 时,不同线芯截面的电缆换算长度见表 2-7。

根据电缆的换算长度、变压器不同的型号、容量和电压就可查表,求得相应的两相短路电流值。

用查表法计算两相电流值时,应注意以下几点。

(1) 两相短路电流计算表是在忽略系统电抗和高压电缆阻抗的条件下,按矿用橡胶电缆的参数制作的。电缆线芯的温度按 65℃ 计算。

表 2-7　电网电压为 127V 时，不同线芯截面的电缆换算长度

电缆截面/mm²	2.5	4	6	10	电缆截面/mm²	2.5	4	6	10
换算系数 电缆的实际长度/m	1.64	1	0.58	0.34	换算系数 电缆的实际长度/m	1.64	1	0.58	0.34
10	16	10	6	3	260	426	260	150	88
20	33	20	12	6	270	442	270	156	92
30	49	30	17	10	280	459	280	162	95
40	66	40	23	14	290	476	290	168	98
50	82	50	29	17	300	492	300	174	102
60	98	60	34	20	310	508	310	180	105
70	114	70	40	24	320	524	320	186	108
80	131	80	46	27	330	541	330	191	112
90	148	90	52	30	340	558	340	197	116
100	164	100	58	34	350	574	350	203	119
110	180	110	64	37	360	590	360	208	122
120	196	120	70	40	370	606	370	214	126
130	213	130	75	44	380	623	380	220	129
140	230	140	81	48	390	640	390	226	132
150	246	150	87	51	400	656	400	232	136
160	262	160	92	54	410	672	410	238	139
170	278	170	98	58	420	688	420	244	142
180	295	180	104	61	430	705	430	249	146
190	312	190	110	64	440	722	440	255	150
200	328	200	116	68	450	738	450	261	153
210	344	210	122	71	460	754	460	266	156
220	360	220	128	74	470	770	470	272	160
230	377	230	133	78	480	787	480	278	163
240	394	240	139	82	490	804	490	284	166
250	410	250	145	85	500	820	500	290	170

（2）对于铜芯铝装电缆，虽然其阻抗值与橡套电缆有些不同，但差别不大，故上述电缆的换算长度表两相短路电流计算表也都适用，只是计算表的短路电流值较之实际情况有些偏小。

（3）对铝芯铠装电缆，必须先将铝芯电缆的实际长度换算成同截面的铜芯电缆长度，再按截面的大小，用电缆换算长度表查出电缆的换算长度。铝芯电缆换算成同截面的铜芯电缆的长度可用下式计算：

$$L_{Cu} = 1.68 L_{Al}$$

式中 L_{Cu} ——铝芯电缆长度换算成同截面的铜芯电缆的长度，m；

L_{Al} ——铝芯电缆的实际长度，m；

1.68——换算系数。

KSJ 型变压器二次侧两相短路电流计算表见表 2-8～表 2-12。

表 2-8 KSJ 型变压器 ($U_K = 5.5\%$) 二次侧额定电压

为 400V 时两相短路电流计算表

电缆的换算长度 /m	一台变压器容量/kV·A				并联两台变压器容量/kV·A			
	50	100	180	320	50+50	100+100	180+180	100+180
0	1139	2276	4094	7265	2278	4553	8186	6366
10	1120	2208	3880	6642	2204	4279	7324	5846
20	1102	2140	3672	6040	2132	4015	6548	5353
30	1084	2072	3470	5488	2062	3766	5868	4905
40	1066	2008	3282	4998	1995	3536	5284	4505
50	1048	1944	3104	4568	1930	3324	4788	4152
60	1031	1883	2940	4195	1868	3130	4366	3840
70	1014	1824	2787	3870	1808	2952	4006	3566
80	998	1768	2647	3586	1760	2791	3695	3324
90	981	1714	2518	3338	1696	2644	3426	3110
100	965	1661	2398	3118	1644	2510	3192	2920
110	949	1612	2288	2924	1594	2386	2986	2750
120	934	1564	2188	2752	1546	2274	2803	2596
130	918	1520	2092	2597	1502	2171	2641	2459
140	904	1478	2006	2458	1458	2076	2496	2334
150	890	1435	1925	2333	1418	1988	2386	2222
160	875	1396	1850	2220	1378	1907	2248	2119
170	862	1358	1780	2116	1341	1832	2141	2024
180	848	1322	1715	2022	1306	1762	2044	1938
190	834	1288	1654	1935	1272	1698	1954	1858
200	822	1254	1598	1855	1239	1637	1872	1785
210	809	1223	1544	1782	1208	1580	1797	1717
220	797	1193	1494	1714	1178	1528	1728	1654
230	785	1165	1447	1650	1150	1478	1663	1595
240	773	1137	1402	1591	1123	1432	1603	1540
250	762	1110	1361	1537	1097	1388	1548	1489
260	750	1086	1322	1486	1072	1340	1405	1441
270	740	1061	1284	1438	1048	1308	1446	1396

电缆的换算长度 /m	一台变压器容量/kV·A				并联两台变压器容量/kV·A			
	50	100	180	320	50+50	100+100	180+180	100+180
280	729	1038	1249	1392	1026	1270	1401	1354
290	719	1016	1216	1350	1004	1236	1358	1314
300	708	994	1184	1310	982	1202	1318	1276
310	698	974	1154	1273	962	1171	1280	1240
320	689	954	1125	1238	942	1142	1244	1206
330	680	934	1097	1204	924	1113	1210	1175
340	670	916	1071	1172	906	1086	1177	1144
350	662	898	1045	1142	888	1060	1146	1116
360	652	881	1022	1113	871	1036	1118	1088
370	644	864	1000	1086	855	1012	1090	1062
380	636	848	978	1000	840	990	1064	1038
390	628	833	956	1035	824	968	1038	1014
400	620	818	936	1012	810	948	1015	991
410	612	804	918	988	796	928	992	969
420	604	790	899	967	782	909	970	948
430	596	776	881	946	768	890	950	928
440	589	764	864	926	756	873	930	910
450	582	751	848	907	744	856	910	891
460	575	739	832	889	732	840	892	874
470	568	727	816	872	720	824	874	856
480	562	716	802	854	708	810	857	840
490	555	705	788	838	698	795	840	824
500	548	694	774	823	687	781	825	810
510	542	683	760	808	676	768	810	794
520	536	673	748	793	666	754	795	780
530	530	663	736	779	657	742	781	767
540	524	654	724	766	648	730	768	754
550	518	644	712	752	638	718	754	742
560	512	635	700	740	630	706	742	729
570	507	626	690	728	620	695	729	717
580	502	618	679	716	612	684	718	706
590	496	610	669	704	604	674	706	694
600	491	601	659	694	596	664	694	684
610	486	593	649	682	588	654	684	674
620	481	586	640	672	580	644	674	663
630	476	578	630	662	573	635	663	654
640	471	570	622	652	566	626	654	644

电缆的换算长度 /m	一台变压器容量/kV·A				并联两台变压器容量/kV·A			
	50	100	180	320	50+50	100+100	180+180	100+180
650	466	563	613	642	559	618	644	634
660	462	556	605	634	552	609	634	626
670	457	550	596	624	545	600	626	616
680	452	543	588	616	538	592	616	608
690	448	536	581	607	532	584	608	600
700	444	530	573	599	526	577	600	592
710	440	524	566	591	520	590	592	584
720	436	518	559	583	514	562	584	576
730	431	512	552	576	508	555	576	569
740	428	506	545	568	502	548	569	562
750	424	500	538	560	496	542	562	554
760	420	494	532	554	491	535	554	548
770	416	490	526	547	486	528	548	541
780	412	484	520	540	480	522	541	534
790	408	479	514	534	476	516	534	528
800	404	474	508	527	470	510	528	522
810	401	468	502	521	466	504	522	516
820	398	464	496	514	460	498	516	510
830	394	459	490	509	456	493	510	504
840	391	454	485	503	451	488	504	498
850	388	450	480	498	446	482	498	492
860	384	445	474	492	442	477	493	487
870	381	441	470	486	438	472	487	482
880	378	436	464	481	434	467	482	476
890	374	432	460	476	430	462	476	472
900	372	428	455	470	425	457	471	466
910	368	424	450	466	421	452	466	462
920	366	420	446	461	417	448	462	456
930	362	416	442	456	414	444	456	452
940	360	412	437	452	410	439	452	448
950	357	408	432	446	406	434	447	443
960	354	404	428	442	402	430	442	438
970	352	401	424	438	398	426	438	434
980	348	398	420	434	395	422	434	430
990	346	394	416	429	392	418	430	426
1000	344	390	412	425	388	414	426	422
1020	338	384	405	417	382	406	418	414

续表

电缆的换算长度	一台变压器容量/kV·A				并联两台变压器容量/kV·A			
/m	50	100	180	320	50+50	100+100	180+180	100+180
1040	334	377	398	409	375	400	410	406
1060	328	370	390	402	368	392	402	398
1080	324	364	384	394	363	385	395	392
1100	319	358	377	388	356	378	388	384
1120	314	353	370	381	351	372	381	378
1140	310	348	364	374	346	366	374	372
1160	306	342	358	368	340	360	368	366
1180	302	337	353	362	335	354	362	360
1200	298	332	348	356	330	348	356	354
1220	294	327	342	350	325	343	350	348
1240	290	322	336	345	320	338	345	342
1260	286	318	332	340	316	332	340	338
1280	283	313	326	334	312	328	334	332
1300	280	308	322	330	307	323	330	328
1320	278	304	317	324	303	318	324	322
1340	272	300	312	320	298	313	320	318
1360	269	296	308	315	294	309	316	313
1380	266	292	304	310	291	305	311	309
1400	263	288	300	306	287	300	306	304
1420	260	284	296	302	284	296	302	300
1440	257	281	292	298	280	292	298	296
1460	254	278	288	294	276	289	294	292
1480	251	274	284	290	273	285	290	288
1500	248	270	280	286	270	282	286	285
1550	242	262	272	278	262	272	278	276
1600	235	255	264	269	254	264	269	268
1650	229	248	256	261	247	256	261	260
1700	223	241	249	254	240	250	254	252
1750	218	234	242	246	234	242	246	245
1800	212	228	236	240	228	236	240	238
1850	208	222	230	233	222	230	233	232
1900	203	217	224	227	216	224	227	226
1950	198	212	218	222	211	218	221	220
2000	194	207	212	216	206	213	216	215

表 2-9　KSJ$_2$ 型变压器($U_K=4.5\%$)二次侧额定电压
为 400V 时两相短路电流计算表

电缆的换算长度/m	一台变压器容量/kV·A					并联两台变压器容量/kV·A		
	50	100	135	180	320	2×100	2×180	100+180
0	1396	2783	3750	5001	8871	5632	10015	7774
10	1365	2665	3545	4646	7855	5163	8642	6921
20	1334	2555	3351	4315	6944	4738	7485	6172
30	1304	2449	3169	4012	6164	4359	6545	5534
40	1275	2348	3000	3737	5511	4025	5785	4993
50	1247	2253	2843	3490	4964	3730	5167	4536
60	1219	2163	2699	3268	4505	3470	4659	4148
70	1193	2078	2565	3069	4117	3240	4236	3816
80	1167	1999	2442	2889	3786	3035	3881	3530
90	1142	1924	2329	2727	3502	2853	3576	3281
100	1118	1854	2224	2581	3255	2690	3317	3063
110	1095	1788	2127	2448	3039	2544	3091	2871
120	1072	1726	2038	2327	2849	2411	2892	2701
130	1050	1667	1955	2217	2681	2292	2717	2550
140	1029	1612	1877	2116	2531	2183	2562	2414
150	1009	1560	1806	2024	2396	2083	2423	2291
160	989	1511	1739	1939	2275	1992	2299	2180
170	970	1465	1677	1860	2165	1908	2186	2079
180	952	1421	1618	1787	2065	1831	2083	1987
190	934	1380	1564	1720	1974	1760	1990	1902
200	916	1340	1513	1657	1890	1694	1905	1824
210	900	1303	1464	1599	1813	1632	1826	1753
220	883	1268	1419	1544	1742	1575	1754	1686
230	868	1234	1376	1493	1676	1521	1687	1625
240	852	1202	1336	1445	1615	1471	1625	1567
250	838	1172	1298	1400	1559	1424	1568	1514
260	823	1143	1262	1358	1506	1380	1514	1464
270	809	1115	1228	1318	1456	1339	1464	1417
280	796	1089	1195	1280	1410	1300	1417	1373
290	783	1063	1165	1245	1366	1263	1373	1332
300	770	1039	1135	1211	1325	1228	1331	1293
310	758	1016	1107	1179	1287	1195	1292	1256
320	746	994	1081	1149	1250	1164	1256	1222
330	734	973	1055	1120	1216	1134	1221	1189

电缆的换算长度/m	一台变压器容量/kV·A					并联两台变压器容量/kV·A		
	50	100	135	180	320	2×100	2×180	100+180
340	723	952	1031	1092	1183	1106	1188	1158
350	712	933	1008	1066	1153	1079	1157	1128
360	701	914	986	1041	1123	1053	1127	1100
370	691	896	965	1017	1095	1029	1099	1073
380	681	878	944	995	1069	1006	1072	1048
390	671	862	925	973	1044	983	1047	1023
400	662	845	906	952	1019	962	1022	1000
410	652	830	888	932	996	941	999	978
420	643	815	871	913	974	922	977	957
430	634	800	854	894	953	903	956	936
440	626	786	838	877	933	885	936	917
450	617	773	822	860	914	867	916	898
460	609	760	808	843	895	851	897	880
470	601	747	793	827	877	835	879	863
480	594	735	779	812	860	819	862	846
490	586	723	766	798	844	804	846	830
500	579	711	753	784	828	790	830	815
510	571	700	740	770	813	776	814	800
520	564	689	728	757	798	763	800	786
530	557	679	716	744	784	750	785	772
540	551	669	705	732	770	737	771	759
550	544	659	694	720	757	725	758	746
560	538	649	683	708	744	713	745	734
570	531	640	673	697	731	702	773	722
580	525	631	663	686	720	691	721	710
590	519	622	653	676	708	680	709	699
600	513	613	644	665	697	670	698	688
610	508	605	634	656	686	660	687	677
620	502	597	625	646	675	650	676	667
630	497	589	617	637	665	641	666	657
640	491	581	608	628	655	631	656	647
650	486	574	600	619	646	623	647	638
660	481	567	592	610	636	614	637	629
670	476	559	584	602	627	605	628	620
680	471	552	576	594	618	597	619	611

电缆的换算长度 /m	一台变压器容量/kV·A					并联两台变压器容量/kV·A		
	50	100	135	180	320	2×100	2×180	100+180
690	466	546	569	586	610	589	611	603
700	461	539	562	578	601	581	602	595
710	456	533	555	571	593	574	594	587
720	452	526	548	563	585	566	586	579
730	447	520	541	556	578	559	579	572
740	443	514	535	549	570	552	571	564
750	439	508	528	543	563	545	564	557
760	434	502	522	536	556	539	557	550
770	430	497	516	530	549	532	550	543
780	426	491	510	523	542	526	543	537
790	422	486	504	517	535	520	536	530
800	418	481	498	511	529	514	530	524
810	414	475	493	505	523	508	523	518
820	411	470	487	500	517	502	517	512
830	407	465	482	494	511	496	511	506
840	403	461	477	488	505	491	505	500
850	400	456	472	483	499	485	500	494
860	396	451	467	478	493	480	494	489
870	393	447	462	473	488	475	488	483
880	389	442	457	468	483	470	483	478
890	386	438	452	463	477	465	478	473
900	383	433	448	458	472	460	473	468
910	379	429	443	453	467	455	468	463
920	376	425	439	449	462	450	463	458
930	373	421	435	444	457	446	458	454
940	370	417	430	440	453	441	453	449
950	367	413	426	435	448	437	449	444
960	364	409	422	431	444	433	444	440
970	361	406	418	427	439	428	440	436
980	358	402	414	423	435	424	435	431
990	355	398	410	419	431	420	431	427
1000	352	395	406	415	426	416	427	423
1020	347	388	399	407	418	409	419	415
1040	342	381	392	400	410	401	411	407
1060	336	375	385	393	403	394	403	400

电缆的换算长度 /m	一台变压器容量/kV·A					并联两台变压器容量/kV·A		
	50	100	135	180	320	2×100	2×180	100+180
1080	331	368	378	386	396	387	396	393
1100	326	362	372	379	389	380	389	386
1120	322	356	366	373	382	374	382	379
1140	317	351	360	366	375	368	376	373
1160	313	345	354	360	369	362	369	367
1180	308	340	349	355	363	356	363	360
1200	304	335	343	349	357	350	357	355
1220	300	330	338	343	351	345	352	349
1240	296	325	333	338	346	339	346	344
1260	292	320	328	333	340	334	341	338
1280	288	316	323	328	335	329	335	333
1300	285	311	318	323	330	324	330	328
1320	281	307	314	319	325	319	326	323
1340	277	303	309	314	321	315	321	319
1360	274	298	305	310	316	310	316	314
1380	271	294	301	305	311	306	312	310
1400	267	291	297	301	307	302	307	305
1420	364	287	263	267	303	298	303	301
1440	261	283	289	293	299	294	299	297
1460	258	280	285	289	295	290	295	293
1480	255	276	282	285	291	286	291	289
1500	252	273	278	282	287	282	287	285
1550	245	264	269	273	278	274	278	277
1600	239	257	261	265	269	265	270	268
1650	232	249	254	257	261	258	262	260
1700	226	243	247	250	254	250	254	253
1750	221	236	240	243	247	243	247	246
1800	215	230	234	236	240	237	240	239
1850	210	224	228	230	234	231	234	233
1900	205	218	222	224	228	225	228	227
1950	201	213	216	219	222	219	222	220
2000	196	208	211	214	216	214	217	216

表 2-10　KSJ 型变压器（$U_K=5.5\%$）二次侧额定电压

为 690V 时两相短路电流计算表

电缆的换算长度/m	一台变压器容量/kV·A				并联两台变压器容量/kV·A			
	50	100	180	320	50+50	100+100	180+180	100+180
0	660	1319	2369	4220	1320	2637	4737	3689
10	656	1306	2327	4100	1305	2583	4570	3586
20	652	1292	2286	3980	1291	2530	4404	3484
30	649	1278	2244	3858	1276	2476	4242	3384
40	646	1265	2202	3738	1262	2424	4085	3285
50	642	1252	2162	3620	1248	2373	3933	3189
60	683	1238	2122	3506	1234	3233	3788	3096
70	634	1226	2083	3394	1221	2273	3648	3006
80	631	1212	2043	3287	1208	2225	3516	2918
90	628	1200	2004	3184	1194	2178	3390	2834
100	624	1187	1967	3084	1180	2132	3271	2754
110	621	1174	1930	2988	1168	2087	3158	2676
120	618	1162	1894	2897	1154	2044	3051	2602
130	614	1149	1859	2810	1142	2001	2950	2530
140	610	1137	1825	2726	1129	1960	2854	2462
150	607	1124	1792	2647	1116	1920	2763	2396
160	604	1112	1758	2571	1104	1882	2677	2333
170	600	1101	1727	2498	1092	1844	2596	2273
180	597	1089	1696	2429	1080	1808	2518	2216
190	594	1078	1666	2363	1068	1772	2445	2160
200	590	1066	1636	2300	1057	1738	2376	2107
210	587	1055	1608	2240	1046	1704	2310	2056
220	584	1044	1580	2182	1034	1672	2246	2008
230	580	1032	1552	2127	1023	1641	2186	1961
240	577	1022	1526	2074	1012	1611	2130	1916
250	574	1011	1500	2024	1001	1582	2075	1874
260	571	1000	1476	1976	990	1553	2023	1832
270	568	990	1451	1930	980	1526	1974	1792
280	564	980	1428	1886	970	1498	1926	1754
290	562	970	1404	1843	960	1472	1882	1718
300	558	960	1382	1802	950	1448	1838	1682
310	555	950	1360	1763	940	1423	1797	1648
320	552	940	1339	1726	930	1400	1758	1616
330	549	932	1318	1690	921	1376	1719	1584

电缆的换算长度 /m	一台变压器容量/kV·A				并联两台变压器容量/kV·A			
	50	100	180	320	50+50	100+100	180+180	100+180
340	546	922	1298	1655	912	1354	1682	1554
350	543	912	1278	1622	902	1332	1648	1524
360	540	904	1260	1590	894	1311	1614	1496
370	537	895	1241	1558	884	1291	1582	1468
380	534	886	1223	1528	876	1271	1550	1442
390	531	878	1205	1500	867	1252	1520	1416
400	528	869	1188	1472	858	1232	1492	1392
410	526	860	1171	1445	850	1214	1464	1368
420	522	852	1155	1419	842	1186	1437	1344
430	520	844	1139	1394	834	1179	1411	1322
440	517	836	1124	1370	826	1162	1386	1300
450	514	826	1108	1346	818	1146	1362	1279
460	512	820	1094	1324	810	1130	1338	1258
470	508	813	1079	1302	803	1114	1316	1239
480	506	806	1065	1280	796	1099	1284	1220
490	503	798	1051	1260	788	1084	1272	1201
500	500	790	1038	1240	781	1070	1252	1183
510	498	784	1024	1221	774	1056	1232	1166
520	496	776	1012	1202	767	1042	1213	1148
530	492	770	1000	1184	760	1028	1194	1132
540	490	762	987	1166	754	1016	1176	1116
550	488	756	975	1149	746	1002	1158	1100
560	485	750	964	1132	740	990	1141	1084
570	482	743	952	1116	734	978	1124	1070
580	480	736	941	1100	728	966	1108	1055
590	478	730	930	1085	721	954	1092	1041
600	476	724	920	1070	715	943	1078	1028
610	472	718	909	1056	709	932	1062	1014
620	470	712	898	1041	703	921	1048	1001
630	468	706	888	1028	697	910	1034	988
640	465	700	878	1014	691	900	1020	976
650	463	694	869	1000	686	890	1007	964
660	460	688	860	988	680	880	994	952
670	458	682	850	976	674	870	981	940
680	456	677	842	964	668	860	969	929

电缆的换算长度/m	一台变压器容量/kV·A				并联两台变压器容量/kV·A			
	50	100	180	320	50+50	100+100	180+180	100+180
690	454	672	832	952	664	851	957	918
700	451	666	824	940	658	842	945	907
710	449	661	816	928	653	833	934	896
720	446	656	807	918	648	824	922	886
730	444	650	799	906	642	816	912	876
740	442	646	791	896	638	807	900	866
750	440	640	783	886	632	799	890	856
760	438	636	776	876	628	791	880	848
770	436	630	768	866	623	783	870	838
780	434	626	760	856	618	775	860	829
790	432	621	753	847	614	768	850	820
800	430	616	746	838	609	760	841	812
810	427	612	739	828	604	752	832	803
820	425	607	732	820	600	746	823	795
830	423	602	725	811	596	738	814	786
840	421	598	718	802	591	732	806	778
850	419	594	712	794	587	724	798	771
860	417	590	706	786	587	718	789	763
870	415	586	699	778	578	712	781	756
880	413	581	693	770	574	705	773	748
890	411	577	687	762	570	698	766	741
900	409	573	681	755	566	692	758	734
910	407	569	675	748	562	686	750	727
920	406	565	669	740	558	680	743	720
930	404	561	664	734	554	674	736	714
940	402	557	658	726	550	668	729	707
950	400	553	652	719	547	662	722	700
960	398	550	647	713	543	657	715	694
970	396	546	642	706	540	652	708	688
980	394	542	636	700	536	646	702	682
990	392	538	631	694	532	640	696	676
1000	390	535	626	688	528	636	690	670
1020	387	528	616	675	522	625	677	658
1040	384	521	606	664	515	615	666	647

续表

电缆的换算长度 /m	一台变压器容量/kV·A				并联两台变压器容量/kV·A			
	50	100	180	320	50+50	100+100	180+180	100+180
1060	380	514	597	652	508	606	654	636
1080	376	508	588	641	502	596	643	626
1100	374	501	579	630	496	587	632	616
1120	370	495	570	620	490	578	622	606
1140	367	489	562	610	484	570	612	596
1160	364	483	554	600	478	561	602	588
1180	360	477	546	592	472	553	592	578
1200	358	472	538	582	466	546	584	570
1220	354	466	532	574	461	538	575	562
1240	352	460	524	565	456	530	566	554
1260	348	455	517	557	450	523	558	546
1280	376	450	510	549	446	516	550	538
1300	342	445	504	541	440	509	542	530
1320	340	440	497	534	436	502	534	523
1340	337	435	490	526	430	496	527	516
1360	334	430	484	519	426	490	520	509
1380	332	426	478	512	422	484	513	502
1400	329	421	472	505	417	478	506	496
1420	326	416	466	498	412	472	500	490
1440	324	412	461	492	408	466	493	483
1460	321	408	456	486	404	460	486	477
1480	318	404	450	480	400	454	480	471
1500	316	400	445	474	396	450	474	466
1550	310	390	432	460	386	436	460	452
1600	304	380	420	445	376	424	446	438
1650	299	371	410	433	368	413	434	426
1700	294	362	398	421	359	402	422	414
1750	288	354	388	410	351	392	410	404
1800	283	346	379	400	343	382	400	393
1850	278	338	370	389	336	372	390	383
1900	274	331	361	379	328	364	380	374
1950	268	324	352	370	322	355	370	365
2000	264	318	344	361	315	347	362	356

表 2-11　KSJ$_2$ 型变压器（$U_K = 4.5\%$）二次侧额定电压

为 690V 时两相短路电流计算表

电缆的换算长度 /m	一台变压器容量/kV·A					并联的两台变压器容量/kV·A		
	50	100	135	180	320	2×100	2×180	100+180
0	808	1612	2175	2890	5164	3234	5783	4554
10	802	1594	2134	2820	4963	3142	5504	4377
20	795	1571	2095	2751	4765	3053	5236	4206
30	789	1549	2055	2683	4571	2966	4983	4041
40	783	1526	2017	2617	4385	2882	4744	3885
50	777	1505	1979	2553	4207	2801	4520	3736
60	771	1483	1942	2490	4037	2723	4311	3995
70	766	1462	1906	2430	3877	2648	4117	3461
80	760	1441	1871	2371	3725	2576	3936	3335
90	754	1421	1836	2314	3581	2507	3768	3216
100	748	1401	1802	2259	3446	2440	3611	3104
110	743	1381	1769	2206	3318	2376	3465	2998
120	737	1362	1737	2155	3198	2315	3329	2897
130	732	1343	1706	2105	3085	2256	3202	2803
140	726	1324	1676	2058	2979	2200	3083	2713
150	721	1306	1646	2012	2879	2146	2972	2629
160	715	1288	1617	1967	2784	2094	2869	2549
170	710	1270	1589	1924	2695	2044	2771	2473
180	705	1253	1562	1883	2611	1996	2680	2401
190	700	1236	1535	1843	2531	1950	2594	2333
200	694	1220	1509	1805	2456	1906	2513	2269
210	689	1204	1484	1768	2384	1864	2436	2207
220	684	1188	1459	1732	2317	1823	2364	2149
230	679	1173	1436	1697	2252	1784	2296	2093
240	674	1157	1412	1664	2191	1747	2231	2040
250	669	1143	1390	1631	2133	1710	2170	1990
260	665	1128	1368	1600	2078	1675	2112	1941
270	660	1114	1346	1570	2026	1642	2057	1895
280	655	1100	1325	1541	1975	1609	2005	1851
290	651	1086	1305	1513	1928	1578	1955	1809
300	646	1072	1285	1486	1882	1548	1907	1769
310	641	1060	1266	1459	1838	1519	1862	1730
320	637	1047	1247	1434	1797	1491	1818	1693

续表

电缆的换算长度 /m	一台变压器容量/kV·A					并联的两台变压器容量/kV·A		
	50	100	135	180	320	2×100	2×180	100+180
330	632	1034	1229	1409	1757	1464	1777	1657
340	628	1022	1211	1385	1718	1438	1737	1623
350	624	1010	1194	1362	1682	1412	1699	1590
360	619	998	1177	1339	1646	1388	1663	1559
370	615	987	1161	1318	1612	1364	1628	1528
380	611	975	1145	1296	1580	1341	1594	1499
390	607	964	1129	1276	1549	1319	1562	1471
400	603	953	1114	1256	1518	1297	1531	1443
410	598	942	1099	1237	1489	1276	1502	1417
420	594	932	1084	1218	1461	1256	1473	1392
430	590	922	1070	1200	1435	1236	1445	1367
440	586	912	1056	1182	1409	1217	1419	1344
450	583	902	1043	1164	1383	1199	1393	1321
460	579	892	1029	1148	1359	1181	1368	1299
470	575	883	1017	1131	1336	1163	1345	1277
480	571	873	1004	1115	1313	1146	1321	1257
490	567	864	992	1100	1291	1130	1299	1237
500	564	855	980	1085	1270	1114	1277	1217
510	560	846	968	1070	1249	1098	1257	1198
520	556	838	956	1056	1230	1083	1236	1180
530	553	829	945	1042	1210	1068	1217	1162
540	549	821	934	1028	1192	1054	1198	1145
550	546	813	923	1015	1173	1040	1179	1128
560	542	805	913	1002	1156	1026	1161	1112
570	539	797	902	989	1139	1013	1144	1096
580	536	789	892	977	1122	1000	1127	1081
590	532	781	882	965	1106	987	1111	1066
600	529	774	873	953	1090	975	1095	1051
610	526	767	863	942	1075	962	1080	1037
620	522	759	854	931	1060	951	1065	1023
630	519	752	845	920	1046	939	1050	1010
640	516	745	834	909	1032	928	1036	997
650	513	739	827	898	1018	917	1022	984
660	510	732	819	888	1005	906	1008	971

续表

电缆的换算长度 /m	一台变压器容量/kV·A					并联的两台变压器容量/kV·A		
	50	100	135	180	320	2×100	2×180	100+180
670	507	725	810	878	992	896	995	959
680	504	719	802	868	979	885	982	947
690	501	712	794	859	967	875	970	936
700	498	706	786	849	955	866	958	924
710	495	700	778	840	943	856	946	913
720	492	694	771	831	931	847	934	903
730	489	688	763	822	920	837	923	892
740	486	682	756	814	909	828	912	882
750	483	676	749	805	899	820	901	872
760	480	670	741	797	888	811	891	862
770	478	665	735	789	878	803	880	852
780	475	659	728	781	868	794	870	843
790	472	654	721	773	858	786	861	834
800	470	649	714	766	849	778	851	825
810	467	643	708	758	839	770	842	816
820	464	638	702	751	830	763	832	807
830	462	633	695	743	821	755	823	799
840	459	628	689	736	813	748	815	791
850	457	623	683	729	804	741	806	783
860	454	618	677	723	796	734	797	775
870	452	613	671	716	787	727	789	767
880	449	609	666	709	779	720	781	759
890	447	604	660	703	772	713	773	752
900	444	599	654	696	764	707	765	744
910	442	595	649	690	756	700	758	737
920	439	590	644	684	749	694	750	730
930	437	586	638	678	642	688	743	723
940	435	582	633	672	734	682	736	716
950	432	577	628	666	727	676	729	710
960	430	573	623	661	721	670	722	703
970	428	569	618	655	714	664	715	697
980	426	565	613	649	707	658	708	690
990	423	561	608	644	701	653	702	684
1000	421	557	604	639	694	647	695	678
1020	417	549	594	628	682	636	683	666

续表

电缆的换算长度 /m	一台变压器容量/kV·A					并联的两台变压器容量/kV·A		
	50	100	135	180	320	2×100	2×180	100+180
1040	413	541	585	618	670	626	671	655
1060	409	534	577	608	658	616	659	644
1080	404	527	568	599	647	606	648	633
1100	400	520	560	590	636	597	637	623
1120	396	513	552	581	626	587	627	613
1140	393	506	544	572	616	578	616	603
1160	389	500	537	564	606	570	607	594
1180	385	493	529	555	596	561	597	584
1200	381	487	522	547	587	553	588	576
1220	378	481	515	540	578	545	579	567
1240	374	475	508	532	570	538	570	559
1260	371	470	502	525	561	530	562	551
1280	361	464	495	518	553	523	554	543
1300	364	458	489	511	545	516	546	535
1320	361	453	483	504	537	509	538	528
1340	358	448	477	498	530	502	530	520
1360	354	443	471	491	523	496	523	513
1380	351	438	465	485	515	489	516	507
1400	348	433	460	479	509	483	509	500
1420	345	428	454	473	502	477	502	493
1440	342	423	449	467	495	471	496	487
1460	339	419	444	461	490	465	489	481
1480	336	414	439	456	483	460	483	475
1500	333	410	434	451	477	454	477	469
1550	327	399	422	438	462	441	462	455
1600	320	389	410	425	448	429	449	442
1650	314	380	400	414	436	417	436	429
1700	307	370	389	403	423	406	424	417
1750	302	362	380	393	412	395	412	406
1800	296	353	371	383	401	385	401	396
1850	290	345	362	373	391	376	391	386
1900	285	338	353	364	381	367	381	376
1950	280	330	345	356	372	358	372	367
2000	274	323	337	348	363	350	363	358

表 2-12 　KSG 型变压器（$U_K = 4.5\%$）二次侧额定电压
为 133V 时两相短路电流计算表

电缆的换算长度 /m	变压器容量/kV·A		电缆的换算长度 /m	变压器容量/kV·A	
	2.5	4		2.5	4
0	209	339	260	36	38
10	184	278	270	35	36
20	163	231	280	34	35
30	144	195	290	33	34
40	129	166	300	32	33
50	117	145	310	31	32
60	106	128	320	29	31
70	97	115	330	28	31
80	89	104	340	28	29
90	82	95	350	27	28
100	77	87	360	26	27
110	72	80	370	26	27
120	67	75	380	25	26
130	63	69	390	25	25
140	60	65	400	24	25
150	57	62	410	23	24
160	54	58	420	23	24
170	32	56	430	23	23
180	48	53	440	22	23
190	46	51	450	22	22
200	44	47	460	21	22
210	43	45	470	21	21
220	41	44	480	20	21
230	40	42	490	20	21
240	38	40	500	20	20
250	37	39			

二、短路保护装置

1. 对短路保护装置的要求

（1）动作的迅速性　短路电流危害极大，允许存在的时间极
短，应尽快将发生短路的电网切断，缩小事故影响。所以一般短路

保护装置采用瞬动装置。

(2) 动作的选择性　当发生短路时，总是希望将短路故障迅速切除，对前级线路的工作不受影响，尽可能缩小影响范围。这就要求各级保护间应有一定的配合关系，这就是选择性。为了达到级间配合，一般设置一级至两级后备保护。对故障直接保护者首先动作；如果拒动，则后备保护就应动作，迅速切断故障。为了保证不应该动作的装置绝对不动，可采取限制其保护范围的办法。

(3) 动作的灵敏度　灵敏度是指保护装置对短路故障反应的灵敏程度，是动作可靠性的一个重要指标。要求保护装置在保护范围内，包括后备保护区，出现最小短路电流时，保护装置应灵敏动作。灵敏度也叫灵敏系数，它用下式表示：

$$k_t = \frac{I_{dmin}^{(2)}}{I_z}$$

式中　　k_t——灵敏系数；

$I_{dmin}^{(2)}$——保护范围内最小两相短路电流值；

I_z——保护装置整定电流值。

灵敏度应大于1，不同保护装置对灵敏度要求是各不相同的。

(4) 动作的可靠性　所谓可靠性，即发生短路时保护装置一定能动作，迅速切断故障电网。为了保证可靠性，除了增加后备保护装置以外，还要正确地整定和调试，加强维护检修，使保护装置处于准确的、可靠的准备动作状态。

2. 常用的短路保护装置

常用的短路保护装置有熔断器、过电流继电器和电子式电动机综合保护器。

(1) 熔断器　熔断器是一种简单的过电流保护装置。它利用过流熔断熔体，使电路分断，以避免电网和电气设备由于过电流而损坏，它适于作电网或电气元件的短路保护。

目前国产的熔断器有 RM 型和 RTO 型两种。RM 型为纤维管无填料式，RTO 型在熔管内装有石英砂作填料。

当熔体熔断时要产生高温，使周围空气中的中性分子受高温产生"热游离"，分解成带正电和负电的离子，负离子的大量流动产生了电弧。由于电弧的产生，有可能因飞弧造成相间短路，引起严重的事故。

① 熔断器熄灭电弧常用方法

a. 利用熔断器的纤维熔管，在高温电弧的作用下产生气体。由于纤维管两端密封，管内气体压力增大，限制了中性分子的游离，以削弱电弧的能量。RM 型熔断器熄灭电弧就采用了这种方法。

b. 利用填料冷填电弧。在熔管内装石英砂等作填料，使高温电弧窜入填料内被冷却，削弱了电弧的能量，使它熄火。RTO 型熔断器熄灭电弧就采用了这种方法。

c. 利用短弧熄弧的原理，将电弧分成若干短弧，分别冷却，来削弱电弧的能量。

熔断器是由熔管和熔件组成的。熔管两端的载流部分，在正常工作时所能允许的长时间通过的电流，叫熔断器的额定电流。通常都标在熔管上。

"熔件"就是熔断器中的熔片和熔丝。它的额定电流是指长期允许在熔件上的工作电流。熔件的熔断电流和经过时间的对应关系就是保护特性。熔件的保护特性是反时限的，用熔件的安秒曲线来表示，见图 2-24。通过熔件的电流愈大，熔断的时间愈短。

② 更换熔断器时的注意事项

a. 熔断器的额定电流必须大于熔件的额定电流。

b. 使用 RM 型熔断器，一定要用变截面的锌片熔件。

c. 使用 RM 型熔断器，纤维熔管两端的挡板上应密封良好。

d. 使用 RTO 型熔断器，必须保证熔管内石英砂填料和熔件符合规定。

③ 熔断器熔体额定电流的选择计算

a. 电缆支线保护。对于笼型电动机，熔体的额定电流按下式计算：

$$I_{\text{N}\cdot\text{F}} \approx \frac{I_{\text{N}\cdot\text{st}}}{1.8 \sim 2.5}$$

式中　$I_{\text{N}\cdot\text{F}}$——熔体的额定电流，A；

　　　$I_{\text{N}\cdot\text{st}}$——电动机的额定启动电流，A，若被保护的是几台同时启动的电动机，则此电流应为这几台电动机额定启动电流之和；

　　1.8～2.5——当电动机启动时，保证熔体不熔化的系数。

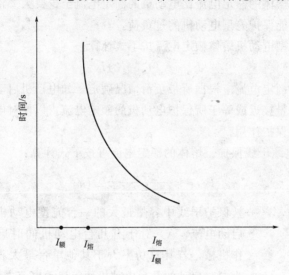

图 2-24　熔件的保护特性曲线

　　在不经常启动或负载较轻、启动较快的条件下，系数取大一些，可取 2.5。线路很长、启动时电压损失较大、启动电流小于额定启动电流时，系数可取 2.5，或再略大一点。对于频繁启动或负载较重、启动时间较长的电动机，系数取 1.8～2。

　　对于井下采、掘、运机械常用电动机的额定电流和额定启动电流，在没有具体资料可查时，可按电动机额定电流的 5～7 倍近似地估算其额定启动电流，一般取 6 倍，即：

$$I_{\text{N}\cdot\text{st}} = 6 I_{\text{N}}$$

式中　I_{N}——电动机额定电流，A，对于 380V 电动机，其额定电

流可按 $I_N=2P_N$ 估算，对于 660V 电动机，其额定电流可按 $I_N=1.15P_N$ 估算，对于 1140V 电动机，其额定电流可按 $I_N=0.66P_N$ 估算；

P_N——笼型电动机的额定容量，kW。

现场对熔体额定电流估算的经验公式：

$$I_{N \cdot F} \geqslant (2 \sim 2.5)I_N$$

由于熔体的额定电流比电动机的额定电流至少要大 2 倍，显然熔断器不能保护笼型电动机的过负荷。

绕线型电动机熔体额定电流按下式计算：

$$I_{N \cdot F} = (1.5 \sim 2)I_N$$

熔件额定电流应根据所带负荷情况确定，如电动机启动电流不大，应尽量接近或等于所保护电动机的额定电流，以便对电动机的过负荷起保护作用。

b. 电缆干线保护。熔体的额定电流可按下式计算：

$$I_{N \cdot F} \approx \frac{I_{N \cdot st}}{1.8 \sim 2.5} + \sum I_N$$

式中　$I_{N \cdot st}$——被保护干线中容量最大的一台笼型电动机的额定启动电流，A，对于有几台电动机同时启动的工作机械，若其总功率大于其他单台最大者，则应为同时启动的几台电动机额定启动电流之和；

$\sum I_N$——其余电动机的额定电流之和，A；

$1.8 \sim 2.5$——系数，意义与取值同上式。

由于电动机的实际启动电流常常小于额定值，故计算的结果偏大。在选择熔体时，可以用电动机的实际启动电流代替额定启动电流进行计算。

c. 照明变压器一次侧装设熔断器进行短路保护时，可用下式计算：

$$I_{N \cdot F} \approx \frac{1.2 \sim 1.4}{K_T} I_N$$

式中　$I_{N \cdot F}$——熔体的额定电流，A；

I_N——照明负荷的额定电流，A；

K_T——变压器的变压比，当电压为 380V/133V 时，K_T
=2.86，当电压为 660V/133V 时，K_T=4.96；

1.2～1.4——可靠系数。

d. 对于电钻变压器一次侧装设熔断器进行短路保护时，其熔体的额定电流可按下式计算：

$$I_{N \cdot F} \approx \frac{1.2 \sim 1.4}{K_T} \left(\frac{I_{N \cdot st}}{1.8 \sim 2.5} + \sum I_N \right)$$

式中　$I_{N \cdot st}$——容量最大的电钻电动机的额定启动电流，A；

$\sum I_N$——其余电钻电机额定电流之和，A。

其余符号和系数的意义同上式。

e. 127V 照明线路保护。熔体的额定电流可按下式计算：

$$I_{N \cdot F} \geqslant \sum I_N$$

式中　$\sum I_N$——照明灯额定电流之和，A。

f. 按最小两相短路电流进行校验。为保证当被保护设备或线路发生两相短路时熔件能及时熔断，必须用最小两相短路电流校验保护装置的可靠动作系数。

短路电流校验公式如下：

$$\frac{I_{k(2)}}{I_{N \cdot F}} \geqslant 4 \sim 7$$

式中　$I_{k(2)}$——被保护线路末端的最小两相短路电流，A；

$I_{N \cdot F}$——所选熔体的额定电流，A；

4～7——保证熔体在短路故障出现时能够及时熔断的系数，
该系数可根据熔体额定电流值的大小来选取。

熔体额定电流在 100A 及以下时，因为这类熔件散热较好，熔化系数较高，系数选 7。

熔体额定电流在 125A 时，系数不小于 6.4。

熔体额定电流在 160A 时，系数不得小于 5。

熔体额定电流在 200A 时，系数不得小于 4。

电压为 127V 时，系数不得小于 4。

当熔体的额定电流值超过 160A 时，最好选用过电流继电器。

对可靠动作系数必须满足 4～7 的要求的原因主要有以下 4 点：

a. 由于电压降的影响，计算的最小两相短路电流值大于实际的最小两相短路电流值；

b. 由于电弧电阻的限流作用，使实际短路电流值小于计算值；

c. 由于熔件保护特性的分散性，可能使熔件动作时间延长；

d. 电缆吊挂的实际长度有可能大于计算长度，线路电阻增加，使短路电流小于计算值。

如短路电流校验不能满足要求时，可根据具体情况，分别采取下列措施：

a. 加大干线或支线电缆截面；

b. 设法减小电缆线路的长度（使采区变电所靠近工作面配电点）；

c. 换用大容量变压器或采取变压器并联（随着供电距离增加，效果并不显著）；

d. 对于有分支的供电线路，可增设分段保护开关。

（2）低压过电流继电器　在 DW 系列矿用隔爆型自动馈电开关中装设的过电流脱扣器，是一种直接动作的一次式过电流继电器，它的动作电流整定值是靠改变弹簧的拉力进行均匀调节的。

矿用隔爆型磁力启动器所用的限流热继电器电磁元件一般为间接动作的一次式过电流继电器。电磁元件的整定电流一般为热元件额定电流的 8～10 倍。

电磁式过流继电器整定的基本原则是当通过最大工作电流时，继电器不动作；当在保护范围内发生各种短路故障时，应迅速动作，切断故障电源。短路保护应有一级后备保护，使之更为安全可靠。

① 单台电机保护的整定　用过电流继电器或限流热继电器的电磁元件保护单台电动机可用下式进行整定计算：

$$I_{d \cdot z} \geqslant I_{N \cdot st}$$

式中　$I_{d \cdot z}$——过电流继电器或限流热继电器的电磁元件的动作电

流整定值，A；

$I_{N \cdot st}$——电动机的额定启动电流，A。

对于笼型电动机，其近似值 $I_{N \cdot st} \approx 6I_N$；对绕线型电动机，其近似值 $I_{N \cdot st} \approx 1.5I_N$，当选择启动电阻不精确时，启动电流可能大于计算值。在此情况下，整定值也要相应增大，但不能超过额定电流的 2.5 倍。若能测出电动机的实际启动电流，则应以实际启动电流进行计算，这样可以降低过电流继电器的整定电流值，使其在短路故障时能可靠地动作，但整定值应略大于实际启动电流值，以防开关误动作。

确定短路保护整定电流值后，还应以保护范围末端的最小两相短路电流校验动作可靠系数，合格后方可使用。

校验公式如下：

$$K_S = \frac{I_{k(2)}}{I_{d \cdot z}} \geqslant 1.5$$

式中　$I_{k(2)}$——电动机端子上的最小两相短路电流，A；

1.5——动作可靠系数。

如可靠系数不能满足要求时，可采取上节提出的措施。

② 配电线路（干线）保护　保护多台电动机过电流继电器动作电流值可按下式进行整定计算：

$$I_{d \cdot z} \geqslant I_{N \cdot st} + \sum I_N$$

式中　$I_{N \cdot st}$——启动电流最大的一台电动机的额定启动电流，A。

对于有数台电动机同时启动的工作机械，若其总的启动电流大于单台启动时的最大启动电流，则 $I_{N \cdot st}$ 应为这几台同时启动的电动机的额定启动电流之和。

动作可靠系数的校验：

$$K_S = \frac{I_{k(2)}}{I_{d \cdot z}} \geqslant 1.5$$

式中　$I_{d \cdot z}$——下一级保护范围末端的最小两相短路电流，A。

③ 高压配电箱的过电流继电器整定计算　动力变压器内部以及低压侧出线端发生的短路故障是用高压配电箱来切除的，因此，

高压配电箱的瞬时过电流继电器整定值必须大于变压器尖峰负荷电流，而小于其低压侧出线端的最小两相短路电流。具体的整定计算方法如下：

$$I_{d \cdot z} \geqslant \frac{1.2 \sim 1.4}{K_T K_t}(I_{N \cdot st} + \sum I_N)$$

式中　$I_{d \cdot z}$——高压配电箱的过电流继电器的电流整定值，A；

　　　$I_{N \cdot st}$——启动电流最大的一台或几台（同时启动）电动机的额定启动电流，A；

　　　$\sum I_N$——其余电气设备的额定电流之和，A；

　　　K_T——变压器的变压比，当电压为 6000V/400V 时，K_T =15，当电压为 3000V/400V 时，K_T =7.5，当电压为 6000V/690V 时，K_T =8.5；

　　　K_t——电流互感器的变流比；

　1.2~1.4——可靠系数。

动作可靠系数的校验如下。

a. 对于 Y/Y 接线的变压器，校验公式如下：

$$K_S = \frac{I_{k(2)}}{K_T K_t I_{d \cdot z}} \geqslant 1.5$$

式中　K_S——动作可靠系数；

　　　$I_{k(2)}$——变压器低压侧母线上的最小两相短路电流，A；

　　　$I_{d \cdot z}$——过电流继电器的实际电流整定值，A。

b. 对于 Y/△接线的变压器，可按下式校验：

$$K_S = \frac{I_{k(2)}}{\sqrt{3} K_T K_t I_{d \cdot z}} \geqslant 1.5$$

（3）热继电器　电气设备的过流是指电流超过了额定值，过电流的持续时间也超过了规定。电动机使用寿命的长短主要决定于电动机允许加热的温度。绝缘材料允许加热的温度越高，电动机运行所能承受的加热温度也越高。不超过电动机绝缘材料的允许加热温度，电动机就可以长期连续运行。如超过此温度，电动机绝缘寿命就会大大缩短。如 A 级绝缘的电动机在 115℃时运行，寿命将缩短到 1 年；120℃时只能工作半年；200℃时仅 5min。由此可知，要保证电动机的使用寿命，必须使它运行的发热温度不超过所用绝缘材料的允许最高温度。因此，必须加强电动机的过负荷保护，使它长期在允许的温度范围内运行。

隔爆型磁力启动器中常用的有 JR_9、JR_0、JR_{15}、JR_{16} 等系列热继电器。

JR_9 系列限流热继电器由电磁元件和热元件两部分组成，可作为电动机的短路保护和过负荷保护之用。JR_0 和 JR_{15} 系列热继电器具有差动导板，它不仅可作为电动机的过负荷，还可作为"Y"形接线电动机的断相保护。因为它们没有短路保护，所以前面必须加熔断器作为短路保护。

过热继电器是由两层不同温度膨胀系数的金属片构成。温度膨胀系数大的金属叫主动层，膨胀系数小的金属叫被动层。将两层金属片的一端铆接在一起，另一端可以自由伸张。当电流通过被动层使它发热并把热量传导给主动层时，主动层也受热膨胀，由于它们的一端已被铆接，就迫使自由端发生弯曲，向上翘起，作用于传动机构，使接触器接点分开，切断电动机电源。

热继电器的额定电流是指热继电器长期工作所流过的最大电流。在热继电器额定电流一定的条件下，热继电器又可装设不同额定电流的热元件。热元件的额定电流是指允许长期通过而又不使继电器动作的最大电流。

例如 QC810-60 型隔爆磁力启动器中的 JR()-60/3D 型热继电器，其额定电流为 60A，但它所装热元件的额定电流却有 22A、32A、45A、63A 等几种，可按电动机的额定电流适当选配。

热继电器的整定电流实际上就是热元件调节刻度上所标定的电流值，在此电流长期作用下，加热元件所产生的热量不会使热继电器动作。但是，实际电流大于其整定值时，它应当在规定的时间内动作。例如 JR_0 系列热继电器，当通过额定电流及温度达到稳定后，电流增加到额定值的120%时，20min内应动作。

热继电器保护单台电动机时，整定电流应等于或略大于电动机的额定电流，即：

$$I_z = I_N$$

式中　I_z——热继电器的整定电流，A；

　　　I_N——电动机的额定电流，A。

（4）电动机电子式综合保护装置　电动机电子式综合保护器是一种以电子器件为基础的保护装置，能对电动机实现过负荷、断相、短路保护和漏电闭锁功能的综合保护装置。

对于短路保护装置的要求是动作迅速，发生短路故障时迅速切除故障，以减少短路时电压降对设备正常运行的影响，减轻设备的损坏程度。

过负荷保护是反时限的，即过负荷程度越大，保护装置动作时间越短。只有保护装置的保护持性曲线和电动机的安全曲线配合好，才能保证电动机的安全运行。

电动机启动前发生一相断线时，因为没有启动转矩不能启动，启动电流约为正常运行时启动电流的86.6%。

电动机启动后发生单相运行，当电动机定子绕组为Y接法时，假如B相电源断路，大电流长期通过A相和C相位，这两相绕组烧坏。当电动机定子绕组为△接法时，当B相电源断路时，使A、B两相绕组为串联回路，所以负荷电流为C相的1/2，使C相电流加大、绕组烧坏。因此，断相保护要比三相电流对电动机的保护性强。

漏电闭锁是在电动机未投入运行前，对线路和电机绝缘进行监控，当线路和电机对地的绝缘电阻低于闭锁电阻值时，闭锁电机的电源开关，使开关不能合闸，有利于判断故障范围，缩短寻找故障的时间。闭锁电阻值一般为漏电电阻值的2倍。

电动机综合保护装置具有完善的保护功能，如整定合理，可以保证电动机安全运行。

① 电动机综合保护装置由取样电路、放大电路、时限电路、

比较电路和执行电路等单元组成。下面以 JDB-(120) 型综合保护器介绍如下。

取样电路由电流互感器、信号变换电路和整定电路等部分组成。图 2-25 为 JDB-120(250) 型综合保护器中取样器的电气线路。

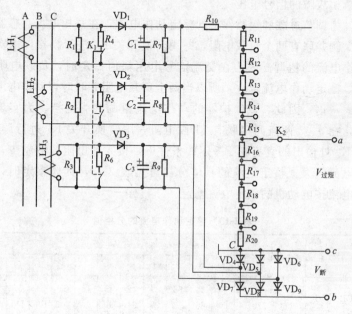

图 2-25　JDB-120(250) 型综合保护器的取样器电气线路图

从电流互感器 (LH$_1$～LH$_3$) 二次绕组输出的交流电流信号，首先经过电阻 R_1～R_6 转变成交流电压信号，然后再经过二极管 VD$_1$～VD$_3$ 和电容器 C_1～C_3 整流、滤波，最后在电阻 R_7～R_9 上形成所需要的直流信号电压。为了能同时得到反映过载、短路和断相三种故障的信号电压，将三个电流互感器二次侧的直流信号电压并联输出，并用 6 个二极管 VD$_4$～VD$_9$ 组成的或门电路进行综合。b 点为三相的中性点，这样，从 a、c 两点引出的电压就正比于电动机主电路中的电流，因而 a、c 两点间的电压就是过载和短路保护的信号电压。当电动机一相断线时（如 A 相），该相的电流互感器无信号输出，但另外的两相电流互感器仍有信号电压输出。此电压的下端除可以继续由 a 点输出外，还可以通过断线那一相的滤波电阻如 R_7 和二极管 VD 加到 b 端，电压的负端则通过二极管 VD_5 和 VD_6 加到 c 端，因而在 b、c 两点之间得到一个电压，此电压就是断相故障的信号电压。

为调节过载和短路保护的整定动作电流，在每相电流互感器的二次侧并联有两个负载电阻，并用转换开关 K_1 进行换接，以实现动作电流的粗调。因为在交流信号电压幅值一定时，负载电阻越小，额定动作电流越大，所以当两个负载电阻并联时，动作电流将加大一倍。因此，该保护器的动作电流粗调共为两挡。为实现细调，在 a、c 两点间串联有 11 段电阻，用转换开关 K_2 进行调节。在 K_2 处输出的直流电压一定的条件下，接入的电阻段数越少，动作电流越大。整定电流的具体分挡可见表 2-13，具体整定时，动作电流按电动机的额定电流整定。

表 2-13 整定动作电流的分挡值

型号	分挡电流/A	刻度电流/A										
		1	2	3	4	5	6	7	8	9	10	11
JDB-120G	30～60	30	33	36	39	42	45	48	51	54	57	60
	60～120	60	66	72	78	84	90	96	102	108	114	120
JDB-225G	55～110	55	60	65	70	75	80	85	90	95	100	110
	110～220	110	120	130	140	150	160	170	180	190	200	220

② JDB 主要技术指标见表 2-14。

③ 为了对综合保护器工作性能进行定期检查，可以利用保护器的漏电试验开关与过载试验开关进行相应试验。在试验时必须先断开隔离开关，然后打开开关盖，将上述试验开关拨到试验位置，随后再盖上开关盖，合上隔离开关，进行试验。

启动器在停止时不能启动属漏电故障。磁力启动器工作时跳闸停运，经一定延时后可以重新启动，属过载或断相故障。磁力启动器在运行时跳闸停运并且不能再次启动属短路故障。

表 2-14　JDB 主要技术指标

名称	项目	刻度电流倍数	动作时间	起始状态	复位方式	复位时间/s
过载保护	1	1.05	长期不动作	—	—	—
	2	1.2	5s<t<20s	从刻度电流电平开始	自动	小于2
	3	1.5	1s<t<3s	从刻度电流电平开始	自动	小于2
	4	6	8ms<t<16ms	从零电流电平开始	自动	小于2
断相保护	5 P_A	一线（相）为零；二线（相）为1.15倍整流电流	<20min	0.6倍整定电流热态	自动或断电	小于2
	5 P_B	一线（相）为零；二线（相）为1.05倍整流电流	<3min	0.6倍整定电流热态	自动或断电	
短路保护	6	8～10	200ms<t<400ms	从零电流电平开始	手动	小于2
漏电闭锁	7	电动机工作电压660V，一相对地绝缘电阻低于 $[22×(1+20\%)]$kΩ 拒绝启动				
	8	电动机工作电压380V，一相对地绝缘电阻低于 $[7×(1+20\%)]$kΩ 拒绝启动				
	9	漏地检测电流小于1mA				

第三章 防爆电气设备

第一节　可燃气体、蒸气的爆炸特性

一、可燃气体、蒸气产生爆炸必须具备的条件

可燃气体、蒸气产生爆炸必须具备如下条件：

(1) 要有一定浓度的可燃性气体混合物；

(2) 要有足够能量的点火源。

各种形式的防爆电气设备就是基于采取一系列措施，使这两个条件得不到满足或不会耦合在一起的原理而设计的。一旦耦合时，也使爆炸仅限于设备内部，而不会引起外界发生爆炸。

二、可燃气体-空气混合物的爆炸特性及毒性

1. 爆炸界限

甲烷（沼气）、氢气及乙炔等虽都是可燃的气体，但都只有在与空气或氧化剂按一定的比例均匀混合后才具有爆炸能力，如甲烷-空气混合物的理想配比是 9%（体积比）。混合物中的甲烷含量偏离这个比例，遇到火源也能发生反应，这个偏离的范围就是爆炸界限。爆炸界限有上限和下限。

2. 最小点燃电流（MIC）及最大试验安全间隙（MESG）

最大试验安全间隙：在标准规定的试验条件下，壳内所有的被试验气体或蒸气与空气的混合物点燃后，通过 25mm 长的接合面均不能点燃壳外爆炸性气体混合物时，外壳、空腔两部分之间的最大间隙。

最小点燃电流：在规定的试验条件下，能点燃最易点燃混合物的最小电流。

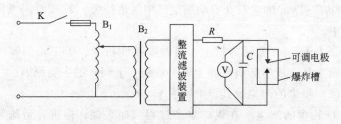

图 3-1 测定最小点燃能量试验装置原理图

3. 可燃混合物的最小点燃能量

测定可燃混合物最小点燃能量的试验装置原理图如图 3-1 所示。在试验时，首先测得电容两端放电电压值，然后按电容储能公式 $W=0.5CU^2$，可算出放电能量（忽略放电的能量损失），用该值作为被点燃介质的最小点燃能量。

三、矿井粉尘

矿井粉尘包括煤尘与岩尘，它是煤矿生产过程中生成的细散状尘粒。粉尘的危害性很大，可引起职业病，危害工人的身体健康，造成劳动能力丧失和缩短寿命。煤尘还具有爆炸性，造成严重破坏和大量伤亡，威胁着矿井的安全生产。所以说煤尘既是一把软刀子，又是一把硬刀子，是煤矿五大自然灾害中危害最严重的一种。随着矿井采掘综合机械化程度的提高，粉尘的产生量也大大增加。因此，搞好井下防尘工作、改善井下劳动环境、防止粉尘危害、保证矿井安全生产，是十分重要的。

1. 粉尘的生成及影响因素

（1）粉尘 在煤矿井下各项生产过程中产生的并能在空气中悬浮一定时间的固体物质细散状尘粒统称为煤矿粉尘，简称矿尘。

① 飞扬在空气中的粉尘叫浮尘，从空气中因自重而降落在井下巷道周壁的粉尘叫落尘。

② 浮尘在井下空气中飞扬时间的长短取决于粉尘颗粒的大小、

重率、形状以及空气的湿度、温度与风速。

③ 粉尘的大小称为粒度，单位是 μm（$1\mu m = 1/1000mm$），直径 $0.1\sim1\mu m$ 的尘粒在流动的空气中沉落很慢，较长时间飞扬在空气中。

④ 小于 $5\mu m$ 直径的粉尘，叫做呼吸性粉尘。矿工长期吸入呼吸性粉尘是造成尘肺病（肺脏埃沉着病，下同）的主要原因。

（2）粉尘的产生及其影响因素

① 粉尘的产生　在煤矿生产过程（如采煤、掘进、运输等作业过程）中，会不同程度地产生矿尘。其产尘的主要作业有：

a. 各类打眼作业，如打炮眼、锚杆眼、注水眼等；

b. 炸药爆破；

c. 采煤机割煤、装煤和掘进作业；

d. 风镐落煤；

e. 装载、运输转载和提升；

f. 采场和巷道支护、移架和推溜等，如发生冒顶和冲击地压等，也会产生大量的粉尘。

② 影响粉尘的主要因素　粉尘的产生量各矿井中不同，主要取决于煤层岩层地质条件、赋存情况、煤岩性质及生产条件等因素。

a. 自然因素　包括地质构造、煤岩结构和煤尘赋存情况等。

（a）地质构造。地质构造复杂、断层、摺曲发育、地质构造破坏强烈的煤田开采时产尘量大，粉尘分散度高，呼吸性粉尘含量高。

（b）煤岩结构。节理发育、脆性大、易碎、结构疏松、水分少、干燥的煤岩较其他煤岩产尘量大，尘粒也细。

（c）煤尘赋存情况。开采煤层倾角大比倾角小产尘量大，开采厚煤层比薄煤层产尘量大。

b. 开采因素　包括采掘强度、机械化程度等。

（a）采掘强度。开采强度加大，产尘量大幅度增加。

（b）机械化程度。机械化程度越高，煤越破碎，产尘量越大。

（c）采掘机的结构和工作方式。宽截齿、截齿数密、截割速度和牵引速度快，产尘量大。冲击式比旋转式打眼产尘量大。

（d）采煤方法。急倾斜倒台阶比水平分层开采产尘量大，全部陷落比充填法开采产尘量大。

（e）打眼方式。干打眼比湿打眼产尘量大。

（f）生产工序不同，产尘量也不同。打眼、放炮、割煤、装运、转载点产尘量大。

（g）通风状况。风量太大或风量太小时，产尘量都大，要选择最佳风速。风速是影响作业环境空气中粉尘含量极重要的因素。风速过大，会将落尘吹扬起来；风速过低，影响供风量和吹散矿尘。最佳排尘风速要根据不同作业点的特点而定。

2. 煤尘的可燃性和爆炸性

矿井空气中具有爆炸性的煤尘含量达到一定浓度时与瓦斯一样，遇火也会发生燃烧和爆炸。

（1）煤尘爆炸的条件 煤尘爆炸必须同时具备三个条件，缺一不可。

① 煤尘本身具有爆炸性 产生煤尘爆炸的基本条件是煤尘必须具有爆炸性。煤矿井下作业时产生的煤尘不是都会发生爆炸的，只有在热源的作用下，能单独爆炸或传播爆炸的煤尘才会在适宜的条件下发生煤尘爆炸。

② 浮尘达到爆炸浓度 爆炸性煤尘只有呈悬浮状态并达到一定浓度范围才有可能发生爆炸。

③ 有引爆火源 爆炸性煤尘虽已达到爆炸浓度范围，但无高温引燃，也是不会发生爆炸的。煤尘爆炸的引燃温度随煤中可燃挥发分和试验条件等不同而有差别。

（2）煤尘爆炸的界限 煤尘爆炸是在爆炸下限和爆炸上限之间的浓度范围内发生的。

① 煤尘爆炸下限浓度 单位体积空气中能够发生煤尘爆炸的最低煤尘含量，称为煤尘爆炸的下限浓度。如褐煤为 $45\sim55g/m^3$，烟煤为 $110\sim335g/m^3$。

② 煤尘爆炸上限浓度　单位体积空气中能够发生煤尘爆炸的最高煤尘含量，称为煤尘爆炸的上限浓度。

煤尘爆炸的上限浓度一般测得的数值是：$1000\sim2000g/m^3$。一般出现煤尘最大爆炸压力上升率的煤尘浓度为$400g/m^3$左右。

（3）引燃煤尘爆炸的火源　煤尘爆炸的引燃温度变化范围较大，它随着煤尘的性质和试验条件的不同而变化。经试验：我国煤尘引燃温度在$610\sim1050℃$，一般为$700\sim800℃$。

井下能引燃煤尘的高温度热源主要有：

① 放炮产生火焰；

② 电气设备产生火花；

③ 电缆和架线电机车产生电弧；

④ 斜井跑野车产生摩擦火花；

⑤ 矿灯故障或使用不当；

⑥ 瓦斯燃烧或爆炸；

⑦ 井下火灾或明火等。

（4）影响煤尘爆炸的因素

煤尘爆炸受很多因素的影响，如煤尘的性质、粒度、化学组成、外界条件等。主要影响因素有以下几个。

① 煤的挥发　煤尘可燃挥发分越高，越易爆炸。我国煤田的煤质按挥发分含量依次增高的顺序为：无烟煤、贫煤、焦煤、肥煤、气煤、长焰煤和褐煤。其中无烟煤挥发分含量最低。

② 煤尘浓度　煤尘爆炸最强的浓度为$300\sim400g/m^3$。小于$300g/m^3$直到爆炸下限浓度，其爆炸强度依次减弱。

③ 煤尘粒度　直径$1mm$以下的煤粒都能参加爆炸，但粒度越小，表面积越大，受热及氧化作用越快，加速了释放可燃性气体，所以越易爆炸，而且爆炸性强。煤尘爆炸的主体是$0.075mm$以下的煤粒。总的趋势是粒度越小爆炸性越强。但粒度过小，小于$10\mu m$时，爆炸性反而因过小而降低。这是因为过于细小的尘粒在空气中很快氧化，成为灰烬。

④ 瓦斯含量　当井下空气中存在瓦斯时，煤尘爆炸下限浓度

就要降低。瓦斯浓度越高，煤尘爆炸下限浓度越低。

⑤ 煤的水分

a. 煤中水分对尘粒起黏结作用，增大颗粒，降低飞扬能力。

b. 煤中水分起吸热、降温、阻燃作用。

c. 煤中水分具有减弱和阻碍瓦斯爆炸的性质，但当爆炸已经发生时，其水分只有达到手捏成团不散的程度时，才能阻止爆炸。

⑥ 煤的灰分　灰分是不燃物质，其作用有：

a. 吸收大量的热，起降温阻燃作用；

b. 增加煤尘重量，加速煤尘沉降。

试验证明，只有灰分达到40％以上，爆炸性才显著下降。采用岩粉棚、撒布岩粉，就是利用灰分能够削弱煤尘爆炸性这一原理来阻止煤尘爆炸的。

⑦ 空气中含氧量　井下空气含氧量小于18％时，煤尘不能引燃，而失去了爆炸性。

第二节　防爆电气设备的基本概念及通用要求

在瓦斯和煤尘爆炸事故中，由于电火花等电气设备失爆引起的瓦斯和煤尘爆炸事故占有很大的比例。因此，加强防爆电气设备的监察与管理对减少瓦斯和煤尘爆炸事故的发生具有十分重要的作用。

工作在煤矿井下爆炸性环境中的电气设备必须采取一定的防爆安全措施，使其在规定的运行条件下不会引起周围爆炸性混合物爆炸。这种按规定条件设计制造的、不会引起周围爆炸性混合物爆炸的电气设备通称为防爆电气设备。防爆电气设备的种类很多，有防爆电机、防爆开关、防爆灯具、防爆仪器仪表、防爆电话等。

为了适应不同的生产环境和爆炸性环境，国家制定了不同类型的防爆电气设备的设计制造标准，共有以下10种类型：隔爆型、本质安全型、增安型、浇封型、气密型、充砂型、正压型、充油型、无火花型和特殊型。另外，矿用一般型电气设备是用于煤矿井下的非防爆电气设备。各种类型的防爆电气设备标志见表 3-1。防爆电气设备的国家标准是 GB 3836（矿用一般型的国家标准是 GB 12173），所有防爆电气设备的设计、制造、检验均应以此标准为依据。

表 3-1　爆炸性环境用电气设备类型及标志

防爆电气设备类型	标志	防爆电气设备类型	标志
隔爆型电气设备	d	正压型电气设备	p
本质安全型电气设备	i	充油型电气设备	o
增安型电气设备	e	无火花型电气设备	n
浇封型电气设备	m	特殊型电气设备	S
气密型电气设备	h	矿用一般型电气设备	KY
充砂型电气设备	q		

一、基本概念

1. 类别、级别和组别

为了正确选用防爆电气设备，必须了解防爆电气设备的类别、级别和组别。防爆电气设备按使用环境的不同分为两大类。

Ⅰ类：用于煤矿井下的电气设备。主要用于含有甲烷混合物的爆炸性环境。

Ⅱ类：用于工厂的防爆电气设备。主要用于除甲烷外的其他各种爆炸性混合物环境。

为了保证各种类型电气设备在运行中不产生引燃爆炸性混合物的温度，对电气设备运行时能允许的最高表面温度进行了分组，分组情况见表 3-2。

2. 电气间隙与爬电距离

由于煤矿井下空气潮湿、粉尘较多、环境温度较高，严重影响电气设备的绝缘性能。为了避免电气设备由于绝缘强度降低而产生短路电弧、火花放电等现象，对电气设备的爬电距离和电气间隙做出了规定。

表 3-2 电气设备的允许最高表面温度

电气设备类型	温度组别	设备允许表面温度/℃	说 明
Ⅰ类	—	150	设备表面可能堆积粉尘
	—	450	采取措施防止粉尘堆积
Ⅱ类	T1	450	$450 \leqslant t$
	T2	300	$300 \leqslant t < 450$
	T3	200	$200 \leqslant t < 350$
	T4	135	$135 \leqslant t < 200$
	T5	100	$100 \leqslant t < 135$
	T6	85	$85 \leqslant t < 100$

注：表中 t 为可燃性气体、蒸气的引燃温度。

电气间隙和爬电距离是既有区别又有联系的两个不同概念。电气间隙是指两个裸露的导体之间的最短距离，即电气设备中有电位差的金属导体之间通过空气的最短距离。电气间隙通常包括：①带电零件之间以及带电零件与接地零件之间的最短空气距离；②带电零件与易爆零件之间的最短空气距离。电气间隙应符合表 3-3 的规定。

表 3-3 电气间隙与爬电距离

额定电压/V	最小电气间隙/mm	最小爬电距离/mm			
		a	b	c	d
36	4	4	4	4	4
660	10	12	16	20	25
60	6	6	6	6	6
1140	18	24	28	35	45
127	6	6	7	8	10
3000	36	45	60	75	90
220	6	6	8	10	12
6000	60	85	110	135	160
380	8	8	10	12	15
10000	100	125	150	180	240

注：表中 a、b、c、d 是绝缘材料按相对泄痕指数的分级。

只有满足电气间隙的要求，裸露导体之间和它们对地之间才不会发生击穿放电，才能保证电气设备的安全运行。

爬电距离是指两个导体之间沿其固体绝缘材料表面的最短距离。也就是在电气设备中有电位差的相邻金属零件之间沿绝缘表面的最短距离。爬电距离是由电气设备的额定电压、绝缘材料的耐泄痕性能以及绝缘材料表面形状等因素决定的。额定电压越高，爬电距离就越大；反之，就越小。绝缘材料表面施加污染液或污垢杂质之后，在两个电极之间的电场作用下，这些导电液体或污垢杂质将产生微小的火花放电，使绝缘材料发生局部破坏，那么绝缘材料抵抗这种破坏的能力就称为耐泄痕性能。防爆电气设备是在有爆炸危险的场所使用的，环境中含有各种污染液和污垢杂质，设备绝缘材料的耐泄痕性能是十分重要的。绝缘材料的耐泄痕性能通常是用耐泄痕指数来表示。耐泄痕指数是指固体绝缘材料能够承受 50 滴或 100 滴以上的电解液而没有形成漏电的最高电压。绝缘材料根据相对泄痕指数分为 a、b、c、d 共 4 个级，a 级最高，d 级最低。常用绝缘材料耐泄痕指数分级见表 3-4。由此可见，绝缘材料耐泄痕性能越好，爬电距离就越小；反之，就越大。防爆电气设备的最小爬电距离见表 3-3。

表 3-4　绝缘材料按相对泄痕指数分级

级别	相对泄痕指数	试验电压/V	滴数	绝 缘 材 料
a	—	600	>100	上釉的陶瓷、云母、玻璃
b	500	500	>50	三聚氰胺石棉耐弧塑料、硅有机石棉耐弧塑料
c	380	380	>50	聚四氟乙烯塑料、三聚氰胺玻璃纤维塑料、表面用耐弧漆处理的环氧玻璃布板
d	175	175	>50	酚醛塑料、层压制品

3. 防护等级

电气设备应具有坚固的外壳，外壳应具有一定的防护能力，达到一定的防护等级标准。防护等级就是防外物和防水能力。防外物是指防止外部固体进入设备内部和防止人体触及设备内带电或运动部分的性能，简称防外物。防水是防止外部水分进入设备内部，对设备产生有害影响的防护性能，简称防水。防护等级用字母 IP 连同两位数来标志。例如，IP43 中的 IP 是外壳防护等级标志，第一位数字 4 表示防外物 4 级，第二位数字 3 表示防水 3 级。数字越大表示等级越高，要求越严格。防外物共分 7 级，防水共分 9 级。外壳防护等级标准见表 3-5。

表 3-5　外壳的防护等级

防护等级	防外物能力分级		防水能力分级	
	简称	说　明	简称	说　明
0	无防护	没有专门的保护	无防护	没有专门的保护
1	防护大于 50mm 的固体	能防止直径大于 50mm 的固体异物进入壳内	防滴	垂直的滴水应不能直接进入 产品内部
2	防护大于 12mm 的固体	能防止直径大于 12mm 的固体异物进入壳内	15°防滴	与铅垂线成 15°范围内有淋水应不能直接进入 产品内部
3	防护大于 2.5mm 的固体	能防止直径大于 2.5mm 的固体异物进入壳内	防淋水	与铅垂线成 60°范围内有淋水应不能直接进入 产品内部
4	防护大于 1mm 的固体	能防止直径大于 1mm 的固体异物进入壳内	防溅	任何方向的溅水对产品应无有害的影响
5	防尘	能防止影响产品正常运行的灰尘进入壳内	防喷水	任何方向的喷水对产品应无有害的影响
6	尘密	完全防止灰尘进入壳内	防海浪或强力喷水	猛烈的海浪或强力喷水对产品应无有害的影响
7	—	—	浸水	产品在规定的压力和时间下浸在水中,进水量应无有害的影响
8	—	—	潜水	产品在规定的压力下长时间浸在水中,进水量应无有害的影响

二、调用要求

不同类型的防爆电气设备具有不同的特性，这就需要对它们做出专用的规定，但作为防爆电气设备，它们又有共同的特性，这就是对防爆电气设备的通用要求。无论何种类型的电气设备都必须在符合通用要求和专用规定的情况下，才能保证其防爆性能。通用要求主要包括：防爆电气设备使用的环境温度，对外壳、紧固件、联锁装置、绝缘套管、接线盒、连接件、引入装置及接地的要求等。现将有关要求介绍如下。

（1）防爆电气设备使用的环境温度为 $-20 \sim 40\,^\circ\text{C}$，环境气压为 $(0.8 \sim 1.1) \times 10^5\,\text{Pa}$。

（2）防爆电气设备如果采用塑料外壳，必须采用不燃性或难燃性材料制成，并保证塑料表面的绝缘电阻不大于 $1 \times 10^9\,\Omega$，以防积聚静电，还必须承受冲击试验和热稳定试验。

（3）防爆电气设备限制使用铝合金外壳，防止其与锈铁摩擦产生大量热能，避免形成危险温度。

（4）紧固件是防爆电气设备的主要零件。常用的紧固件是由螺栓和螺母及防松用的弹簧垫组成的。对于要用特殊紧固件的防爆电气设备，必须用特殊紧固件，如隔爆型电气设备外壳各部分的连接必须用护圈式紧固件，以防无关人员随意打开外壳，使外壳失去防爆性能。使用护圈式紧固件应符合以下几点要求：①螺栓头或螺母要放在护圈内，并且只有使用专用工具才能打开；②紧固后的螺栓头或螺母的上平面不能超出护圈；③各种规格螺栓的通孔直径、护圈高度、护圈直径应符合表3-6的有关规定；④护圈可设开口，开口的圆心角不大于 $120°$；⑤护圈要与主体牢固连在一起，无论何种紧固件都应采用不锈钢材料制成或经防锈处理。

（5）为了防止电气设备误操作造成事故，防爆电气设备应设置联锁装置。联锁装置在设备带电时，设备可拆卸部分不能拆卸。当可拆卸部分拆开时，设备不能送电，以保证安全。

（6）对于固定在设备外壳隔板上用来使导线穿过隔板的绝缘套管，必须用不易吸湿的绝缘材料制成，绝缘套管的使用不能改变电气设备的防爆形式。如果绝缘套管或电气设备需要使用胶黏剂，胶黏剂必须具有抗机械、热和化学的能力。

表 3-6 护圈式或沉孔紧固件技术要求 单位：mm

螺纹规格 d	通孔直径 d₁	护圈直径 d₂	护圈直径 d_2 (适用于六角头)		护圈直径 d_2 (适用于小六角头)		护圈直径 d_2 (适用于内六角头)	
			最大	最小	最大	最小	最大	最小
M4	4.5	4	—	—	—	—	9	8
M5	5.5	5	19	17	—	—	11	10
M6	6.6	6	20	18	—	—	12	11
M8	9	8	25	22	20	18	16	15
M10	11	10	30	27	25	22	20	18
M12	14	12	35	31	30	27	22	20
M14	16	14	40	36	35	31	26	24
M16	18	16	44	40	40	36	28	26
M18	20	18	48	44	44	40	31	29
M20	22	20	50	46	48	44	35	33
M22	24	22	56	51	50	46	38	36
M24	26	24	61	57	56	51	42	40

（7）为了保证电气设备导线和电缆连接牢固，防止电气设备运行中产生火花、电弧，引燃爆炸性混合物，对正常运行产生火花、电弧或危险温度的电气设备，功率大于 250W 或电流大于 5A 的 I 类电气设备，其电缆和导线的连接都应使用接线盒和连接件。接线盒的形式根据使用环境及有关技术要求决定。接线盒应符合下列条件：接线盒内要留有导线弯曲半径的空间；接线盒内裸露导体间的电气间隙、爬电距离要符合相应防爆类型的有关规定；为防止电弧、闪络现象，接线盒内壁应涂耐弧漆。

（8）连接件是置于接线盒内，供引入电缆或电线接线用的（又称接线端子）。连接件要有足够的机械强度和结构尺寸，要保证导线连接可靠，保证在振动和温度的影响下连接不松动，不产生火花、过热和接触不良等现象。对于与铝芯电缆连接的连接件，要用铜铝过渡接头。

（9）引入装置是防爆电气设备外电路的电缆或电线进入设备内的过渡装置，是防爆电气设备的薄弱环节，因此引入装置的密封是十分重要的。常用的密封引入装置有三种：①密封圈式引入装置，该种引入方式应用最广泛，包括压盘式引入装置和压紧螺母式引入装置两种，如图 3-2 和图 3-3 所示；②浇封固化填料密封式引入装置，如图 3-4 所示；③金属密封环式引入装置，如图 3-5 所示。

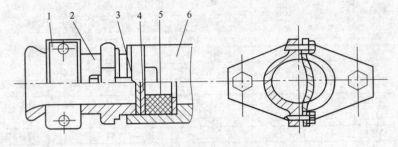

图 3-2　压盘式引入装置

1—防止电缆拔脱装置；2—压盘；3—金属垫圈；
4—金属垫片；5—密封圈；6—连通器

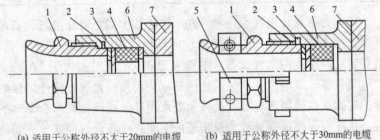

(a) 适用于公称外径不大于20mm的电缆　　(b) 适用于公称外径不大于30mm的电缆

图 3-3　压紧螺母式引入装置

1—压紧螺母；2—金属垫圈；3—金属垫片；4—密封圈；
5—防止电缆拔脱及防松装置；6—连通器；7—接线盒

引入装置所用密封圈的材料要用弹性好、不易老化、不易龟裂的橡胶材料或其他类似材料制成，其硬度应达到邵尔氏硬度 45°～55°。密封圈只有硬度适宜才能起到密封和防松作用，保证防爆性能。引入装置必须具有防松和防止拔脱装置。

（10）为了防止电气设备外壳带电时发生人身触电或对地放电引起周围可燃性气体混合物爆炸，防爆电气设备必须进行良好的接地。电气设备的接地主要包括设备金属外壳的外接地端子和设备接线盒内的内接地端子。内、外接地端子都应标接地符号"⊥"。接地零件要用不锈钢材料制成或经防锈处理。无论是内接地端子还是外接地端子，所选用的规格必须与电气设备容量大小相匹配，设备功率越大，所用接线端子直径应越大。对于便携式或运行中需要移动的电气设备，可不设置接地装置，但必须使用有接地芯线的电缆，其外壳与接地芯线连接，并与井下总接地网可靠连接。

（11）无论何种形式的防爆电气设备，都应有明显的防爆标志，它是由防爆电气设备的类型、类别、级别、组别和防爆设备的总标志"Ex"构成，矿用

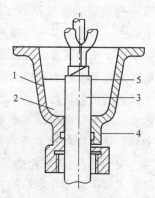

图 3-4　浇封固化填料
密封式引入装置

1—连通器；2—固化密封填料；
3—电缆；4—防止电缆拔脱
装置套管；5—填充器标记

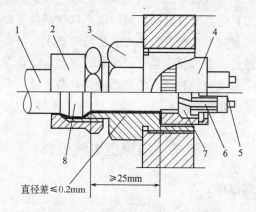

直径差≤0.2mm　≥25mm

图 3-5　金属密封环式引入装置

1—金属护套电缆；2—螺母；3—套筒；4—端部固定套管；
5—导体；6—绝缘；7—绝缘填料；8—金属密封环

电气设备没有级别和组别之分，因此，不用引出级别和组别。单一型防爆电气设备标志按前面所述内容标出即可。例如，"ExdⅠ"表示是Ⅰ类隔爆型防爆电气设备；"Exib Ⅰ"表示是Ⅰ类本质安全

型 i_b 等级防爆电气设备。复合式防爆电气设备必须先标出主体防爆形式，后标出其他防爆形式。例如，"$Exi_b I$"表示是 I 类隔爆兼本质安全型防爆电气设备。复合型电气设备还应分别在不同防爆形式的外壳上标出相应的防爆形式。防爆标志一定要制作在防爆电气设备的最明显处。其标志牌可铆或焊在外壳上，也可以采用凹纹标志。防爆型电气设备必须设置铭牌，在铭牌的右上方标出"Ex"字样。铭牌应包括以下内容：防爆标志（形式、类别、级别、温度、组别等），防爆合格证编号，其他要标出的特殊条件，有关防爆形式专用标准规定的附加标志，出厂日期或产品编号。铭牌可用青铜或不锈钢制成，厚度应不小于 1mm。标志应清晰可见，经久不褪。

由于煤矿井下环境潮湿，还有煤块、岩石冒落的危险，并存在爆炸性混合物，因此用于煤矿井下的电气设备应具有一些基本条件，也就是矿用电气设备的通用要求：①电气设备的外壳应具有一定的防护能力；②具有良好的防潮性能，以保证电气设备良好的绝缘性能；③各种类型的电气设备在满足技术要求的前提下，应尽量减小体积、减轻重量、便于操作、维修方便，以适合井下工作环境狭小的特点；④无论何种形式的防爆电气设备必须具有良好的防爆性能，这是至关重要的一点。

第三节　隔爆型电气设备

一、防爆原理

隔爆型电气设备的防爆原理是：将电气设备的带电部件放在特制的外壳内，该外壳具有将壳内电气部件产生的火花和电弧与壳外爆炸性混合物隔离开的作用，并能承受进入壳内的爆炸性混合物被壳内电气设备的火花、电弧引爆时所产生的爆炸压力，而外壳不被破坏；同时能防止壳内爆炸生成物向壳外爆炸性混合物传爆，不会引起壳外爆炸性混合物燃烧和爆炸。这种特殊的外壳叫"隔爆外壳"。具有隔爆外壳的电气设备称为"隔爆型电气设备"。隔爆型电气设备具有良好的隔爆和耐爆性能，被广泛用于煤矿井下等爆炸性环境的工作场所。隔爆型电气设备的标志为"d"。

隔爆型电气设备除电气部分外，主要结构包括隔爆外壳及一些附在壳上的零部件，如衬垫、透明件、电缆（电线）引入装置及接线盒等。

隔爆型电气设备的外壳应具有耐爆和隔爆性能。所谓耐爆就是外壳能承受壳内爆炸性混合物爆炸时所产生的爆炸压力，而本身不产生破坏和危险变形的能力。所谓隔爆性能就是外壳内爆炸性混合物爆炸时喷出的火焰不引起壳外可燃性混合物爆炸的性能。为了实现隔爆外壳耐爆和隔爆性能，对隔爆外壳的形状、材质、容积、结构等均有特殊的要求。

二、防爆措施

隔爆型电气设备主要在煤矿井下具有爆炸性混合物的场所使用，其使用环境场地狭窄，搬运困难，并有岩石、煤块冒落、撞击的危险，其外壳不仅要具有耐爆性，还应具有足够的机械强度，才能保证设备外壳在发生内部爆炸或受到外物撞击时，外壳不发生严重变形或损坏。因此，用于煤矿井下采掘工作面的隔爆型电气设备的隔爆外壳必须采用钢板或铸钢制成，但其他零部件或装配后冲击不到的或容积不超过 2L 的电气设备，可用 HT25-47 灰铸铁制成。对于Ⅰ类非采掘工作面用隔爆外壳，也可以用 HT25-47 灰铸铁制成。对于容积不大于 2L 的外壳，也可以采用工程塑料制成，这种材料具有易成型、易切削加工、密度轻、易于制造等优点，但使用这种材料作隔爆外壳时必须注意到塑料在高温下易发生分解和变形的性质。因此，在具有大量热源和能发生大电弧的电气设备上不宜使用塑料外壳。

隔爆外壳的几何形状是多样的，大量的理论研究和实践证明：在相同容积、不同形状的隔爆外壳中，非球形外壳中的爆炸压力比球形外壳中压力低，即球形外壳的爆炸压力最大，而长方体外壳爆炸压力最小，外壳内的爆炸压力是随着容器形状的不同而改变的。这是因为随着外形散热表面积的增大而降低了爆炸压力。因此，隔爆外壳以采用长方形外形为宜，这样可以提高外壳的耐爆能力。

隔爆外壳的容积也是设计隔爆外壳的关键。理论和实践都证明，在其他条件都一定的情况下，隔爆外壳的容积与外壳内的爆炸压力无关，容积对压力的影响不大。因此在设计制造隔爆外壳时，就可以在满足设备技术要求的前提下，尽量减小隔爆外壳的体积，既保证了外壳的耐爆性，又减小了体积，减轻了重量，更便于在煤矿井下特殊环境中使用。

一般隔爆外壳大都是由两个或两个以上的空腔组成，且空腔间是连通的，因此在外壳内爆炸性混合物发生爆炸时将会产生压力重叠现象，也就是当一个空腔里的爆炸性混合物爆炸时，会使另一个空腔里的爆炸性混合物受到压缩，而使压力增高。如果这个空腔再爆，将会出现过压现象，形成多空腔压力重叠，隔爆外壳的耐爆性将受到威胁。因此，在设计制造隔爆外壳时，应尽量避免采用多空腔结构，如果无法避免这种结构，则应尽量增大各空腔间连通孔的面积。因为多空腔压力重叠的过压大小与两空腔容积比以及连通孔断面积有关，当两空腔容积比一定时，连通孔断面积越大，过压就越小，从而增加外壳的耐爆性能。另外，外壳的长、宽、高尺寸之比也不要过大，以免造成外壳内的压力重叠现象。

隔爆型电气设备的隔爆外壳不但具有耐爆性，还应具有隔爆性。隔爆外壳如何实现隔爆作用是研究隔爆型电气设备的关键。由于加工、制造、使用、维修等方面的需要，无论何种形状的防爆外壳，都不可能是一个"天衣无缝"的整体，而是由几部分和各种零件构成的。各部分以及零件之间都需要连接，而连接的间隙势必会成为外壳内的爆炸性产物穿过的途径。如果对这些连接的间隙不作特殊规定和技术要求，那么穿过间隙的壳内爆炸产物就要引燃壳外周围爆炸性混合物，其后果不堪设想。为了阻止这个现象的发生，就必须在外壳的各接合处，也就是连接间隙采取一些特殊有效的措施，实现外壳防爆性能。通常把互相连接的接合面称为"隔爆接合面"，简称"隔爆面"。而隔爆面之间的间隙称为"隔爆接合面间隙"，简称"隔爆间隙"。防爆间隙的大小是防爆外壳能否隔爆的关键。通常隔爆面是采用法兰连接的隔爆保护方式。防爆接合面间隙有多种结构：平面形结构（开关大盖与壳体、接线盒与壳体），圆筒形结构（电动机端盖与机座、转轴与转孔），平面加圆筒形结构（煤电钻接线盒盖与接线盒），曲路（迷宫）结构（前苏联进口的开关大盖与壳体），螺纹结构，衬垫结构（照明灯罩与金属外壳），叠片结构（老式蓄电池箱上防爆结构），微孔结构（分析仪器传感器用铜基、不锈钢基粉末冶金片、不锈钢球隔爆结构、发泡不锈钢板），金属网隔爆结构（多层铜网、不锈铜网）等，如图 3-6 所示。

　　隔爆外壳的隔爆作用是利用外壳的法兰间隙来实现隔爆的。法兰间隙越大，穿过间隙的爆炸产生物能量就越多，传爆性就越强，隔爆性能就越差。相反，法兰间隙越小，传爆性就越弱，隔爆性能就越好。

　　法兰隔爆面的长度也和法兰间隙的隔爆性紧密相关。隔爆面越长，传爆的可能性就越小；隔爆面越短，传爆的可能性就越大。为了能使防爆外壳具有最佳隔爆性，人们对外壳法兰间隙的大小与隔爆性能进行了试验研究，试验得出：最大不传爆间隙就是最大试验安全间隙，不同的爆炸性混合物的最大试验安全间隙不同（当法兰间隙的长度为 25mm）。研究证明，影响最大试验安全间隙的因素有：①爆炸性混合物的浓度；②隔爆外壳法兰的长度及其加工表面粗糙度；③隔爆外壳的容积；④爆炸混合物的初始压力、温度和湿度；⑤点火源到隔爆间隙内缘的距离；⑥爆炸性混合物的流动状态等。下面逐一介绍这些因素对最大安全间隙影响的程度。

　　（1）爆炸性混合物浓度的影响。最大安全间隙试验时使用的爆炸性混合物的浓度是最危险的浓度。当爆炸性混合物浓度高于或低于最危险浓度时（最大安全间隙试验中所采用的浓度），都会使试验安全间隙增大。爆炸性混合物浓度对最大试验安全间隙的影响是非线性关系变化的。

　　（2）隔爆外壳法兰长度的影响。法兰长度减小，试验安全间隙

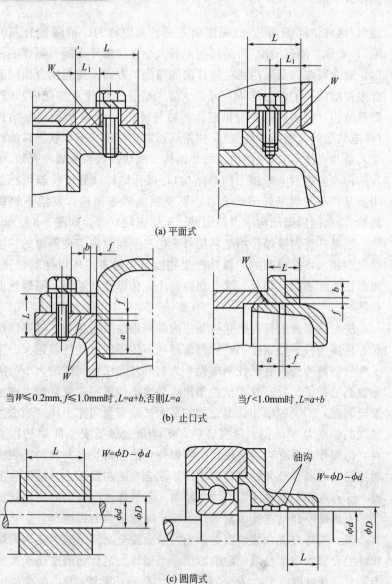

(a) 平面式

当$W \leqslant 0.2mm$, $f \leqslant 1.0mm$时, $L=a+b$, 否则$L=a$

当$f < 1.0mm$时, $L=a+b$

(b) 止口式

$W=\phi D-\phi d$

油沟

$W=\phi D-\phi d$

(c) 圆筒式

图 3-6　隔爆接合面间隙结构

变小，法兰长度增加，试验安全间隙增大。当法兰长度从零增加到15mm时，试验安全间隙增长很快。但当法兰长度再度增大时，试验安全间隙只能增大到这种爆炸性混合物的熄火距离。如果再增大法兰面的间隙，爆炸性混合物的爆炸生成物将穿过间隙向壳外周围传播，那么外壳也就失去了隔爆作用。

（3）隔爆外壳法兰加工表面粗糙度的影响。法兰加工表面粗糙度只要不影响间隙的宽度，即只要保持法兰表面平整，不会造成间隙宽度畸形，法兰表面略粗糙一些，对隔爆性能没有大的影响。一般认为，隔爆面加工表面粗糙度达到 $3.2\mu m$ 就能满足要求，但不能低于 $3.2\mu m$。在保证隔爆面平整的前提下，加工表面略粗糙些，将会降低隔爆壳内爆炸性产物在穿过隔爆间隙时的速度，这对法兰间隙的隔爆作用是有利的，但不能过分粗糙，否则将引起安全间隙减小。

（4）隔爆外壳的容积对最大试验安全间隙的影响。在壳内点火源位置一定的前提下，隔爆外壳容积的改变对最大试验安全间隙影响是不大的。

（5）爆炸性混合物的初始压力和温度对最大安全间隙的影响。爆炸性混合物压力提高，最大试验安全间隙将减小。爆炸性混合物温度的提高更易爆炸，将会使试验安全间隙减小。

（6）爆炸性混合物湿度的影响。随着爆炸性混合物湿度的提高，间隙传爆的可能性减小，最大试验安全间隙将随之增大。

（7）防爆外壳内点火源位置对试验安全间隙的影响。对于快速反应的爆炸性混合物，壳内点火源位置对试验安全间隙的影响不大。但对于反应缓慢的爆炸混合物，点火源对最大试验安全间隙有较大影响。点火源位置偏离中心，最大试验安全间隙将随之增大。

三、技术要求

（1）隔爆接合面结构参数应符合表 3-7 的要求。

表 3-7　Ⅰ类隔爆接合面结构参数

接合面形式	L/mm	L_1/mm	W/mm 外壳容积 V/L $V \leqslant 0.1$	$0.1 < V$
平面、止口或圆筒结构	6.0	6.0	0.30	—
	12.5	8.0	0.40	0.40
	25.0	9.0	0.50	0.50
	40.0	15.0	—	0.60
带有滚动轴承的圆筒结构	6.0	—	0.40	0.40
	12.5	—	0.50	0.50
	25.0	—	0.60	0.60
	40.0	—	—	0.80

（2）在平面对平面的隔爆结构中，当法兰长度确定后，法兰厚度的设计选择要保证在爆炸力的作用下，法兰的变形程度不影响隔爆间隙的大小。

（3）在加工法兰时，对法兰的隔爆面有严格的技术要求。对于圆筒面对圆筒面的隔爆结构，在设计和制造时要保证其同心度，避免发生单边间隙过大或过小的现象。

（4）为了确保隔爆面间隙宽度，隔爆面的防腐蚀措施也是十分重要的。一船采用磷化、电镀、涂防锈油等方法，但绝对不能涂油漆，因为油漆的漆膜在高温作用下分解，将会使隔爆间隙宽度变大，影响隔爆性能。

（5）对于隔爆接合面所用的紧固件，也必须有防锈和防松的措施。只有外壳零件紧固后，才能构成一个完整的隔爆外壳，起到隔爆作用。采用螺纹隔爆结构要符合表 3-8 规定。

表 3-8　螺纹隔爆结构螺纹的最少啮合扣数

外壳净容积 V/L	最小拧入深度/mm	最少啮合扣数 Ⅰ、ⅡA、ⅡB	ⅡC
$V \leqslant 0.1$	5.0	6	为试验安全扣数的2倍，但不少于6扣
$0.1 < V \leqslant 2.0$	9.0		
$2.0 < V$	12.5		

隔爆型电气设备主要包括壳体与盖，还有一些附属其壳上的部件，主要有电缆及导线的引入装置、接线盒、透明件、衬垫等。

1. 接线盒

隔爆型电气设备的电缆和导线的引入装置包括直接引入和间接引入两种。对于符合下述条件的电气设备，可采用直接引入装置：①正常运行时设备可产生火花、电弧和危险温度；②Ⅰ类电气设备功率不大于 250W，电流不大于 5A；Ⅱ类电气设备功率不大于 1kW。间接引入装置是指电缆或导线通过接线盒或插销与电气设备进行连接。对于不能使用直接引入装置的电气设备，必须采用间接引入装置，这样才能保证在隔爆外壳内部发生爆炸时，不会发生由于引入装置的不可靠而造成传爆事故。无论采用何种方式的引入装置，都必须符合有关的规定，确保隔爆型电气设备的防爆性能。

接线盒是电气设备间接引入的中间环节。隔爆型电气设备的接线盒可采用隔爆型、增安型或其他防爆形式。无论何种形式的接线盒，都应符合防爆电气设备通用要求中对接线盒的有关要求。接线盒的空腔与主腔之间要采用隔爆或胶封结构，对于Ⅱ类电气设备，可采用密封结构。接线盒内的电气间隙和爬电距离应符合表 3-3 中规定的数值。

2. 透明件

透明件主要是指照明灯具的透明罩、仪器窗口和指示灯罩，它们是隔爆外壳的一部分。这些透明件必须能承受隔爆型电气设备使用环境的爆炸性混合物爆炸时产生的爆炸压力和温度的作用及使用环境中外界因素的影响，包括机械、化学、热能的作用。因此透明件必须能承受国家规定的机械冲击和热冲击试验，一般采用玻璃和钢化玻璃制成。灯具透明件与外壳之间可以直接胶封。观察窗透明件可采用密封结构，此时密封垫既有密封作用又有隔爆作用，密封垫厚度不小于 2mm。为保证密封的可靠性，密封垫一般采用硅橡胶或氟橡胶等离火能自动熄灭的材料制成。

3. 衬垫

隔爆外壳上有些零件是用塑料玻璃等脆性材料制成的，为了使这些零件与金属零件能够安全接合，实现防潮和防尘的要求，常常需要使用衬垫。衬垫的使用有两种情况。一种是用在设备维修中需要打开的外壳部件上，此时衬垫仅起密封作用，而不能作隔爆措施。因为维修中需要打开的部件其衬垫容易丢失，一旦丢失，整个隔爆结构就被破坏了。但观察窗内密封衬垫则例外，它既有密封作用，又有隔爆作用。第二种是衬垫用在设备维修中不经常打开的部件上，此时衬垫可作隔爆措施，但衬垫必须符合以下 4 点要求：①衬垫必须采用具有一定强度的金属或金属包覆的不燃性材料制成；②衬垫的厚度不能小于 2mm；③当外壳净容积不大于 0.1L 时，衬垫宽度不得小于 6mm，当外壳容积大于 0.1L 时，衬垫宽度不得小于 8mm；④衬垫安装后要保证不脱落，并在外壳产生爆炸压力时也不会被挤出外壳。

4. 通气与排液装置

通气与排液装置也是隔爆外壳的一部分。通气与排液装置是隔爆外壳内的电气设备或元件在正常运行或停机泄压时向壳外环境通气或排液的重要装置。通气与排液装置要与外壳可靠连接，并要保证良好的隔爆和耐温性能。由于煤矿井下空气中粉尘多、湿度大、含有腐蚀性气体，因此通气与排液装置要用防腐蚀金属材料制成，并要有防尘措施，以防止通气孔或排液孔被堵塞，失去通气和排液功能。

第四节　增安型电气设备

一、防爆原理

增安型电气设备的防爆原理是：对于那些在正常运行条件下不会产生电弧、火花和危险温度的矿用电气设备，为了提高其安全程度，在设备的结构、制造工艺以及技术条件等方面采取一系列措施，从而避免了设备在运行和过载条件下产生火花、电弧和危险温度，实现了电气防爆。

增安型电气设备是在电气设备原有的技术条件上采取了一定的措施，提高其安全程度，但并不是说这种电气设备就比其他防爆形式的电气设备的防爆性能好。增安型电气设备的安全性能达到什么程度，不但取决于设备的自身结构形式，也取决于设备的使用环境和维护的情况。能制成增安型电气设备的仅是那些在正常运行中不产生电弧、火花和过热现象的电气设备，如变压器、电动机、照明灯具等电气设备。增安型电气设备的标志是"e"。

二、防爆措施

对于那些可以制成增安型电气设备的普通电气设备，需要采取一些增安措施，才能达到增安型电气设备的性能要求。这些措施是：①制成有效的防护外壳；②选择合适的爬电距离和电气间隙；③提高绝缘材料的绝缘等级；④限制设备的温度；⑤电路和导线要可靠连接。

增安型电气设备的外壳应具备较好的防水、防外物能力，以确保增安型电气设备安全可靠运行。为此，增安型电气设备的外壳应采用耐机械作用和热作用的金属制成。对有绝缘带电部件的外壳，其防护等级应达到 IP44，对于有裸露带电部件的外壳，其防护等级应达到 IP54。

为了保证电气设备正常运行，增大电气间隙与爬电距离是制造增安型电气设备采取的重要措施。电气设备中有一些零部件在正常工作情况下是不带电的，但当带电零部件的绝缘发生损坏而又未接地时，那些不带电的零部件就有可能带电，这时一旦发生碰撞，就会产生电火花，有引爆周围爆炸性混合物的危险。因此，带电零部件之间及带电零部件与接地零件之间或带电零部件与不带电零部件之间都应保持一定距离，即具有一定的电气间隙。如果电气间隙过小，就容易发生击穿放电现象。因此增大电气间隙在一定程度上能够提高增安型电气设备的安全性。煤矿井下的电气设备处在空气潮湿、粉尘散落的环境中工作，这种环境会降低电气设备的绝缘性能，绝缘表面易发生炭化，导致短路、击穿现象发生。为提高增安型电气设备的绝缘性能和安全性能，就需要增大其爬电距离。因此，增安型电气设备的电气间隙和爬电距离均应高于一般电气设备，其标准见表 3-3 规定的数值。

绝缘材料是保证电气设备正常运行的重要条件，为了提高增安型电气设备的安全性能，在制造设备时要尽量提高绝缘等级。煤矿井下的电气设备在潮气大、粉尘多、机械振动严重等环境条件下运行，同时设备在运行时还会发生过载、堵转、频繁启动等现象，这些情况必然会使设备内部的绝缘材料性能下降，加速老化，影响其使用寿命。因此，制造增安型电气设备必须采取吸潮性小、耐热性好、耐电弧性能好的、具有良好的电气性能和力学性能、绝缘等级较高的固体绝缘材料。为了提高电气设备的绝缘性能，对于有绕组的电气设备，如电动机、变压器的绕组，还要进行特殊的绝缘处理：①要选用适用于煤矿井下恶劣环境下长期工作的带绝缘层的绕组导线（包括导线的绝缘类型和绝缘层的厚度），一般选用有一层绝缘层的漆包线或有两层绝缘层的裸导线；②当绕组制成后，要进行干燥和浸渍绝缘漆的处理，这样既可以提高绕组的机械强度，还可以提高绕组的耐潮、耐热和耐电弧能力，大大提高增安型电气设备的安全性。

任何绝缘材料的绝缘性能都是相对的，只有在一定的使用条件下才能保证其绝缘等级。如果超过了它的使用条件（主要是指绝缘材料的耐热等级所规定的极限温度，见表 3-9），绝缘性能就会被破坏，电气设备就会发生短路、击穿、火花放电等危险现象，乃至会点燃周围爆炸性混合物。因此使用温度的高低是关系电气设备绝缘性能好坏和整个设备能否安全运行的关键。严格控制电气设备的最高温度（也就是它的极限温度）是提高增安型电气设备安全性能的重要措施。在确定增安型电气设备的极限温度时，主要考虑以下两个因素：①设备使用环境中爆炸性混合物被点燃的危险温度；②结构材料的热稳定温度。

表 3-9　电气设备绝缘材料的耐热等级

耐热分级	极限温度/℃	耐热等级定义	符合各耐热等级的绝缘材料
Y	90	经试验证明,在 90℃极限温度下能长期使用的绝缘材料或其组合物所组成的绝缘结构	用未浸渍过的棉纱、丝及纸等材料或其组合物所组成的绝缘结构
A	105	经试验证明,在 105℃极限温度下能长期使用的绝缘材料或其组合物所组成的绝缘结构	用在液体电解质中浸渍过的棉纱、丝及纸等材料或其组合物所组成的绝缘结构
E	120	经试验证明,在 120℃极限温度下能长期使用的绝缘材料或其组合物所组成的绝缘结构	用合成有机薄膜、合成有机瓷漆等材料或其组合物所组成的绝缘结构
B	130	经试验证明,在 130℃极限温度下能长期使用的绝缘材料或其组合物所组成的绝缘结构	用合适的树脂黏合或浸渍、涂覆后的云母、玻璃纤维、石棉等,以及其他无机材料、合适的有机材料或其组合物所组成的绝缘结构
F	155	经试验证明,在 155℃极限温度下能长期使用的绝缘材料或其组合物所组成的绝缘结构	用合适的树脂黏合或浸渍、涂覆后的云母、玻璃纤维、石棉等,以及其他无机材料、合适的有机材料或其组合物所组成的绝缘结构
H	180	经试验证明,在 180℃极限温度下能长期使用的绝缘材料或其组合物所组成的绝缘结构	用合适的树脂(如硅有机树脂)黏合或浸渍、涂覆后的云母、玻璃纤维、石棉等材料或其组合物所组成的绝缘结构
C	>180	经试验证明,在超过180℃极限温度下能长期使用的绝缘材料或其组合物所组成的绝缘结构	用合适的树脂黏合或浸渍、涂覆后的云母、玻璃纤维等,以及未浸渍处理的云母、陶瓷、石英等材料或其组合物所组成的绝缘结构

　　在这两者中选较低的温度作为增安型电气设备的极限温度(极限温度应符合表 3-2 规定的数值)。增安型电气设备的极限温度要求电气设备无论在何种状态下(启动、额定运行或规定的过载情况下),它的任何部件的最高表面温度都不能超过表 3-2 中对最高表面温度所规定的数值。对于电气设备中绝缘绕组的温度,除必须符合表 3-2 的规定外,同时还应满足表 3-10 中规定的数值。表 3-10 中测量方法中的 R 和 T 是代表两种不同的测量方法。R 表示电阻法,它是根据直流电阻随温度变化而相应变化的关系来确定绕组平均温度的一种方法。T 表示温度计法,是采用某种温度计(或非埋

入式热电偶或电阻温度计）直接测量绕组温度的一种方法。这两种方法相比较，电阻法比温度计法的精度高，通常采用电阻法来测量绕组的温度。

表 3-10　绝缘绕组的极限温度

运行方式	绕组类型	测量方法	极限温度/℃ 绝缘材料等级				
			A	E	B	F	H
额定运行时	所有绝缘绕组（单层绝缘绕组除外）	R	90	105	110	130	155
		T	80	95	100	115	135
	单层绝缘绕组	R	95	110	120	130	155
		T	95	110	120	130	155
T_E 时间结束时	所有绝缘绕组	R	160	175	185	210	235

注：1. T_E 为保护开关的最小释放时间。

2. R 为电阻法，T 为温度计法。

三、技术要求

增安型电气设备的安全性在很大程度上决定于设备运行的温度。为了确保电气设备运行时不超过其极限温度，就需要在设备使用中增加各种方式的保护控制装置。增安型电气设备常用的保护装置有两种。一种是电源式保护装置，也称为间接控制装置，它是由熔断器、空气开关和限流继电器（热继电器）组成的。该种保护装置与电气设备接在同一主回路中，并根据电气设备的额定电流进行整定（一般为 85％的额定值）。当电气设备的电流超过整定值时，热继电器就会自动切断电路，保证电气设备的安全性能。另一种是温度式保护装置（也称为直接式），这种保护装置由热敏元件组成。将热敏元件埋置于电气设备的内部，通过引线接到电气设备的控制电路。当电气设备绕组温度上升时，热敏元件的电阻值会迅速上升，相当于处于开路状态。这时温度开关和中间继电器动作控制了主回路的空气开关，实现了对电气设备的保护作用。

任何电气设备都存在电缆和导线的连接问题。实践证明，有些爆炸性事故的发生就是因为导线或电缆连接松动、接触不良等所产生的过热或电火花而引起的。为了保证增安型电气设备安全可靠地运行，对于增安型电气设备电路上元件的连接、导线和电缆的连接，必须牢固安全可靠，不能发生因为振动等原因形成电缆或导线的松动或自行脱离而产生过热或电火花。因此，在制造增安型电气设备时要做到接线方便，操作简单，并能保持连接具有一定的压力。电气设备的电缆和导线的连接大部分是通过连接件进行连接的。连接件主要由导电螺杆、接线座等部件构成。为了确保增安型电气设备的安全性能，对其连接件提出了一些要求：①所用连接件不能有损伤电缆或导线的棱角及毛刺，正常紧固时不能产生永久变形和自行转动；②连接件中不能用绝缘材料构件传递压力，连接件中的导电部件与绝缘物构件之间必须备有弹性中间构件（弹簧垫圈、平垫圈和螺母等组合件），这样既能保证绝缘材料构件不传递接触压力，又能保证电缆或导线连接牢固可靠，不会产生接触不良和电火花现象；③不能用铝质材料做连接件，因为铝质材料容易被电腐蚀和发生氧化，如果用做连接件，会造成接触不良、发热等故障，产生火花，形成不安全因素。

选用了符合要求的连接件，还应当正确使用这些连接件，才能使导线和电线的连接牢固、可靠，不会产生过热、火花等现象，才不会出现点燃爆炸性混合物的危险。所以，导线和电缆的正确连接方式也是提高增安型电气设备所采取的重要措施。增安型电气设备的电缆和导线的常用连接方法有：①采取有防松措施的螺栓或螺钉连接，比较安全可靠；②将要连接的部件用机械挤压（如使用压线钳）的方法压在一起的挤压连接，具有较好的导电能力；③机械方法连接与焊物连接共用的连接方式，先用机械的方法将要连接的部件进行连接，使其连接点具有一定的机械强度和导电性能，然后再采用焊锡进行焊接；④硬焊和熔焊的焊接连接方式，在焊接工艺上略有差异，都不需要采取其他辅助连接方式，可直接进行焊接连接。这两种连接方式能承受一定的热应力和机械应力，具有较高的机械强度和很好的耐热及导电性能。上述几种连接方法各有特点，可根据技术要求选用合适的连接方式，做到连接牢固可靠，保证设备安全运行。

第五节　本质安全型电气设备

一、防爆原理

本质安全型电气设备的防爆原理是：通过限制电气设备电路的各种参数，或采取保护措施来限制电路的火花放电能量和热能，使其在正常工作和规定的故障状态下产生的电火花和热效应均不能点燃周围环境的爆炸性混合物，从而实现了电气防爆。这种电气设备的电路本身就具有防爆性能，也就是从"本质"上就是安全的，故称为本质安全型（以下简称本安型）。采用本安电路的电气设备称为本质安全型电气设备。由于本安型电气设备的电路本身就是安全的，所产生的火花、电弧和热能都不会引燃周围环境爆炸性混合物，因此本安型电气设备不需要专门的防爆外壳，这样就可以减小设备的体积和重量，简化设备的结构。同时，本安型电气设备的传输线可以用胶质线和裸线，可以节省大量电缆。因此，本安型电气设备具有安全可靠、结构简单、体积小、重量轻、造价低、制造维修方便等优点，是一种比较理想的防爆电气设备。但由于本安型电气设备的最大输出功率为 25W 左右，因而使用范围受到了限制。目前本安型电气设备主要用于通信、监控、信号和控制系统，以及仪器、仪表等。

本质安全型电气设备分为单一式和复合式两种形式。单一式本安型电气设备是指电气设备的全部电路都是由本质安全电路组成的，如便携式仪表多为单一式。复合式本质安全型电气设备是指电气设备的部分电路是本质安全电路，另一部分是非本安电路，如隔爆兼本质安全型电源。

本安型电气设备根据安全程度的不同分为 i_a 和 i_b 两个等级。i_a 等级是指电路在正常工作和一个或两个故障时，都不能点燃爆炸性气体混合物的电气设备，正常工作时，安全系数为 2，一个故障时，安全系数为 1.5，两个故障时，安全系数为 1。i_b 级是指正常工作和一个故障时，不能点燃爆炸性气体混合物的电气设备，正常工作时，安全系数为 2；一个故障时，安全系数为 1.5。

从安全等级划分标准中可以看出，i_a 等级的本质安全型电气设备的安全程度高于 i_b 等级。从技术要求上看，i_a 等级的本质安全型电气设备比 i_b 等级的本质安全型电气设备要求更高、更严。本质安全型电气设备的标志为"i"。

本质安全型电路是设计制造本质安全型电气设备的关键所在。所谓本质安全电路是指在电路设计时通过合理地选择电气参数，使电路在规定的试验条件下，无论是正常工作或是在规定的故障状态下产生的电火花和热效应都不能点燃规定的爆炸性混合物的电路。这里"规定的试验条件"是指考虑了各种最不利因素（包括一定的安全系数、试验介质的浓度等）的试验条件。"电火花"是指电路中触点动作火花（包括按钮、开关、接触器接点、各种控制接点等所产生的火花），以及电路短路、断路或接地时所产生的电火花，也包括静电和摩擦产生的火花。"热效应"是指电气元件、导线过热形成的表面温度及热能量和电热体的表面温度及热能量。"正常工作"是指本质安全型电气设备在设计规定的条件下工作。"规定的故障状态"是指除"可靠元件或组件"外，所有与本质安全性能有关的电气元件损坏或电路连接发生的故障，诸如电气元件短接、晶体管或电容击穿、线圈匝间短路等均为规定的故障状态。"可靠元件或组件"是指在使用、存储和运输期间不会出现影响本质安全电路安全性能故障的元件或组件。

二、火花放电

本安型电路无论是在正常工作状态下，还是在规定的故障状态下，所产生的电火花和热效应都不能点燃规定的爆炸性混合物。这里所指的电火花是广义的，它包括电路中两个电极间的放电火花，也包括电路切换时产生的电弧，以下统称电路的放电火花。

电路的放电火花是电气设备在实际运行中由于开关触点的开闭

和电路绝缘损坏形成短路而产生的,而电路绝缘损坏形成短路所产生的电火花相当于开关触点闭合时所产生的电火花。所以在研究本安电路的电火花时,只需研究开关触点开闭时的放电火花即可。放电火花的能量大小是研究本安型电路的核心。放电火花是电源能量和电路中储能元件的储存能量向通断的电极间隙放电的现象(释放能量),是电路的电子流和电极间气体电离的离子流形成的导电带。放电火花含有熔融的金属粒子和蒸气(即液态金属桥),在极高的电流密度作用下产生高温和大量的热能。当这种能量超过了周围爆炸性混合物的最小点燃能量时,就会引起爆炸。

通常认为电路放电有三种形式:火花放电、弧光放电和辉光放电。火花放电的特点是低电压、大电流放电,如本安电路中的电容放电、化学电源放电均属于火花放电。弧光放电为高压击穿时产生的放电,它可以产生持续电弧,电流密度大,能量集中,点燃周围环境中爆炸性混合物的能力强,电感电路能产生弧光放电。辉光放电是在高电压、小电流的条件下发生的,通常认为电压在 $200\sim300\text{V}$ 以上才能发生辉光放电。辉光放电的特点是能量不集中,散失大,点燃周围环境中爆炸性混合物的能力差。

不同性质的电路(电阻性、电感性、电容性)及电路的开关状态(接通、断开、通断速度),将对电火花的形成和特点产生不同的影响。

1. 电阻电路的火花放电

电阻电路没有储能元件,是最简单、最基本的电路。电阻电路通断时所产生的电火花的能量来源于电源,放电过程比较简单。电阻电路的火花放电电路如图 3-7 所示。

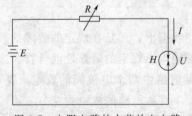

图 3-7 电阻电路的火花放电电路

当电路断开时,电极间接触面急剧减小,接触部位间的电流密度又急剧增加,可高达 $10^3\sim10^4\text{A/mm}^2$,而电极间电压逐渐增大。在电压和电流的作用下,电极迅速熔化形成金属熔桥。而后产生的金属蒸气破坏了金属熔桥，电极间电阻变大，电极间电压随之上升，当电压高于起弧电压时，就会产生电弧放电。当电路的电感大于 $0.2\mu H$ 时就会产生起弧电压。通过以上分析可以看出，电阻电路的火花放电是在一定的电流和电压作用下才能发生的。只有在火花放电功率相当大的情况下，放出适当大小的能量，才有可能点燃爆炸性混合物。如果火花功率相当小，即使火花放电时间长，也是不会点燃爆炸性混合物的。同其他性质的电路相比，电阻电路的放电火花的能量是比较小的。

开关通断速度对电火花能量的大小也有影响，火花放电能量与电源电压、电路电流、火花放电持续时间三因素乘积成正比。因此，开断电气参数一定的电路（电源电压和电路电流一定），其火花放电的能量却是不一定的，而是随着火花放电持续时间和放电波形而变化的，持续时间越长，火花放电能量就越大。所以，对于电阻电路断开时产生的火花，慢速度断开比快速断开更危险。电阻电路闭合时火花放电与断开时火花放电在现象和效果上是一样的。

2. 电感电路的火花放电

电感电路是由电感和电阻组成的电路，其火花放电电路如图3-8所示。

电路中的电感元件是储能元件，它可以把电路的能量以磁能的形式储存起来，当电路发生通断变化时，又能释放能量。电感电路的火花放电过程较为复杂，其火花放电功率和能量分为两个部分：一部分来自电源，一部分来自电感元件，

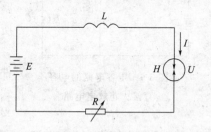

图 3-8 电感电路的火花放电电路

并且电感元件中的磁场能量是主要的，而来自电源能量是次要的。当电感电路断开时，除具有电阻电路的放电过程外，最主要的是电感元件磁场储能 $(1/2\ LI^2)$ 的放电过程。这时，电路的电极迅速离开，电极间电阻突然增大，电流急剧下降，电流变化率很大，在

电极间隙处产生了很高的反电动势，电感的储能在放电间隙处发生放电。放电间隙既有来自电源的能量放电，又有来自电感元件的储能放电，放电强度大大提高，同时延长了放电时间。电感电路断开时的电火花无论在时间上还是空间上都是比较集中的，而且越是集中的火花，就越容易点燃爆炸性混合物。对于电感量较大的电感电路，火花小而集中，容易点燃爆炸性混合物。而对于电感小的电感电路，其放电火花大而分散，不易点燃爆炸性混合物。因此，电源电压相同的电阻电路和电感电路，其点燃电流是不同的，电感电路的点燃电流要比电阻电路的点燃电流小得多。因此，在设计本安型电感电路时，应特别注意电感储能放电对放电火花的影响。电感电路闭合时，由于电流不发生突变，不易产生强烈的火花放电，因此电感电路的火花放电是在电路断开时产生的，因此电感火花也称为断开火花。

3. 电容电路的火花放电

电容电路是由电容和电阻组成的电路。电容电路的火花放电是在开关触点闭合时产生的；而在触点断开时，电容电路的电容不会发生火花放电，所以电容电路火花放电也称为闭合火花。电容电路的电容火花放电电路如图 3-9 所示。

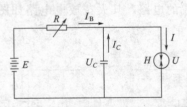

图 3-9　电容电路的电容
直接火花放电电路

在电容电路中电容是储能元件，它把电源的能量以电能的形式储存起来（储能为 $1/2CU^2$）。当电路闭合时，既有电阻电路放电，又有电容储能放电。在这一瞬间，电容放电电流很大，放电又非常迅速，持续时间很短，火花放电功率和能量都很大，且能量高度集中。因此，电容电路的放电火花点燃爆炸性混合物的能力更强，危险就更大。

电容电路的火花放电有两种：一种是电容直接火花放电，如图 3-9 所示；另一种是电容经串联电阻火花放电，如图 3-10 所示。电

容 C 经串联电阻 R_0 放电，电极间的放电电流 I 等于电容放电电流 I_C 与电源电流 I_B 之和，即 $I = I_C + I_B$。电极间放电功率 P 也等于电源放电功率 P_B 与电容放电功率 P_C 之和，即 $P = P_B + P_C$。

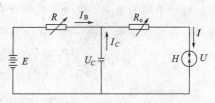

图 3-10 电容电路的电容经串联电阻火花放电电路

同样，两极间的火花放电能量 A 也等于电源放电能量 A_B 与电容放电能量 A_C 之和，即 $A = A_B + A_C$。由于电容 C 储能经过串联电阻 R_0 放电，一部分能量在电阻 R 上消耗了，因此电容放电能量就小于 $1/2CU_C^2$（电容储能）。同时，电源的火花放电与电容也有关，因为电容电压也影响电源的放电。由此可见，由于串联电阻 R_0 的作用，电容 C 的放电受到限制，同时也限制了电源的放电，从而大大地限制了电容电路的火花放电能量，降低了火花放电点燃爆炸性混合物的可能性，提高了电容电路的本质安全性能。

通过对上述三种本安电路的分析知道，电路的火花放电具有一定的能量，当这种能量达到一定数量级时，将会引燃爆炸性混合物。使爆炸性气体混合物点燃的最小能量就是电火花的最小点燃能量，最小点燃能量的数值是爆炸性混合物级别的标志。最小点燃能量是在特定的试验条件下（最易点燃的放电方式，最易点燃的爆炸性混合物的浓度），通过专门的试验装置测定的，其数据有较高的准确性，是设计和评价本安电路的重要依据。

放电火花能量的大小与电源电压、电路电流、火花持续放电时间三因素乘积成正比，因此点燃爆炸性混合物的最小电流和电压的测定是非常重要的。最小点燃电流和最小点燃电压是防爆检验单位在规定试验条件下，通过大量的火花试验而确定的点燃爆炸性混合物的最小电流和电压，并绘制了最小点燃电流和电压曲线。最小点燃电流和电压曲线是设计、使用和检验本安电路的重要依据。

为了保证本安电路的防爆性能，在设计、检验和使用本安电路时，要使电路有足够的安全裕度系数，这就是本安电路的安全系

数。对于不同的电路，安全系数的计算也不同。对电阻电路和电感电路，其安全系数（K）的计算公式为

$$K = \frac{最小点燃电流}{设计最大允许电流}$$

对电容电路

$$K = \frac{最小点燃电压}{设计最大允许电压}$$

本安电路放电火花点燃能力的大小是受电路的电压、电流、电感、电容等电气参数直接影响的，同时也受到一些非电气参数的影响，如爆炸性混合物的浓度、成分、湿度、温度、流动速度，以及电极触头的材质、形状、分合速度等诸多因素的影响。不同成分的爆炸性混合物，其火花点燃能力是不同的。即使是同种成分的爆炸性混合物，由于浓度的不同，其最小点燃能量也是不同的。爆炸性混合物的温度越高，所需点燃能量越小，越易点燃；湿度越大，越不易点燃。爆炸性混合物的流动速度越大，越易点燃。

三、防爆措施

无论何种本安电路都有产生火花放电的可能。为了使本安电路或本安电气设备能安全使用，必须在设计和制造时采取措施，以尽量减少电路分合时产生的放电火花。通过前面对电路的分析知道，降低电压或电流是减小放电火花、提高本安电路安全性能较为有效的方法，但这样又不能满足电路或电气设备对功率和性能的要求。为提高本安电路的使用功率，通常采用下列方法。

（1）电容电路可采用电容储能经电阻放电的方法减小电火花放电能量。

（2）电感电路可采用三种方法来减小电感放电火花能量：①在电感元件两端并联电阻；②在电感元件两端并联电容；③在电感两端并联二极管。

电感两端并联电阻的火花放电电路如图 3-11 所示。图 3-11 中，L 表示电感，R_L 表示电感元件本身电阻，R_0 为电感元件并联

电阻，R 为电路中所有电阻的总和。当触点断开时，电感元件的感应电动势就通过并联的电阻 R_0 构成回路，通过一个变化的电流 I_0，放电火花能量能大大减小，提高了本安电路的安全性。但由于并联了电阻 R_0，增加了功率损耗，因此这种方法不宜使用。

在电感元件两端并联电容的火花放电电路如图 3-12 所示。在电感元件两端并联电容可以减小或消除电感元件的感应电动势，减小电路触点断开时产生的火花，大大提高了本安电路的安全性，但却增加了储能元件电容。

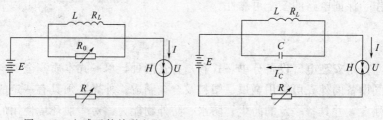

图 3-11　电感元件并联电阻
　　　　　的火花放电电路

图 3-12　电感元件并联电容
　　　　　的火花放电电路

在电感元件两端并联二极管的火花放电电路如图 3-13 所示。电感元件两端并联二极管时，二极管的极性必须反向连接。当电路触点断开时，电感元件的电流就会通过半导体二极管顺向流通，电感元件所产生的感应电动势近乎短路，大大降低了火花放电电压。同时，由于并联二极管使电感元件电流的变化率不大，并得到了续

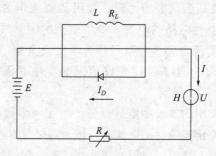

图 3-13　电感元件并联二极管的火花放电电路

159

流回路，触点断开时的放电火花大大减小，电路的安全性得到大大提高。

经过上面分析比较可以看出，在电感元件两端并联二极管较并联电阻和电容的方法有更多的优点。它不会像电阻法增加功率损耗，不会增加电路的工作电压和工作电流，也避免了并联电容会增加电容火花的弊端，它是减小电感电路放电火花的一种较为理想的方法。在采用这种方法时，应采用双重化保护原则，就是在电感元件两端并联两个二极管，其中一个二极管损坏，另一个还能继续工作，保证电路的安全可靠性。

四、技术要求

本安型电气设备分单一式和复合式两种，单一式本质安全型电气设备的外壳可采用金属、塑料及合金制成。外壳必须具有一定的强度，并具备一定的防尘、防水、防外物能力。对一般环境使用的设备，其防护等级不低于 IP20。对用于有腐蚀性气体环境的外壳，应具有防化学腐蚀能力。对用于采掘面工作的电气设备，其外壳防护等级应达到 IP54。使用塑料外壳时要防止产生静电，且塑料外壳的材质要采用不燃性或难燃性材料制成。采用合金外壳的材质中的含镁量不超过 0.5%，以防止由于摩擦产生危险火花。

本安型电气设备的电源有独立电源和外接电源两种。独立电源是指干电池、蓄电池、光电池和化学电池等。外接电源是指经电网引入、经电源变压器供电的电源。常用的独立电源是干电池和蓄电池，这是电阻性电路的电源。如果电池的实际最大短路电流不超过最大安全电流，那么电池可作为本质安全电源直接使用。如果最大短路电流超过了设计允许值，则应串联限流电阻后方能使用。

煤矿井下使用的本安型电气设备的电源大多数是从电网引入，经电源变压器变压整流后的电源，一般为隔爆兼本质安全型。对于电源变压器的输入绕组，应设有熔断器或断路保护装置，变压器铁芯要接地。变压器的本安电路接线端子与非本安端子应分两列布置，以防碰触和击穿，其电气间隙和爬电距离应符合表 3-11 的规定。电源变压器绕组的分布可采用不同的方式：①向本安电路供电的绕组与其他绕组分开布置；②向本安电路供电的绕组与其他绕组内外分布，但在两种绕组间要采取加强绝缘的措施，并按表 3-12 的规定进行变压器的绝缘耐压试验；③向本安电路供电的绕组与其他绕组内外分布，但在两绕组间要用铜质接地屏蔽层隔离，屏蔽层可用铜导线绕组或铜箔，且屏蔽层要一端接地，屏蔽层厚度应符合表 3-13 的规定。

表 3-11　本安电路与非本安电路裸露导体之间的电气间隙与爬电距离

额定电压数值/V		60	90	190	375	550	750	1000	1300	1550
爬电距离/mm		3	4	8	10	15	18	25	36	40
绝缘涂层下的爬电距离/mm		1	1.3	2.6	3.3	5	6	8.3	12	13.3
相对泄痕指数	i_a/V	90	300							
	i_b/V		175							
电气间隙/mm		3	4	6	6	6	8	10	14	16
胶封中的间距/mm		1	1.3	2	2	2	2.6	3.3	4.6	5.3

表 3-12　变压器绝缘耐压试验

部　　位	额定电压 U/V	试验电压/V
原绕组、向非本安电路供电的副绕组与接地屏蔽、铁芯之间及其相互之间	$U \leqslant 36$	1000
	$36 < U < 220$	1500
	$220 \leqslant U$	$4U$，最低为 1500
向本安电路供电的副绕组与接地屏蔽、铁芯之间及其相互之间	$U \leqslant 36$	1000
	$36 < U$	$2U+1000$，最低为 1500

表 3-13　不进行试验的屏蔽层厚度

熔断器额定电流/A	0.1	0.5	1	2	3	5
屏蔽绕组的导线直径/mm	0.2	0.45	0.63	0.9	1.12	1.4
屏蔽铜箔最小厚度/mm	0.05	0.05	0.075	0.15	0.25	0.3

　　本安型电气设备（无论是单一式还是复合式）一般都使用印刷电路板。印刷电路板中本安电路与非本安电路印刷线间的爬电距离要符合表 3-11 的规定。同时印刷电路板表面必须涂不少于 2 遍的三防绝缘漆。

本安型电气设备使用了数量较多的继电器和插接件。当继电器同时接入本安与非本安电路时，对于接入的非本安电路触点的回路电压、电流和容量应不大于 250V、5A 和 100V·A。其中，若有一项超过规定数值时，要设置接地金属板或绝缘隔板。为防止影响本安性能，继电器的出线脚、本安电路端子与非本安端子的电气间隙和爬电距离应符合表 3-11 的规定。

本安型电气设备电路使用的插接件一般应单独使用，如果设备中本安电路与非本安电路使用同一插接件，应注意其电气间隙和爬电距离必须符合表 3-11 的规定。插接件要有防止拔脱、误插和互换的结构。

在本安型电气设备中使用了为数较多的保护性元件或组件，目的是为了解决电路中的电流过大或电容、电感元件储能过大，使放电火花能量过大而影响电路的本安性能的问题。保护性元件和组件的使用既可减小电路火花放电能量，又能提高本安型电气设备的输出功率。保护性元件或组件一般用于电源输出或有电容、电感的电路中。保护性元件和组件主要包括限流元件、分流元件、限压元件、隔离元件及安全栅。限流元件主要有限流电阻和恒流管，用来限制电源短路电流和电容放电电流，通过限制电路中的电流来实现本安电路的要求。分流元件主要有二极管、稳压管、电容器和压敏电阻，用来吸收电感的储能，减弱电感电路火花放电能量。限压元件一般采用稳压二极管和集成电路，用来限制电路中两点间最高电压，确保电路的本安性能。隔离元件是本安电路与非本安电路之间的隔离元件，用来传递本安信号。隔离非本安的能量，常用的有光电耦合器、隔离变压器和隔离电容。安全栅是一种保护性组件，常用的有稳压管式安全栅和三极管式安全栅，是设置在本安电路与非本安电路之间的限压限流装置，防止非本安电路的能量对本安电路的影响。

本安型电气设备的接线盒和接线端子不同于其他类型的矿用电气设备的接线端子和接线盒。对于单一式本安电气设备，其接线端子应与本安电路设置在同一外壳内。而矿用复合式本安型电气设备的本安电路接线端子一般应单独放置在接线盒内。若将本安型电气设备的非本安电路和本安电路接线端子及引线放置在同一接线盒内，其端子间距离不能小于 50mm，或用绝缘板或接地金属板进行隔离；且本安电路接线端子与接地端子及外壳间的距离应符合下面的规定：i_a 等级不小于 6mm，i_b 等级不小于 3mm，爬电距离应符合表 3-11 的规定，所有接线端子必须有防松措施。

为了确保本安电气设备的本质安全性能，除了合理选择电气参数、设计理想的本安电路外，还应制定严格的技术要求，防止本安电路与非本安电路的碰触、漏电、击穿现象的发生，使设备在结构上能实现电路的本安性能。因此，在制造和维护本安型电气设备时，设备最高表面温度、导线的选择及布置、外部电缆的分布参数的选择，本安电路与非本安电路裸露导体之间的电气间隙和爬电距离的选择，都显得非常重要。本安型电气设备最高表面温度应符合表 3-2 中规定值，电气间隙与爬电距离见表 3-11 的规定。本安型电气设备中电路导线一般选用铜导线，其截面积选择应符合表 3-14 规定值，导线电流密度不宜过大，导线截面积应留有余量，以防止出现温升过高产生危险的表面温度。电气设备内的元件安装和导线的连接要牢固，不能由于运输、振动而发生元器件损坏或减小电气间隙与爬电距离。本安电路的内部导线绝缘强度为本安电路电压的 2 倍，但不得低于 500V。本安电路与设备的机架间的绝缘强度或与接地部分绝缘强度也为本安电路电压的 2 倍，但不低于 500V。同一外壳中非本安电路的导线绝缘强度为 $(2U + 1000)$ V（U 为两路电压之和）。布置设备内部导线时，应将本安电路与非本安电路的绝缘导线分开布置。对与非本安电路在同一外壳或接线盒中的本安电路导线或接线端子，均用蓝色导线、或蓝色套管、或蓝色端子板标记。本安型电气设备多用于监控、信号及通信系统中，其设备需要使用长距离电缆。而外部连接电线存在一定数量的分布电感和电容，其储能将在电路中放电，释放能量，这就大大影响了本安电气设备的安全性能。因此，对外接电线的分布电感和电容必须加以限制。

表 3-14　铜导线截面积与允许最大电流

导线截面积/mm²	0.017	0.03	0.09	0.19	0.28	0.44
允许最大电流/A	1.0	1.65	3.3	5.0	6.6	8.3

第六节　正压型电气设备

一、防爆原理

正压型电气设备的防爆原理是：将电气设备置入外壳内，壳内无可燃性气体释放源；将壳内充入保护性气体，并使壳内保护性气体的压力高于周围爆炸性环境的压力，以阻止外部爆炸性混合物进入壳内，实现电气设备的防爆。正压型电气设备的标志为"p"。

二、防爆措施及技术要求

正压型电气设备除电气部分外，主要包括正压外壳及其连接管道。所谓正压外壳是指能保持内部保护气体的压力高于周围爆炸性环境的压力，并能阻止外部爆炸性混合物进入外壳。正压外壳及其连接管道采用不燃性或难燃性材料制作，并对所使用的保护气体和运行环境中的有害气体有良好的抗腐蚀能力。正压外壳及其连接管道的保护等级应不低于 IP40，并能有效地防止从外壳或管道内喷出任何火花和炽热颗粒。正压外壳及其连接管道内可能产生泄漏的所有部位，相对于外界大气的正压值应不低于 50Pa。正压外壳及其连接管道应能承受电气设备正常运行时内部最大正压值 1.5 倍的压力，且不能小于 $2×10^2$Pa。为了防止可能出现引起外壳、管道变形的正压，要对外壳、管道安装适当的安全装置。正压外壳及连接管道应能承受 GB 836.1 第 2.1.1 条规定的冲击试验。

正压外壳可分为正压通风外壳和正比补偿外壳两种。所谓正压通风外壳是采用保护气体连续通风，使壳内保持正压的一种正压外壳。正压通风外壳本身有一个或几个与进、出风管道相连的进、排气口。具有正压通风外壳的电气设备主要包括：①保护气体进气口；②管道；③通风机；④外壳；⑤压力监测器；⑥节流阀（为保持正压的需要而设置）；⑦保护气体排出口；⑧火花和炽热颗粒阻挡器。正压补偿外壳是通过排气的方法，将足量的保护气体通过正压外壳和管道，使爆炸性混合物浓度降低到下限以下，并在换气后封闭外壳各个排气口，对正压外壳和管道内保护气体的泄漏进行补偿，使壳内保持正压的方法。正压补偿外壳本身有一个或几个进气孔和一个或几个能在换气后妥善密封的排气口。具有正压补偿外壳的电气设备主要包括：①保护气体进气口；②管道；③通风机；④外壳；⑤压力监控器；⑥换气阀。

对于正压型电气设备的外壳，其门或盖必须具有联锁装置，应保证在电源断开之前，门或盖不能打开；而门或盖打开后，电源不能接通。对于采用螺栓紧固的门或盖，可不设联锁装置，但应在外壳明显位置标明"断电源后开盖"的字样。如果在正压外壳内装有电热器或电容器的电气设备，要采取断电源后延时打开外壳门或盖的措施。

为了保证正压型电气设备具有良好的防爆性能，设备要采用一定的安全保护装置（诸如保护继电器、测量仪器、仪表等）。如果正压型电气设备是在爆炸危险场所使用，那么上述的各种安全保护装置也必须采用符合爆炸危险场所所要求的防爆形式。对于正压型（补偿外壳）电气设备，要配备一定的安全保护装置（包括时间继电器、流量监测器等），以保证足够的换气量，外壳内爆炸性混合物浓度降低到爆炸下限之前不能接通电源。壳内最小换气量为外壳及其连接管道总净容积的 5 倍。

正压型电气设备应设置自动控制装置，以保证设备启动或运行中，当外壳内正压降到低于规定的报警值时，设备可发出连续声、光报警信号。当外壳内正压降到断电值时，设备能自动切断电源。如果若干个独立使用的正压型电气设备公用一个保护气体源，而这些设备的操作又满足下列要求时，这些公用一个保护气体源的电气设备可公用一个安全监控装置，并可以在打开某一独立设备外壳的门或盖时，公用安全装置不切断这一组正压电气设备的电源或发出警报信号：①每台独立的电气设备切断电源后，方能打开自己外壳的门或盖；②公用安全监测装置还能继续监控本组其余设备外壳内的正压值，并当该独立设备外壳按规定换气之后，方能接通电源。

正压型电气设备使用的保护气体必须是不燃的，其化学、物理性能不能影响正压型电气设备的安全和正常运行。如果使用对人体有害的惰性气体，应在外壳明显处标出。正压型电气设备的外壳及其连接管道允许最高表面温度应符合表 3-2 中规定的数值。运行中的电气设备当保护气体中断后，外壳内部的某些元器件表面温度可能上升而超过规定的数值，因此对这些元器件必须采取措施（可将发热元器件制成浇封式气密型，或采取辅助通风降温等措施），以保证发热元器件与外界爆炸性混合物隔离；或者使发热元器件表面温度冷却到规定值后再与爆炸性混合物接触，以保证不引燃爆炸性混合物。

第七节　充砂型电气设备

一、防爆原理

充砂型电气设备的防爆原理是：在电气设备的外壳内填充石英砂粒，将设备的导电部件或带电部分埋在石英砂防爆填料层之下，使之在规定的条件下，在壳内产生的电弧、传播的火焰、外壳壁或石英砂材料表面的温度都不能点燃周围爆炸性混合物。充砂型电气设备用于在使用时活动零件不直接与填料接触的、额定电压不超过 6kV 的电气设备。充砂型电气设备的标志为 "q"。

二、防爆措施及技术要求

为保持电气设备良好的防爆性能，充砂型电气设备的外壳必须用金属材料制成，也可以采用不燃性或难燃性材料，但不能用性能不同的其他材料代替。为承受各种施加在外壳上的冲击力和机械力，外壳应具有足够的机械强度，并留有一定的安全系数，并且不渗水和漏水。外壳的防护等级应不低于IP54。在外壳上配置的电缆引入装置，其防护等级应与外壳防护等级相同，并能承受规定的电弧电流 I_a 所产生的应力而不损坏。电弧电流 I_a 指在充砂型电气设备的填充层内，由短路引起的持续电弧电流的平均有效值。而短路电流 I_{ce} 是指充砂型电气设备在供电网路的连接处，在完全短路的情况下流过电流的计算值。对于电压不超过 6kV 的设备，短路电流 I_{ce} 和实际产生的电弧电流可根据下式计算：

$$\frac{I_\infty}{I_a} \approx 1.3$$

壳内的防爆填充剂为不含金属微粒的干燥石英砂，颗粒大小为 0.5～1.6mm，绝大多数颗粒为 0.5～1.25mm，石英含量不低于 96%，含水量不超过石英砂总重量的 1%。为了使填充剂保持良好的防爆性能，作为填充剂的石英砂应经过憎水处理，憎水处理覆盖层的耐热性要和埋在填充剂中的电气设备的温度一致。填充石英砂保护层时，要尽量使外壳内的所有空隙填满。为此，在充填砂粒时应使用振动器，使砂粒在频率为 25～50Hz 和振幅为（1.0±0.2）mm、振动时间不小于 5min 的振动条件下充实，并达到一定的密实度和高度。当填料高度刚能阻止规定的电流和持续时间的电弧点燃外部爆炸性混合物时，称这个填料高度为充砂型电气设备的填料保护层的最小安全高度，即壳内电气设备的带电部件到填料表面或外壳壁最短距离，用 h_0 表示。最小安全高度 h_0 要通过引爆试验确定。但当电压不超过 1500V 时，不得小于 30mm；电压超过 1500V 时，不得小于 50mm。

为了缩小填充层的最小安全高度，减小设备的体积和重量，可在填料中放入不锈钢或其他耐腐蚀的且全部面板开孔的金属板作为隔离用的格网。板上所开孔的直径为 8～10mm，各孔中心的距离为 50～70mm。当电气设备的容积小于 25L 时，格网的最小孔可放宽到 5mm，各孔的最小中心距离可放宽到 25mm。格网的厚度应能在静态负荷 P 的作用下，保证其变形不大于 1.2mm 或采用加强筋加强，加强筋应位于储备层一边。静态负荷 P 由下式计算：

$$P = 0.25 I_a$$

式中　I_a——电弧电流，A；

　　　P——格网静态负荷，N。

格网要固定在外壳内，与外壳做良好的导电连接。固定格网的紧固件应能承受格网静态负荷 P 的作用。当填充层加入格网后，保护层高度是指外壳内电气设备的带电部件与格网之间的最短距离，用 h_{ea} 表示，计算公式如下：

$$h_{ea} = 0.31 (I_a^2 t)^{\frac{1}{3}}$$

式中　I_a——电弧电流，A；

　　　t——电弧持续时间（或短路持续时间），它是指电气设备的保护开关从开始脱扣到电流完全消失为止的整个断开时间，s；

　　　h_{ea}——保护层高度，cm。

而格网至外壳壁的充填层称为储备层，是用来弥补保护层中偶然出现的空洞。从格网到外壳壁的最短距离称为储备层高度，用"d"表示。储备层高度 d 应不小于 0.2 倍的保护层高度 h_{ea}，并应不小于 10mm。此时，最小安全高度 h_0 为保护层高度 h_{ea} 和储备层高度 d 之和，即 $h_0 = h_{ea} + d$。

充砂型电气设备由于使用位置的不同，对壳内格网的要求也不同。只有一种使用位置的充砂型电气设备格网要置于电气设备的上部，壳内电气设备上部填料覆盖的厚度不低于最小安全高度 h_0。任意使用位置的电气设备，格网要完全包围安装在外壳内的电气设备，任何方向的填料覆盖厚度不小于最小安全高度 h_0。为了能使运行中电气设备的充填自由面上部出现的空隙最小，并且一旦有空隙能及时观察和补充填料，要在设备外壳上安装一个或几个观察窗，观察窗结构要牢固，采用与外壳相同的材料制成。观察窗上的透明件要采用玻璃或其他抗机械冲击、热冲击、透明良好的材料制成。

为保证设备的安全运行，充砂型电气设备的各带电零件间的距离应符合表 3-15 的规定。表 3-15 中，A 组数值是指裸露带电零件之间、裸露带电零件与内部接地导电部位之间、绝缘绕组与外壳之间的最小距离；B 组数值是指裸露带电零件与外壳壁之间的最小距离。若电气设备的额定电压不超过 500V，并制成不可拆卸的封闭结构，其外壳防护等级不低于 IP65，对裸露带电零件之间的最小距离可放宽到 4mm，裸露带电零件与外壳壁之间的最小距离可放宽到 5mm。

充砂型电气设备壳内的绕组要有足够的绝缘强度（不考虑填料的附加绝缘作用），所用的绝缘材料要符合相应的绝缘材料耐热等级的规定。埋入填充层中的带电零件或带电零件与外壳壁之间不能装有任何由有机材料制成的零件，以防止电弧引起的高温损坏设备零件。

表 3-15　最小电气距离

额定电压/V	最小电气距离/mm	
	A	B
$U < 300$	10	15
$300 \leqslant U < 700$	15	20
$700 \leqslant U < 1500$	20	30
$1500 \leqslant U < 3500$	30	40
$3500 \leqslant U < 6000$	40	50

第八节　矿用一般型电气设备

一、特点

矿用一般型电气设备是一种没有采取任何防爆措施，用于煤矿井下无瓦斯、煤尘爆炸性混合物场所的电气设备。矿用一般型电气设备与一般电气设备不同，它在绝缘、爬电距离、电气间隙、防潮和防尘、井下运行条件等方面均有特殊要求，铭牌的右上方有明显的"KY"标志。

二、技术要求

矿用一般型电气设备除电气部分外，主要包括设备外壳、电缆引入装置、接线端子及联锁机构。矿用一般型电气设备的外壳必须采用不燃性或难燃性材料制成，但外壳上的观察窗、透明件、衬垫、电缆引入装置的密封件及控制手柄例外。设备外壳应具有一定的机械强度，并能承受规定的低冲击能量的冲击试验。对于便携式设备，应能承受规定的跌落试验。矿用一般型电气设备的外壳应具有一定的防护等级，一般应不低于 IP54。但对外风冷电动机风扇进风口和出风口处的防护等级不可低于 IP20 和 IP10。用于无滴水和粉尘侵入的硐室中的设备，最高表面温度低于 200℃ 的启动电阻和整流机组，其防护等级不能低于 IP21。没有裸露带电元件的设备、用外风扇冷却的设备和焊接用整流器的防护等级不得低于 IP43。

矿用一般型电气设备的表面温度也有一些特殊要求。一般电气设备表面温度应不超过 85℃（电动机和油浸变压器除外）。操作手柄、手轮不高于 60℃。在结构上能防止人接触的部位可不高于 150℃。

矿用一般型电气设备外壳的所有紧固件的螺栓直径应不小于 M6。对于经常打开的盖子的紧固螺栓，应设有防止脱落装置。紧固螺栓要加弹簧垫圈等防松装置。

设备外壳上的电缆引入装置必须能防止电缆扭转、拔脱和损伤，在设备内部应有一定的空间，以保证电缆护套达到一定的长度（8mm）。对电缆引入处要采用橡胶或其他密封材料密封，以防止粉尘或水由电缆引入处渗入壳内，保证外壳达到一定的防护等级。对于电缆引入接线端子的导电零件，要用铜或黄铜制造，以保证良好的导电性能。接线端子要把有接线片或无接线片的芯线可靠连接。矿用一般型电气设备的接线端子间及接线端子对地间的电气间隙、爬电距离应符合表 3-3 规定。对于电压高于 127V 的接线端子，不能采用老化后易燃的酚醛塑料做绝缘件。

矿用一般型电气设备的外壳必须有接地螺栓。对于携带式和移动式电气设备，可不设外接地螺栓，但必须采用接地芯线电缆。接地螺栓应采用不锈钢材料制成或进行电镀防锈处理。接地端子应具有一定的机械强度，并保证连接可靠，即使受到温度变化、振动等影响，也不能发生接触不良现象。每个接地端子只能连一根动力电缆的接地芯线或两根控制电缆的接地芯线。塑料外壳以及塑料、金属组合外壳的接地端子间要用截面积为 6mm^2 以上的导线连接。

为了保证电气设备的安全运行，防止误操作，矿用一般型电气设备的所有开关把手在切断电源后必须都能自锁。对于直流电压高于 60V、交流电压高于 36V 的设备，要设置阻止带电开盖的装置。不能设置这种装置的，应设置"断电开盖"的警告标志。对于上述电压等级的设备，凡开盖或取下设备零、部件后，可能触及带电部位时，要设置防护等级不低于 IP20 的防护罩并设置"当心触电"的警告标志。

矿用一般型电气设备要具有耐潮湿性能，并要按规定进行湿热试验。为了保持良好的导电性能，设备的母线、设备的控制电路、辅助电路导体都应采用铜材制成。

矿用一般型电气设备主要有油浸变压器、高低压开关设备和控制设备及插接装置等。它们除应满足矿用一般型电气设备的要求外，还应满足一些特殊技术要求。

对油浸变压器的特殊要求主要是外壳的防护等级要达到 IP44，同时在变压器的油箱上要有油标，以显示壳内油位的高低。无论在何种情况下，油面必须高于壳内裸露带电部件 10mm 以上，以保证变压器安全运行。油箱下部放油用的塞要采用特殊结构，使其只有使用专用工具才能打开，防止随意打开，造成壳内油液的流失。

对高压开关的特殊要求主要有：为保证高压开关的安全可靠性，高压开关设备要设置有选择性的检漏保护、短路和欠电压保护。用作高压电动机、变压器的高压控制设备要配置短路、过负荷和欠电压保护，还可以设置漏电闭锁和远距离控制装置。低压开关设备也应配置检漏保护、短路和欠电压保护。对于使用自动重合闸的低压开关设备，还应有漏电闭锁保护装置，并需配置双套保护装置，以做备用。当一套保护装置发生故障时，另一套能投入正常工作，保证低压开关安全使用。同样，低压控制设备也应当配置短路、过负荷、单相断路及漏电等保护装置，还可以设置漏电闭锁和远距离控制装置，提高低压控制设备的安全性和可靠性。高、低压开关设备和控制设备如果实行远距离控制，其控制线路的额定电压不能高于 36V。

第九节 防爆电气设备的使用与维护知识

一、隔爆型电气设备

1. 使用和维修

隔爆型电气设备的隔爆性能除制造厂应从制造质量和结构上保证外，还必须使用单位使用和维护得当才有保障。

（1）各单位应使用经国家指定的检验单位检验合格、铭牌上标有防爆合格证号的防爆设备。

防爆合格证号含义是：

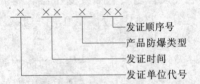

例如 185101，表示煤炭科学院抚顺分院防爆站 1985 年发的隔爆型第 1 号合格证。

（2）设备入井前应拆开检查设备防爆结构是否合理，各防爆零部件是否符合现行《防爆电气设备制造检验规程》的有关规定。

（3）装配时，应保证设备的完整性，特别是结构的紧固要齐全，用力应适当。紧固件的材质强度不应低于原设计强度，既要保证设计的安全间隙，又不能拧得过紧（一般手感很紧，再回退 1/4 扣）。

（4）修理或拆装时，要注意保护隔爆面，严防碰伤或擦伤。

（5）应经常维护隔爆面，以防锈蚀。

（6）维修时，对平面接合面的法兰厚度只能去掉设计时留有的余量（15%或1mm）。

（7）维修时，当间隙增大时，对圆筒接合面可采用镶嵌衬套的方法修复。

（8）更换隔爆绝缘件时，应保持原绝缘材料的耐泄痕指数级别或用绝缘强度相当的绝缘漆处理表面。

（9）叠片隔爆结构和通气装置的阻火元件应保持清洁，以防堵塞，影响防爆性能。

（10）在维修中不得任意改变导线连接件相互之间的尺寸，以保证原设计的电气间隙和爬电距离。

（11）严格按章作业，一定要遵守警告牌的规定。

2. 检查隔爆结构

隔爆电气设备结构的隔爆接合面部分可从以下几方面检查：

（1）外壳容积；

（2）外壳材质；

（3）隔爆接合面长度 L；

（4）隔爆接合面边缘（通常指内缘）至螺孔边缘的最短距离 L_1；

（5）隔爆接合面间隙或直径差；

（6）隔爆接合面加工粗糙度；

（7）隔爆接合面防锈措施；

（8）紧固螺栓强度；

（9）防松装置（一般指弹簧垫圈）；

（10）外壳耐爆压强度（一般用静压考核）。

3. 防爆电气设备隔爆面缺陷的处理

（1）隔爆面经加工后，在规定隔爆面长度（L）及规定的螺孔边缘至隔爆面边缘的最短有效长度（L_1）范围内，可允许存在以下缺陷。

① 局部出现的直径不超过 0.5mm、深度不超过 1mm 的小针

孔或砂眼，在 1cm² 内不得超过 5 个，实际隔爆面长度为 10mm 者不超过 2 个。

② 偶然产生的机械伤痕，其宽度与深度不大于 0.5mm，其投影长度不超过隔爆接合面规定长度的 1/3，但伤痕两侧突起的金属必须磨平。

（2）固定的隔爆面加工后，在 L 及 L_1 的范围内，缺陷大于上述第（1）条规定，但无伤隔爆面的有效长度不小于表 3-16 的规定时，则可修补。

表 3-16　　无伤隔爆面有效长度　　　　单位：mm

隔爆面长度 L 或 L_1	无伤隔爆面有效长度
40	20
25	13
12.5	8

（3）如缺陷超过第（1）条规定，在下列情况下不允许焊补：

① 螺孔周围 6mm 范围内的缺陷；

② L 或 L_1 为 6mm 范围的缺陷；

③ 隔爆面的边角缺陷；

④ 活动隔爆接合面；

⑤ 隔爆面上有疏松的铸件。

（4）隔爆面的修补方法

① 整修前应将缺陷或伤痕进行清理，直到露出洁净的金属表面为止。

② 钢制零件可用 40 号锡铅焊料焊补。

③ 铸铁件可用铜镍焊条或 58%～60% 锡锌焊料结合焊剂（氯化锌 60%＋氯化锡 40%）焊补。

二、本质安全型电气设备的使用和维护

（1）煤矿井下危险场所应使用经防爆检验单位检验合格、铭牌上标有防爆合格证号的产品。

（2）设备入井前应检查其电气参数和电气性能是否与产品说明

书一致，保护电路的整定值是否与说明书一致，动作是否可靠、灵敏。

（3）本质安全型设备应单独安装，并尽量远离大功率电气设备，以避免电磁感应和静电感应。

（4）本质安全电路的外部电缆或导线应单独布置，不允许与高压电缆一起敷设。外部电缆或导线的长度应尽量缩短，不得超过产品使用说明书中规定的最大值。本质安全电路的外部电缆或导线禁止盘卷，以减小分布电感。

（5）设备安装前，使用人员应搞清电路布置，注意辨别本安电路接线螺栓和非本安电路接线螺栓，避免将本安电路接到非本安电路的螺栓上。

（6）内、外接地螺栓应可靠接地。内接地螺栓必须与电缆的接地芯线可靠连接。

（7）设备在使用和维修过程中，必须保持本安电路的电气参数，不得擅自改变电气元件的规格、型号，特别是保护元件更应格外注意。换用的保护元件应严格筛选。特制的防爆组件（如胶封组件）应按原要求仿制或向原出产厂订购备件。

（8）应定期检查保护电路的整定值和动作可靠性。

（9）在井下检修本安型电气设备时，应切断前级电源，并禁止用非防爆仪表检查、测量本安电路。

（10）现场需要修改使用设备的电路时，应携带修改图纸和样机到防爆检验单位审查，合格后方可使用。

（11）原设计为单独使用的本安型设备，不得几台并联运行，造成电气参数叠加，破坏本安性能。由两台设备以上组成的本安系统，只能按原设计配套安装，不得一台单独使用或与其他电气设备组合使用（除非对新系统重新检验合格）。

第四章 基本技能操作

第一节 识图绘图

一、电气图的分类与绘图规则

电气图按国家标准《电气制图》规定，有系统图、框图、功能图、逻辑图、电气原理图、程序图、接线图等。

(1) 系统图或框图 是用符号或带注解的框概略表示系统或分系统的基本组成、相互关系及主要特征的一种简图。

(2) 功能图 表示理论与理想的电路而不涉及方法的一种简图。

(3) 逻辑图 主要用二进制逻辑单元图形符号绘制的一种简图。

(4) 电气原理图 用图形符号并按工作顺序排列，详细表示电路、设备或成套装置的全部组成和连接关系。

(5) 程序图 详细表示程序单元和程序片及其互联关系的一种简图。

(6) 接线图 表示成套装置的连接关系，用以进行接线和检查的一种简图。

二、电气原理图的绘制

在绘制电气原理图时，应遵循以下原则。

(1) 电气原理图一般分电源电路、主电路、控制电路、信号电路及照明电路。

电源电路画成水平线，三相交流电源相序 L_1、L_2、L_3 由上而下依次排列画出，中线 N 和保护地线 PE 画在相线之下，直流电源则正端在上、负端在下画出，电源开关要水平画出。

主电路是指受电的动力装置及保护电路，它通过的是电动机的工作电流，电流较大。主电路要垂直电源电路画在电气原理图的左侧。

控制电路是指控制主电路工作状态的电路，信号电路是指显示主电路工作状态的电路。

照明电路是指实现机床设备局部照明的电路，这些电路通过的电流都较小。

画电气原理图时，控制电路、信号电路、照明电路要跨接两相电源之间，依次画在主电路的右侧，且电路中的耗能元件要画在电路的下方，而电器的触头要画在耗能元件的上方。

（2）各电器的触头位置都按电路未通电或电器未受外力作用时的常态位置画出。分析原理时，应从触头的常态位置出发。

（3）各电气元件不画实际的外形图，而采用国家规定的统一国标符号。

（4）同一电器的各元件不按它们的实际位置画在一起，而是按其在线路中所起作用分画在不同电路中，但它们的动作却是相互关联的，必须标以相同的文字符号。图中相同的电器较多时，需要在电器文字符号后面加上数字以示区别。

（5）对有直接接电联系的交叉导线连接点，要用小黑圆点表示；无直接接电联系的交叉导线连接点不画小黑圆点。

三、电气控制线路原理图的看图方法

（1）看线路图时，应先掌握国家统一标准的电工图形符号，并应熟记。

（2）把控制线路图中的主电路和辅助电路分开，先看主电路，后看辅助电路。辅助电路是为主电路服务的，应满足主电路的要求。

（3）分析主电路。应先了解主电路有哪些装置，然后再分析主电路中各个装置的作用。

（4）分析辅助电路。一般来说辅助电路是比较复杂的，特别是自动控制线路，因此分析辅助电路图时，应先按其作用分成若干个局部的线路图，如继电器接触器控制部分、保护电路部分等。然后对照线路图的说明，对照图纸，按照电动机的动作程序一步一步阅读各个已分解的线路图，并注意分部分控制线路图之间的联系。

（5）看线路图应从电源出发。如控制线路应从控制电源的一端开始，经过继电器或接触器线路、触点等，最后到控制线路电源的另一端。这一条电路通了，该继电器或接触器便吸合，其常开触点闭合，常闭触点打开。这些触点的打开或闭合又引起其他电路的变化，这样一步一步地看下去。

（6）要了解各种电器的构造和动作原理。因为电气线路图中无法表示机械构造和动作情况，要了解线路图的动作，就必须知道线路图中的继电器、接触器等怎样才能动作，动作后为什么又能使其自身的常开触点闭合、常闭触点打开。

（7）一般线路图中所表示的都是继电器和接触器未通电、按钮未按压、控制器未转动时的情况。继电器或接触器的常闭触点就是指线圈未通电时，触点是闭合的，通电后常闭触点就打开。按钮的常开和常闭触点则是指未按压时为打开或闭合的触点。

（8）转换开关及控制器的触点闭合次序用其位置变换表（闭合表）表示。图表内打有"×"的表示在该位置时，触点是闭合的，空白的表示在该位置时，触点是打开的。

（9）应熟悉各种基本线路的原理，看懂它们的原理图，因为基本线路是组成复杂的自动控制线路的基本单元。

第二节　电气设备的安装、试验和测定

一、电气设备的安装

1. 大中型电动机的安装

（1）电动机底盘的安装和调整　可参考有关手册，在此不作

介绍。

（2）轴承座的安装与调整

① 清洗、检查轴承座和轴瓦。用汽油或溶剂清洗轴承座内腔，不应留有脏物，不应有砂眼和裂纹。

② 根据电动机纵、横轴线所在位置，在轴瓦 1/2 高度处装一拉紧钢丝，如图 4-1(a) 所示，作为调整轴承座基准。

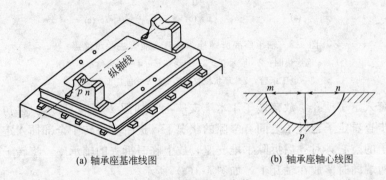

(a) 轴承座基准线图　　　　　　　(b) 轴承座轴心线图

图 4-1　轴承座的安装

③ 将轴承座吊放在底盘上，反复调整轴承座，用水平尺检查轴承座面的水平度，用经纬仪或水平仪检查两个轴承座面是否在同一水平面内，用基准钢丝来检查轴承座中心是否在同一轴心线上，使轴承座搪孔上 m、n、p 三点与钢丝的距离相等，如图 4-1(b) 所示。最后将轴承座固定在底盘上。

④ 为了防止轴承寄生电流的产生，一般在主电动机滑环一端轴承座下面垫以绝缘板（在安装轴承座时预先垫下），同时也要将轴承底脚螺栓、销钉、油管法兰盘绝缘，来切断一切寄生电流通路。绝缘板可用布质层压板或玻璃丝层压板制成，绝缘垫板应比轴承座每边宽出 5～10mm，底脚螺栓、销钉、油管法兰盘绝缘可用玻璃丝布板、橡胶板、电工纸板等绝缘。如图 4-2 所示。

（3）定子和转子的安装

① 定子搪孔高于底盘上平面的安装。首先将定子吊放在底盘上，拆去滑环一端轴承座，如图 4-3(a) 所示。然后吊起转子慢速

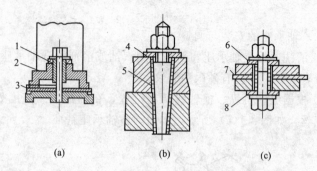

图 4-2　轴承座底脚螺栓、销钉、油管法兰盘绝缘

1,6—绝缘垫圈；2—胶木管；3—绝缘垫板；4—玻璃丝布板垫圈；

5—电工纸管；7—环状橡胶板垫圈；8—电工纸绝缘管

套入定子搪孔，放落转子于木堆支座上，如图 4-3(b) 所示。在初步查看定子与转子之间有空隙的状况下，进一步将转子全部插入定子的空心，对齐后拆除木堆支座，放上临时拆去的轴承座，将转子两端同时落放在轴瓦上，如图 4-3(c) 所示。

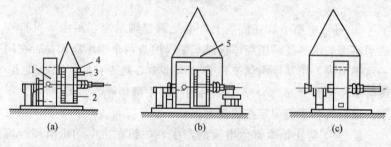

图 4-3　定子搪孔高于底盘上平面时定子、转子的安装

1—定子；2—转子；3—钢杆；4—木垫块；5—木撑条

② 定子搪孔低于底盘上平面的安装。首先将转子吊起插入定子搪孔，放在定子铁芯内表面上，然后将定子和转子一起吊上底盘，使定子落在安放位置上，转子两端落在轴瓦上，如图 4-4 所示。

③ 电动机转子对定子穿心时，应注意以下几点。

a. 在穿心时，如转子轴的一端不能伸出定子之外，则可临时将轴接长（另外接的轴和转子轴可用联轴器连接），然后进行穿心。

b. 为避免穿心时定子搪孔和转子外表面互相碰伤，可在定子搪孔下半部用钢纸垫好，同时用灯光照定子搪孔插入的转子端，以便观察在穿心过程中转子与定子之间是否保持有间隙的滑行。

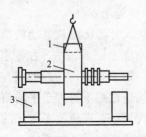

图 4-4　定子搪孔低于底盘上平
面时定子、转子的安装

1—定子；2—转子；3—轴承座

c. 吊装转子、定子时，钢丝绳与转子、定子接触部分应垫以木块或麻布，以免擦伤转子、定子，并严禁在轴颈等重要配合面上起吊。

d. 转子吊装时，必须保持其水平，运动要缓慢平稳，以免撞伤轴承瓦衬。

（4）电动机找正　主电动机与减速器之间是用联轴器连接的，联轴器两端的轴必须在同一自然轴心线上。如果偏差过大，在机组运转时将会产生机组振动、轴承过热等现象，严重时可能会造成烧毁轴瓦和断轴等事故。

① 在转子轴找中心时，一般是调节电动机转子轴，使联轴器的端面间隙、同心度、倾斜度在允许范围内即可。

② 同心度、倾斜度的测量和计算。联轴器的同心度、倾斜度可用专用的卡具配以千分尺来进行测量，要求不太精确者可用钢板尺进行测量，测量方法如图 4-5 所示。首先将两半联轴器 A 和 B 暂时互相连接，

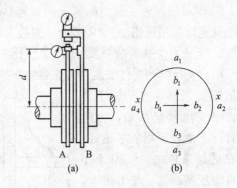

图 4-5　联轴器同心度、倾斜度的测量和记录

装上专用卡具或在圆周上划出对准线；然后将半联轴器 A 和 B 一起转动，使专用卡具或对准线顺次转至 0°、90°、180°、270°四个位置 [图 4-5(a)]，在每个位置上测得两个半联轴器径向数值（或

间隙）a_1、a_2、a_3、a_4，以及轴向数值（或间隙）b_1、b_2、b_3、b_4，并记录成图 4-5(b) 所示形式。反复测量几次，核对各位置测量的 a 值和 b 值有无变化，如有变化，应找出原因重新测量。一般测量正确时，$a_1 + a_3$ 应等于 $a_2 + a_4$，$b_1 + b_3$ 应等于 $b_2 + b_4$。

③ 用塞尺测量定子与转子间的间隙。用塞尺测量电动机前后两端上、下、左、右各定子与转子间隙，其最大值与平均值之差不得大于平均值的 10%，否则应改变定子的位置或高度（增加或减少定子下面的垫片）来达到要求。

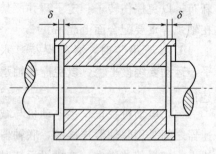

图 4-6　转子轴向窜动量

④ 测量转子轴向窜动量。测量调整转子轴向窜动量如图 4-6 所示。电动机容量在 125kW 以上者，向一侧窜动量不应超过 2mm，向两侧窜动量不应超过 4mm；电动机转子轴径大于 200mm 者，向一侧窜动量不应超过轴径的 2%，否则可移动轴承座位置来达到要求数值。

⑤ 测量轴与轴瓦间的间隙。测量调整轴径和轴瓦接触面积及间隙（通常采用压铅法），应符合《安装工程质量标准》的要求。

2. 大中型变压器的安装

（1）变压器的主体安装　首先将变压器主体拖至基础上，如果能吊起变压器，可把轮子装上。当变压器起吊后，为防止自行下落，要用道木垫好。没有吊起条件的，可用千斤顶将变压器顶起，垫上道木，装上轮子。

校对变压器的中心位置，符合设计要求时，可用止轮器将变压器固定。止轮器的

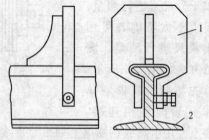

图 4-7　止轮器
1—止轮器；2—铁轨

形式很多，图 4-7 所示是其中的一种。

变压器的气体继电器应有 1%～1.5％的升高坡度。其目的是使油箱内产生的气体易于流入气体继电器。为此，在钢轨埋设时，可在一侧轮子下面加垫铁形成倾斜，如图 4-8 所示。

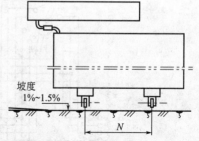

图 4-8　变压器倾斜坡度示意图

（2）附件安装

① 套管安装

a. 低压套管安装。卸开低压套管盖板及旁边的人孔盖，在套管孔上放好橡皮圈及压圈，一人将擦净的套管慢慢放入，另一人双手伸进变压器油箱内，把低压引线用螺栓连接在套管端头。调整引线位置使之尽量离箱壁远一点，再把套管压件装上，将套管紧固在盖板上。在安装工作中要防止其他物体落入油箱内。

b. 高压套管的安装。先拆去油箱上套管孔的临时盖板，并擦去法兰盘上的污垢。对于有升压座者，先安装套管式电流互感器和升压座，同时安装绝缘筒，并注意开口方向。安装倾斜升高座时，要注意倾斜方向。在吊套筒之前，先拧下端部的接线端头和均压罩，全部擦一遍，并检查下部的压紧球。

② 分接头开关的安装　安装分接头开关时，一定要对原装部位做好记号，置于原来拆卸时的挡位。开关转动要灵活，无卡住现象，转动处要加润滑油。固定要牢靠，密封严密，指示位置应与实际一致。

对于有载分接头开关的安装，按制造厂说明书进行。分接头开关的油箱应与变压器油箱可靠隔离，注入的油应符合规定，就地及远方指示都能正确动作。电抗式有载分接头开关调压接线如图 4-9 所示。

③ 分接头开关的安装　管式散热器管数量较多，管间的距离很小，安装前应检查散热器有无机械损伤和散热管的密封情况。检

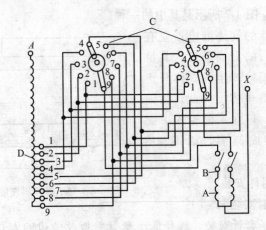

图 4-9 电抗式有载分接头开关调压接线图
A—电抗器；B—调换开关；C—选择开关；D—调压线圈

查的方法是：在管里通入压缩空气，然后用吊车吊起放入水槽里，当压缩空气压力达到 0.15～0.25MPa 时，观察各焊缝有无气泡发生，从而判断散热器的密封情况。

风冷式变压器安装风扇时，先检查风扇电动机是否灵活、引线有无损伤，再检查叶片是否完整、叶片的倾角是否符合规定（30°），然后把叶片、保护罩和衬垫一起安装在电动机轴上，并用球形帽固定，最后把组装好的风扇安装到油箱壁的支持铁板上。

④ 油枕、安全气道及瓦斯继电器的安装

a. 油枕安装。安装前，要对内部、外部进行清扫，并用合格的绝缘油冲洗，内部涂耐油清漆，外部刷瓷漆。油枕吊装时要注意大盖上其他各附件的情况，要严防碰坏套管。吊起油枕放到支架上，调整好位置，用螺栓把油枕和支架连接起来。装好后，从下部放油孔放尽残油，要检查油表油位与实际是否相符。

b. 安全气道安装。安全气道与油枕、油箱的连接处对齐，放入密封垫圈，用螺栓紧固。

c. 瓦斯继电器（气体继电器）的安装。解开外壳上的封印，拧松压紧螺栓，把浮子部分连同顶盖一起从容器中取出来，对浮子进行检查。当继电器容器未注油时，浮子下垂，电气触头闭合。注油以后，浮子浮起，电气接头断开。试验时应符合以下规定：用500V兆欧表测量时其电阻值不得小于50MΩ，用2000V交流电压进行耐压试验时，应无放电和击穿现象。安装瓦斯继电器连接管时，应该向着油枕方向，最好保持有 $2\%\sim4\%$ 的升高坡度；安装继电器的容器时，要使容器上箭头方向由变压器油箱指向油枕，以保证变压器故障时继电器动作。

其他附件按说明书安装并按标准进行校验。

3. 低压隔爆开关的安装

（1）安装前的检查 设备出厂或修复后，除按规定和质量标准的要求做好绝缘特性试验检查外，下井安装前还应进行如下检查。

① 零部件是否齐全、完整。

② 防爆外壳是否涂有防腐油漆。大、中修后的设备必须重新涂防腐油漆（铝制外壳例外），并有清晰的防爆标志。

③ 防爆外壳、接线箱、底座等是否变形和走样。若有轻微凹凸不平，应不超过部颁标准。

④ 要通电试运转，看开、停、吸合动作是否灵敏可靠，运行是否正常，有无杂音。

⑤ 各种进、出线嘴是否封堵。要有合格的密封圈、铁垫圈和铁堵（挡板）。放置顺序：最里为密封圈，中间是铁堵，外面是垫圈。线嘴要拧紧。

⑥ 防爆面是否有锈蚀或机械伤痕，是否涂有防锈油脂。防爆面不能有锈蚀，粗糙度要合乎要求，针孔、划痕等机械伤痕不能超过规定。

⑦ 隔爆间隙是否符合要求。对每台设备的隔爆面都应逐一用塞尺进行检测。

（2）安装 开关的接线盒（腔）是连接电源与负载的装置，在安装和接线时，应特别注意以下几点。

① 安装地点周围要求环境干燥，无垮塌现象。如顶板有淋水、滴水而无法避开时，必须采取遮挡措施，以免水滴入开关中。

② 开关应安置在与地面垂直位置，如无法做到时，则与垂直面的倾斜角度不得超过15°。在变电所内开关可放在地板上，在配电点或设备旁时，开关应放在架子上。

③ 松开隔爆开关接线盒盖板及接线嘴，将加工好的电缆头从接线嘴伸入到接线盒内部，并与相应的接线柱连接。

④ 开关与电缆连接时，一个接线嘴只允许连接一条电缆，同时必须配有合格的密封圈。合格的密封圈其内径应不大于电缆外径1mm，其外径与进线装置内径差应不大于：密封圈外径小于20mm时为1mm，密封圈外径为20～60mm时为1.5mm，密封圈外径大于60mm时为2.0mm。其宽度不小于电缆外径的0.7倍，厚度不小于电缆外径的0.3倍。电缆与密封圈之间不准包扎其他物品，在进出铠装电缆时，密封圈必须全部套在铅皮上。

⑤ 电缆护套伸入接线箱内壁的长度为5～15mm。电缆护套的切割应是整齐的一圈，并不得划破线芯绝缘。应将线芯绝缘层外的布带及芯垫割除。

⑥ 电缆线芯与接线柱连接时，其地线和相线的长度要配合适当，即当电缆向外拉出、导电线芯被拉脱接线柱时，接地线芯仍保持连接。导电线芯的裸露长度不得大于10mm。如图4-10所示。

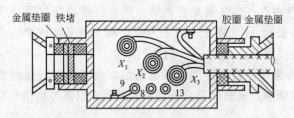

图 4-10　电缆与开关接线柱的连接

X_1，X_2，X_3—导电线芯；8，9，13—开关接线柱

⑦ 接线箱内的线芯布置要求整齐，不得相互绞绕。其裸露导体间的电气间隙：660V时应不小于10mm，380V时应不小于6mm。

⑧ 从压盘式进线嘴引入、引出的电缆，必须用压盘将电缆压

紧，不得松动，使之能起到密封作用，并通过压盘上的压板把电缆压紧在喇叭嘴上，其压紧程度为不超过电缆直径的10%。如电缆直径较小、不能被压板压紧时，可在压板下垫以适当厚度的胶皮。

⑨ 接线完毕后，应清除接线箱内铜丝、石块、煤屑等杂物，并将未用的线嘴用密封圈和铁堵堵死。

⑩ 用500V兆欧表测量其总回路的绝缘电阻，在空气温度为15～25℃、相对湿度为50%～70%时，其绝缘电阻值不应小于10MΩ。

4. 常用低压电器的安装

（1）铁壳开关的安装

① 铁壳开关可安装在墙上或其他结构上，也可安装在钢支架上。安装在墙上时，应事先量好固定螺栓的孔眼，然后在墙上划线打洞，埋好固定螺栓。固定在支架上时，应先将支架埋在墙上，然后用六角螺栓将开关固定在支架上。

② 铁壳开关严禁倒装和横装，必须垂直安装在配电板上，安装高度以操作方便和安全为原则，一般安装在距地面1.3～1.5m处。在户外装用，应有防雨装置。

③ 铁壳开关的外壳接地螺钉必须可靠接地或接零，并严禁在开关上方搁置金属零件，防止它们掉入开关内部造成相间短路事故。

④ 电源线和负载的进线都必须穿过开关的进出线孔，并在进出线孔加装橡皮垫圈，以保证更换熔丝时，熔断器不会带电。

⑤ 100A以上的铁壳开关，应将电源进线接在开关的上桩头，负载引出线接下桩头；100A以下的铁壳开关，应将电源进线接在开关的下桩头，而将负载的引出线接上桩头，以便检修。

⑥ 更换熔丝必在开关断开的情况下进行。

⑦ 铁壳开关的触点表面有凹凸不平时，宜用细锉修整，使触点表面保持光洁。

（2）接触器的安装

① 安装前检查

a. 检查接触器铭牌与线圈的技术数据是否符合控制线路的

要求。

b. 检查接触器的外观，应无机械损伤。用手推动接触器的活动部分时要动作灵活，无卡住现象。

c. 检查接触器在 85% 额定电压时能否正常动作，会不会卡住；在失压或电压过低时能不能释放，噪声是否严重。

d. 用 500V 兆欧表检查相间绝缘电阻，一般应不小于 10MΩ。

e. 用万用表检查线圈是否断线，并揿动接触器，检查辅助触点接触是否良好。

f. 带灭弧罩的产品应特别注意陶瓷灭弧罩是否有破损。因为这种产品绝对禁止使用破损的灭弧罩或无灭弧罩运行。

② 安装要求

a. 接触器安装时其底面应与地面垂直，倾斜度应小于 5°。

b. 为便于散热，应使有孔两面放在上、下位置。

c. 安装时，安装孔的螺钉应装弹簧垫圈和平垫圈，拧紧螺钉以防松脱或振动。同时，切勿使螺钉、垫圈等零件落入接触器内，以免造成机械卡阻和短路故障。

d. 接触器触点表面应经常保持清洁，不允许涂油。当触点表面因电弧作用而形成金属小珠时，应及时锉除，但银和银合金触点表面产生的氧化膜，由于接触电阻很小，不必锉修。

e. 安装接触器时，要注意留有适当的飞弧空间，以免烧坏相邻电器。

(3) 继电器的安装

① 安装前检查

a. 按控制线路和设备的技术要求，仔细核对继电器的铭牌数据，如线圈的额定电压、电流、整定值以及延时等参数是否符合要求。

b. 检查继电器的活动部分是否动作灵活、可靠，外罩及壳体是否有损坏或缺件等情况；各部件应清洁，触点表面要平整，无油污、烧伤与锈蚀等。

c. 当衔铁吸合后，弹簧在被压缩位置上应有 1~2mm 的压缩距离，不能压死；触点的超行程不小于 1.5mm，常开触点的分开距离不小于 4mm，常闭触点的分开距离不小于 3.5mm。

② 安装要求

a. 安装时必须按正确位置安装到位，同时要安装牢固。

b. 严格按照线路图接线，注意选择连接用导线，同时要把螺钉拧紧。

c. 对于电磁式控制继电器，应在主触点不带电情况下，使吸引线圈带电操作几次，看继电器动作是否灵活可靠。

d. 对保护用继电器，如过电流继电器、欠电压继电器等，应检查其整定值是否符合要求，待确认或调整准确后，方可投入运行。

5. 高压电缆接线盒制作的主要材料及其工艺

（1）高压绝缘胶　高压绝缘胶统称绝缘胶，适用于高低压电缆的终端接线盒、中间接线盒以及开关套管等。绝缘胶在使用及储藏时，不应使灰尘、铁屑、油类及水分等杂质渗入。绝缘胶为固体状，使用前必须进行加热软化，待加热到浇灌温度时即可用于接线盒浇灌。不同型号的绝缘胶不能混合在一起，以免引起性能变化，甚至造成报废。

（2）环氧树脂冷浇铸剂　环氧树脂冷浇铸剂用于冷浇型环氧树脂电缆接线盒。该浇铸剂是由环氧树脂、稀释剂、增塑剂及填料混合成环氧树脂复合物，并且与固化剂一起分装于同一塑料袋中，但是它们之间必须用金属夹或塑料夹分开。环氧树脂冷浇铸剂有四种型号，即 1 号、2 号、3 号、4 号，分别适用于相应号码的聚丙烯外壳。每袋环氧树脂冷浇铸剂的质量对应于四种型号，分别为 310g、650g、1080g 及 1560g。

6. 电缆的连接

电缆的连接分为电缆与电缆、电缆与电气设备的连接。无论哪种连接都应避免出现因明接头、"鸡爪子"和接线虚而引起的电火花和电弧现象，减少漏电和短路故障。井下电缆的连接应符合以下要求。

（1）电缆与电气设备的连接　必须用与电气设备性能相符的接

线盒。一个电缆引入装置只允许连接一条电缆。电缆芯线与接线盒内接线端子应正确连接。导电芯线必须使用齿形压线板（卡爪）或线鼻子与接线端子连接；导电芯线应无毛刺；连接线上的垫片、弹簧垫圈应依次上齐并压紧，但不得压住绝缘材料；连接屏蔽电缆时，屏蔽层必须随同绝缘层一起剥除，剥除长度一般可以和外护套的剥除长度相同，可用四氯化碳将芯线上的碳粉清除干净；腔内的接地芯线要比导电芯线长一些，一旦导电芯线被拉脱时，接地芯线仍能保持连接。

（2）不同型电缆之间严禁直接连接，必须经过符合要求的接线盒、连接器或母线盒进行连接。

（3）电缆进入引入装置　必须按接线工艺标准要求整体进入；电缆的一端在接上带电设备时，其另一端不可以什么也不接，应避免出现"羊尾巴"。

（4）同型电缆之间直接连接时，必须遵守下列规定。

① 橡套电缆的修补连接（包括绝缘、护套已损坏的橡套电缆的修补），必须采用阻燃材料进行硫化热补或与热补有同等效能的冷补。在地面热补或冷补后的橡套电缆必须经浸水耐压试验，合格后方可下井使用。在井下冷补的电缆必须定期升井试验。

② 塑料电缆连接处的机械强度以及电气、防潮密封、老化等性能应符合该型矿用电缆的技术标准。

（5）电缆接头应满足如下要求。

① 芯线连接良好，接触电阻、接头处的温度均不大于电缆的阻值和电缆的最高允许温度。

② 接头处有足够的抗拉强度，其值应不低于电缆芯线强度的70%。

③ 两根电缆的铠装、铅包、屏蔽层和接地芯线都应良好连接。

二、电气设备的试验和测定

1. 大中型电动机测定

（1）电桥法　图 4-11 所示是用双臂电桥测量电动机、变压器绕组直流电阻的接线原理图。图 4-11 中 R_i 是串入电源回路中用来改变电流、缩短充电时间（时间常数）的可变电阻。电路中的最终稳定电流以被试设备空载电流的 $2\sim3$ 倍为限，但不得超过电桥的最大许可电流。可变电阻之值 R 应为 $0.5\sim5\Omega$，电源电压用 $6\sim12V$ 稳定直流电源。

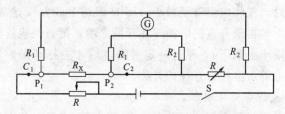

图 4-11　双臂电桥原理图

通常，在测量大容量变压器低压绕组的直流电阻时，由于空载电流常可达数十安，是电桥电路中无法允许的，因此只能采用较小直流电流的直流电压降法，即电压电流法来测量。

（2）直流电压降法　电压电流的测量必须采用数字电压表，绕组两端的压降可用电压表直接测量，而电路中的电流是通过将标准电阻 R_N 转换成电压进行测量，其接线原理如图 4-12 所示。

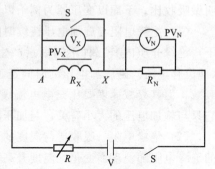

图 4-12　直流电压降法原理接线图
PV_X—测绕组电阻压降的数字式电压表；
PV_N—测标准电阻压降的数字式电压表；
R—调节电阻

读取电压电流数值后，可方便地计算出绕组的直流电阻值。

$$R_X = \frac{U_X}{U_N} R_N$$

式中　U_X——绕组两端的电压降；

U_N——标准电阻 R_N 上的电压降。

采用这种测试方法时，由于测量电路中的电流比较大，铁芯已达到饱和，如果电路中的电流突然中断时，绕组中将出现较高的感应电势，会危及设备及人员安全，因此在被试绕组两端或另一绕组的两端接一短路保护开关，在绕组测量过程中将保护开关断开。当测量结束时，先将电流降至最小（即 R 值调至最大），然后把保护开关 S 合上，再断开直流电源（在开断之前，测量仪表的测量线必须从被测端子上取下），经过一定时间之后才能打开保护开关，切忌在切断电源后立即打开保护开关。

2. 电气设备绝缘电阻、吸收比试验

绝缘电阻是指在加压开始至第 15 秒和第 60 秒时读取的绝缘电阻的绝对值（MΩ），同时还要观察其衰减情况，即第 60 秒和第 15 秒时的绝缘电阻的绝对值的比值（R_{60}/R_{15} 的值），通常把这一数值叫做吸收比。下面以变压器为例予以说明。

（1）绝缘电阻与施加电压持续时间的关系　在直流电压的作用下，绝缘介质内有三种不同因素产生的电流通过。其中充电电流（即位移电流）随施加电压的时间迅速衰减。极化电流也随着时间衰减，但其衰减速度要比充电电流缓慢得多。第三种是泄漏电流，它只与施加电压的大小有关，与加压时间无关。

（2）绝缘电阻、吸收比与温度的关系　试验表明，变压器绕组的绝缘电阻随温度而变化，温度升高，绝缘电阻的绝对值减小。吸收比随绝缘温度的上升而增大，但温度升至一定值（30～40℃），吸收比达到一极限后将开始下降。表 4-1 所列是某变压器绝缘电阻的实测值。

表 4-1　变压器的绝缘电阻和吸收比的实测值

规　格	变压器的绝缘电阻和吸收比的实测值			
31500/110	23℃	27℃	35℃	38℃
	1400/750＝1.87	1210/660＝1.83	910/520＝1.75	850/490＝1.73

绝缘电阻的测量结果与下列因素有关。

① 与测量时变压器绝缘温度有关（一般以变压器内油温为基准），温度上升，绝缘电阻下降，温度每变化10℃，约差1.5倍。

② 随施加电压的时间而上升，在稳定前加压时间越长，绝缘电阻的绝对值越大。

③ 与施加电压的大小有关，即与加在绝缘内部的电场强度有关。

（3）绝缘电阻试验条件和要求　由于变压器绝缘电阻值与加压的时间、变压器绝缘的温度和测量电压的大小有关，因此在进行试验时应具备以下条件：

① 油浸变压器必须充满变压器油；

② 凡影响测量结果的部件必须按图全部装好；

③ 测量时变压器绝缘的温度应为10～40℃。

3. 大型电气设备绕组的交流耐压试验

交流耐压试验常称之为工频耐压试验，是考核主绝缘的带电部位对接地部位之间、不同绕组之间绝缘强度最有效的方法。下面以变压器为例对试验方法加以介绍。

变压器在耐压试验之前，必须按图装配好，并且完成全部工艺处理。油箱外部的零部件可能影响试验结果时必须装配好，只有经过计算具有足够裕度时，才允许不装。

（1）变压器的接线　首先必须将被试变压器的各个绕组的所有引出端分别用导线将其短接，将短接后的一个被试绕组与高压试验的回路相连，其余绕组与铁芯、夹件及油箱相连，并与试验回路中的工作地线可靠连接。

如果被试变压器的绕组不短路，在试验电压的作用下，沿着绕组各点对接地部位、匝间、层间和段间都会有电流流过，其电路如图4-13所示。这个电流使变压器绕组产生励磁，使其他绕组感应出电压。当被试绕组的某点发生放电或击穿时，放电点相当于接地，使试验电压全部加在进线端与放电点之间的线段上，从而使各绕组产生过电压危及其他部位的绝缘，因此所有绕组的端子必须短路。

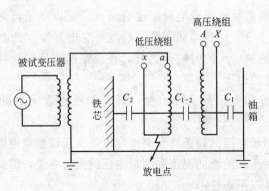

图 4-13　外施耐压试验时不正确的接线图

耐压试验时，非被试绕组必须接地，这是因为各绕组之间、绕组对地之间（油箱、铁芯等）都有电容。当对高压绕组进行试验时，在低压绕组接地的情况下，试验电压加在高压绕组对低压绕组和油箱、铁芯等接地部位之间，也就是主绝缘上。如果低压绕组不接地，则在高压绕组对低压绕组和对接地部位之间的回路中，试验电压加在这两个电容上，其上的电压分配与电容量成反比。

（2）加压方法　试验电压初始值应不超过 1/3 全试验电压，以防止操作瞬变过程中引起的过电压的影响，然后与测量相配合尽快均匀地增加试验电压（但要保证测量仪表能准确读数），以免造成在接近试验电压时变压器上耐压时间过长（从达到 75% 试验电压开始以每秒 2%～3% 的速度上升即可）。

在全试验电压下停留 60 秒，然后迅速降低电压至 1/3 全试验电压以下，切断电源结束试验。不得在高于 1/3 全试验电压时突然切断电源，以避免瞬变过程产生过电压导致故障或造成不正确的试验结果。

4. 大型电动机直流泄漏电流与直流耐压试验

（1）对电动机进行直流泄漏电流和直流耐压的测定与用兆欧表测量绝缘电阻的原理相同，只是使用的直流电压较高，而且是逐步分段上升的。泄漏电流测试的试验电压一般为电动机额定电压的 1.5 倍，直流耐压试验为电动机额定电压的 3 倍，由于电压是逐步分段上升，可以观察各段电压下泄漏电流变化的情况，有利于对绝缘状态的判断。泄漏电流与直流耐压试验对发现绝缘电阻较高时的故障比较有效，尤其是直流耐压试验对于发现局部缺陷有特殊意义。

（2）测泄漏电流的接线图如图 4-14 所示，这种接线方式测得的数值比较准确，但微安表处于高电位，因此要有良好的绝缘，并注意操作安全。图 4-14 中 R 为保护电阻，按每伏 100Ω 选用；C 为稳压电容，在测量小容量的设备时使用，如单个线圈、套管等；TY 为调压器；T_1 为试验变压器；T_2 为灯丝变压器；V_2 为静电电压表；ZL 为整流管；ZG 为单只硅整流片串接而成的硅堆；Z_X 为被试品。

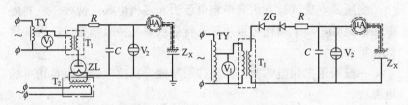

图 4-14　泄漏电流试验接线图

（3）使用整流管整流时，应先将灯丝加热 1min，然后合上试验电源，调整调压器，使试验变压器电压升高至预定值后，读取微安表的指示值。一般按规定的试验电压，分 25％、50％、75％、100％四级，每级停留 1 分钟，测量每级泄漏电流值，观察电流变化的情况。试验完毕以后，把电压调至零值，将被试件接地放电，并拆除与试验设备连接的线。良好绝缘的泄漏电流随试验电压的升高而增大，无急剧增加现象；泄漏电流随加压时间的增长而下降，有明显的吸收现象；在试验结束时，接地放电有较大的放电火花与响声。在加压停留的时间中，如有微安表读数上升或突然到满刻度的大幅度摆动现象等，则应找出故障，消除缺陷。判断泄漏电流值是否合乎要求，应该用同台电动机中三相绕组各相间相比，与前次试验相比，与同类型的设备相比，从中得出结论。

（4）直流耐压试验一般应与泄漏试验同时进行，当泄漏电流没有异常现象时，即可增加电压至直流耐压值，同时应观察直流耐压时泄漏电流变动情况。

5. 变压器空载试验及结果分析

（1）变压器的空载试验　变压器的空载试验是在变压器的任意一侧绕组施加额定电压，其他绕组开路，测量变压器的空载损耗和空载电流的试验。空载电流以实测的空载电流 I_0 占额定电流 I_e 的百分数表示，记为 $I_0(\%)$。

空载试验的主要目的是测量变压器的空载电流和空载损耗，发现磁路中的局部或整体缺陷，检查绕组匝间、层间绝缘是否良好，铁芯硅钢片间绝缘状况和装配质量等。

变压器空载试验方法有单相电源法和三相电源法两种。三相电源法试验时，功率损耗可采用三瓦特表或双瓦特表测量，一般常用双瓦特表法。

一般采用三相电源法，因条件限制或寻找故障时，也可用单相电源法。

① 试验接线。三相电源法接线有两种，直接接入测量仪表的试验接线如图 4-15 所示，通过互感器间接接入测量仪表的试验接线如图 4-16 所示。

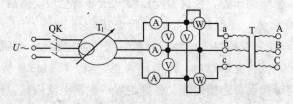

图 4-15　直接接入仪表的变压器空载试验接线图

QK—三相开关；T_1—三相调压器；T—被试变压器

② 试验步骤。选用合适的试验接线图接线，经检查无误后，在高压侧开路的情况下，缓慢升高电压，当无异常时，把电压升至额定值，同时读取电流和功率损耗值。

③ 测量结果整理

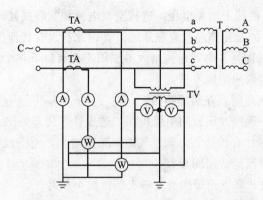

图 4-16 通过互感器接入仪表的变压器空载试验接线图

TA—电流互感器；TV—三相调压器；T—被试变压器

a. 空载电流的计算。三相变压器的空载电流应为各项空载电流的算术平均值，即

$$I_0 = \frac{I_{0a} + I_{0b} + I_{0c}}{3I_{0e}} \times 100\%$$

式中 I_0——空载电流百分数，%；

I_{0e}——被试绕组的额定电流，A；

I_{0a}，I_{0b}，I_{0c}——a，b，c 相测得的空载电流，A。

b. 空载损耗的计算。变压器的空载损耗应为两个瓦特表读数的代数和，即

$$P_0 = P_{01} + P_{02}$$

式中 P_0——空载损耗，W；

P_{01}，P_{02}——两瓦特表的读数，W。

如果测量仪表是通过互感器间接接入的，应将仪表读数乘以互感器的变比。

（2）空载试验结果的分析判断

① 电力变压器空载试验时，在额定条件下，空载电流的允许偏差为 ±22%，空载损耗的允许偏差为 ±15%。若超过时，必须找出产生差异的原因。对于三相变压器，一般是再进行单相全电压试验，以找出缺陷部位。其方法是将变压器三相绕组中的一相顺次短

路，在其他两相上施加电压，进行空载电流和空载损耗的测量。一相短路的目的是使该相没有磁通通过，因此就没有任何损耗。

② 空载损耗和空载电流增大的原因主要有以下几个方面。

a. 硅钢片间绝缘不良。

b. 硅钢片间存在局部短路。

c. 穿心螺栓或压板的绝缘损坏，造成铁芯局部短路。

d. 硅钢片有松动，出现空气隙，磁阻增大，使空载电流增加。

e. 绕组匝间或层间短路。

f. 绕组并联支路短路或并联支路匝数不相等。

g. 中小型变压器铁芯接缝不严密。

③ 三相变压器测得的空载电流三相略有差别，这是因为各相磁路长度不同，两边磁路对称相等，而中间磁路较短，从而导致磁阻也不同所造成的。因此，两边相的电流要比中间相的电流大，一般中间相空载电流比两边相空载电流小 20%～35%。如果测量结果与此不符时，说明有局部缺陷。

④ 测得的空载电流和空载损耗与出厂值相比应无明显变化。

第三节　电子器件焊接

一、焊接工具

电烙铁是主要的焊接工具，根据焊接点的大小、散热的快慢及焊接对象的不同来选择电烙铁。焊接一般的晶体管电子电路或集成电路，可用 25W 或 30W 内热式电烙铁。CMOS 电路一般选用 20W 内热式电烙铁，且外壳要接地良好。新的电烙铁使用前要将烙铁头清理干净，通电后待烙铁头加热到颜色变紫时，涂上一层松香（或焊锡膏），再挂上一层薄锡。使用过程中应防止"烧死"，不可把电烙铁不上锡而一直通电，否则电烙铁会因表面氧化促使其传热性变差而沾不上锡。使用过的旧烙铁也存在烙铁头氧化而影响焊接质量的问题，这时只需把烙铁头取下，用平锉锉去缺口和氧化物即可。

二、元器件引脚的处理

所有元器件引脚在插入印刷电路板之前，都必须刮净后镀上锡。有的元件出厂时引脚已镀锡，但因长期存放氧化，所以应重新镀锡。

三、助焊剂的选用

元器件引脚镀锡时应选用松香作助焊剂。印刷电路板上已涂有松香水。元器件焊入时不必再用焊剂。焊锡膏、焊油等焊剂腐蚀性大，在印刷电路板的焊接中禁止使用。

四、焊锡的选用

进行电子器件焊接时，应选用松香芯焊锡丝。含杂质较多的其他焊锡块不宜使用。

五、焊接方法

烙铁头要经常保持清洁平整，焊接前要除去上面的黑色氧化物，当烙铁头顶端因长期氧化出现豁口时，要用锉刀修整。焊接时烙铁头顶端放在焊点处，同时顶住电路板上的铜箔（焊盘）与元件的引线（时间要短），接着很快把焊锡丝接触烙铁头顶端，焊锡便立即熔化并与元件及铜箔接触，约1秒后移开烙铁即可。

六、焊点形状的控制

标准的焊点应圆而光滑、无毛刺，但是初学焊接时，焊点上往往带毛刺或焊点成蜂窝状。质量比较好的焊点，在交界处焊锡、焊孔（铜箔或焊片）和元件引线三者较好地熔合在一起。从表面上看焊锡也把导线包住了，但焊点内部并没有完全熔合，这样的焊点称为虚焊点。虚焊点用欧姆表测量也显示导通，但用手拉一下就可能把导线拉出来，即使当时拉不出来，经过一段时间以后，由于温度、湿度或振动等因素，焊点处也会形成断路。由于虚焊点从外表上不容易被发现，所以给调试和检修工作带来很大困难。

七、焊接技术

（1）焊件和和焊接点要净化。焊接前，应将焊件和焊点表面处理干净，然后蘸上松香，镀上锡，以便焊接。

（2）烙铁头的温度和焊接时间要适度。焊接时，当被焊金属的温度达到焊锡熔化温度后，烙铁头与焊接点接触时间以能让焊锡表面光亮、圆滑为宜，焊接过程只需几秒。烙铁头停留时间过长，温度太高，易使元件损坏；烙铁头停留时间过短，温度低，焊剂未挥发，易形成"虚焊"。

（3）焊锡量要适中，焊锡量以能浸透接线点为宜。焊锡量少，焊接点可能松散；焊锡量多，容易与附近焊点短路。

（4）焊接时要扶稳元器件，焊点未稳固之前不能晃动焊件，以免造成虚焊。焊接晶体管，特别是集成电路时，最好用镊子夹住被焊元器件，以免温度过高而损坏元器件。

第四节　机电设备检修

一、三相异步电动机的维护和定期检修

1. 三相异步电动机在运行中的维护

（1）三相异步电动机应经常保持清洁，进、出风口必须保持畅通，不允许有水滴、油污和其他杂物落入电动机的内部。

（2）运行时，三相异步电动机的负载电流不得超过额定值。

（3）检查三相电流是否平衡。三相电流中任一相电流与其他两相平均值之差值不允许超过 10%，超过此值则说明电动机有故障，必须查明原因采取措施。

（4）检查三相异步电动机轴承是否过热，是否有漏油等情况。

（5）对绕线式三相异步电动机，应检查电刷与集电环间的接触压力、磨损及火花情况。如发现火花时，则应清理集电环表面，用

0 号砂纸均匀地把集电环表面磨平，并校正电刷压力。

2. 三相异步电动机的定期维修

（1）三相异步电动机的定期小修。

（2）三相异步电动机的定期大修。大修应全部拆卸电动机，彻底检查和清理，一般一年进行一次。

二、变压器的干燥

变压器有以下情况时必须进行干燥处理：更换线圈或绝缘；吊芯检查或修理时，器身在空气中暴露时间超过规定者（一般规定 12h）；绝缘电阻低于规定值。

变压器的干燥方法很多，常用的有下列两种。

（1）感应加热法。此法是将器身放在原来的油箱内，在油箱外壁缠绕若干匝线圈，并通以适当的交流电，使油箱产生磁通，利用油箱壁中涡流损失发出的热量来干燥变压器。箱壁温度应不超过 $115\sim120℃$。器身（铁芯）温度应不超过 $90\sim95℃$。

（2）烘干箱干燥法。烘干箱设备适用于小容量的变压器。干燥时将器身吊入烘干箱，控制内部温度为 $90\sim95℃$，每小时测一次绝缘电阻，烘干箱上部应有出气孔，用来排放潮气。

干燥过程中应有专人看管，要特别注意安全，防止发生火灾。

三、防爆设备的检查

防爆电气设备除在入井前和安装后进行各种检查之外，在运行中还必须进行日常巡回检查和定期检查。

1. 巡回检查

巡回检查是指每天或每班由电工或专责电工对防爆电气设备的外观及运行情况进行一次检查。运行中的日常巡回检查，是保证防爆电气设备安全运行的重要一环。巡回检查的内容除了对电气设备的防爆性能进行检查外，还包括以下项目。

（1）防爆电气设备、小型电器的安装、敷设地点是否安全、整洁，有无顶板落渣、滴水、淋水现象，是否堆积有浮煤和杂物。

（2）设备外观有无变形、破损等情况；设备的零部件、螺钉等是否齐全，有无松动。

（3）带油的电气设备是否有漏油现象，油量是否符合要求。

（4）变压器、电动机的运转声音及温度是否正常。

（5）电缆接线盒是否有过热及其他异常现象等。

2. 定期检查

对一些重要电气设备的安全性能和技术状况应进行定期检查。《煤矿安全规程》规定，使用中的防爆电气设备的防爆性能要每月检查一次；主要电气设备的绝缘电阻要每月检查一次；移动式电气设备的橡胶电缆的绝缘要每月检查一次，配电系统继电保护装置的整定值、固定敷设电缆的绝缘和外观情况要每季检查一次。

对定期检查中发现的问题和异常现象，应立即进行处理，值班人员当时无法处理的，要及时向主管人员汇报，安排处理。

电气设备的外表，特别是瓷绝缘体的表面沉积粉尘和酸碱油污后，会使其表面电阻减小，漏电电流加大，严重时会出现弧光闪络现象，造成短路故障。因此，要定期对电气设备进行清扫。清扫时，还应同时对电气设备的绝缘、接地、连接情况进行检查，特别要检查瓷绝缘子表面有无裂纹、破损及爬电现象。

防爆型电气设备的外壳如果堆积粉尘、杂物过多，对电气设备特别是电动机的散热不利，所以应经常清理。

四、矿井交流提升机控制系统的检查和维护

1. 高压换向器的维护

高压换向器要经常检查，一般至少每星期检查一次。检查前必须先切断高压电源和低压控制电源，挂上停电牌，然后才能工作。检查的主要内容如下。

（1）换向器应保持清洁，清除绝缘油和瓷瓶上的尘埃，并仔细检查瓷瓶有无裂纹或破损等情况，损坏者应更换。

（2）用手试验接触器动作是否灵活，应无阻滞或抖动现象。拉杆和杠杆的接触面必须润滑，各部轴承内必须定期添注润滑油，同

时注意机械闭锁装置动作是否正确。

（3）检查主触点。主触点闭合时应在触点下部呈线接触，断开时应当用触点上部切断电路。触点表面如有烧痕或不平时，应及时用细锉打光，禁止使用砂纸。

（4）检查主触点的压力、间隙以及三相是否同时闭合。当不符合要求时，必须进行调整或更换弹簧。

（5）检查防电离装置的金属片，特别要仔细检查磁吹灭弧线圈的绝缘是否良好，如有损坏，必然引起换向器不能正常工作，消弧作用降低，触点容易烧蚀。

（6）检查磁铁的短路环是否完整，损坏的必须更换（用黄铜板弯制）。短路环不完整会使接触器发出很大的响声、振动，致使活动部分接触不严，加速触点烧坏。

（7）磁铁活动部分与固定部分表面接触要严密，如接触不严时，可调整活动部分。

（8）测量绝缘电阻，对于受潮部分（特别是消弧室）应随时干燥。每隔一年应进行一次耐压试验。

（9）所有螺栓、螺帽、销子和垫圈应齐全，并要上紧。

（10）检查吸引线圈，如有过热损坏的，应予更换。

2. 磁力控制站的维护

磁力控制站的维护主要是清扫、检修各电气元件和端子接线。

（1）加速接触器的维护

① 清除接触器表面的灰尘、污垢。

② 检查主接触点，闭合时应呈线接触，表面如有烧蚀，应用细锉打光；烧损严重的应更换。软连接应完整无损。

③ 检查主触点压力、间隙和接触后的压缩行程。

④ 检查消弧罩，清扫消弧罩上灰尘和铜渣，栅格板不应相碰，石棉板如被电弧烧成窟窿，则应及时更换。

⑤ 检查辅助触点，触点表面如已烧有麻点，可用 00 号砂纸打磨，触点的压缩行程应为 2.5mm，运行磨损后亦不小于 1.2mm，否则应进行调整。

⑥ 检查衔铁，接触面应闭合严密无隙，闭合后无太大的响声，否则应进行调整。短路环应完整无损，损坏的必须更换（用黄铜板制作）。

⑦ 检查吸引线圈，如有过热损坏的，应予更换。

（2）继电器的维护

① 清扫继电器各部分灰尘，试验继电器动作是否正确和灵活。

② 打磨或更换触点，检查触点压力、间隙和压缩行程是否正常。

③ 测量线圈绝缘电阻（一般不低于 $1M\Omega$），检查线圈有无断线或过热损坏，对于不能继续使用的线圈，应予更换。

④ 时间继电器必须进行延时测定和调整。JT3 型继电器不允许在没有非磁性垫片的情况下工作，且垫片厚度不得小于 0.1mm。

⑤ JLJ 电流加速继电器要在加速运行过程中观察其动作情况，如其吸合和释放动作不符合加速要求，则应进行调整。

3. 其他电器部分的维护

（1）司机操纵台及主令控制器的维护

① 清扫司机操纵台内、外灰尘。

② 检查并校正各个仪表指示的正确性。

③ 检查各指示灯是否完好，指示是否正确。

④ 检查各按钮及转换开关动作是否灵活，触点接触是否良好。

⑤ 校对圆盘深度指示器指示是否正确。

⑥ 主令控制器每月至少检查一次，清除灰尘，打磨触点，检查触点的压力、间隙（10～18mm）和弹簧压缩行程（3～4mm），更换磨损过度的触点、凸轮和滑轮。

（2）保护及闭锁装置的维护

① 检查终点开关、过卷开关、闸瓦磨损开关、松绳装置等安装是否正确、牢固，试验其动作是否可靠，即断开其触点能否起到保护闭锁作用。

② 检查过速继电器、限速继电器、错向继电器及断线保护继电器动作是否正确可靠，人为断开其触点应使安全回路接触器 AC

断电释放。

③ 检查脚踏紧急开关及高压换向器栅栏门闭锁开关安装是否牢固，试验其动作是否可靠，即断开其触点应使高压油开关跳闸。

④ 检查减速开关和凸块安装是否牢固，动作是否正确。

⑤ 检查机械离心开关动作是否正确、可靠。

⑥ 调整限速凸轮板。

（3）转子电阻箱的维护

① 初次使用的电阻箱，头 1～2 个月必须每天拧紧两端螺帽，以后每隔 3～4 周拧紧一次。

② 检查电阻发热情况，特别是炎热的夏天。

③ 定期清扫灰尘，检查并拧紧所有的连接螺栓，如发现接头或夹板有烧蚀现象，应及时处理；检查瓷绝缘子有无裂纹或破损。

④ 测量绝缘电阻，其值应不小于 $1M\Omega$。

（4）低频发电机组的维护

① 整流子变频机的电刷经调整好后，其手轮要予以固定，不能再动，否则会影响输出电压。

② 要防止整流子变频机的传动皮带轮打滑，以免转速发生变化而影响输出频率。

③ 低频发电机的电刷应位于几何中性线上，否则会使整流恶化。所以要定期检查固定电刷的螺栓是否松动并及时拧紧，以免电刷走动。

④ 整流子表面应注意清洁光滑，特别要防止与油类接触以使片间云母变质，如发现整流子表面有灼伤、烧焦、锈迹或铜绿等现象时，可用 00 号或 0 号砂纸在发电机空转时将整流子表面打光。整流片间云母应低于整流子表面 $0.5\sim1mm$。

⑤ 电刷压力要适当，一般整流子上电刷的压力为 2.94×10^4Pa，滑环上电刷的压力为 1.96×10^4Pa。电刷碎裂或磨损过多必须用同牌号的电刷予以更换。新电刷要用 00 号砂纸贴着整流子面进行研磨，并空载运转 1～2 小时，使电刷与整流子间有 2/3 以上的面积相接触。

⑥ 发电机轴承的润滑油一般每隔半年检查一次，油色正常时稍添新油即可。如油色变暗、变硬或变质，则必须及时更换新油，加新油前要把旧油除尽并用煤油洗净，新油加至轴承室的 $1/2\sim2/3$ 为宜。平时可用油枪加油。

（5）接地装置的维护　应经常检查所有电气设备的接地是否良好，如发现有损坏的，必须及时修复。接地极的接地电阻每年雨季前应进行一次测定，其值应不大于 4Ω。

第五节　电气故障处理

一、短路的危害及其一般预防方法

短路是指电流不流经负载，而是经过电阻很小的导体直接形成回路。其特点是电流很大，可达额定电流的几倍、十几倍、几十倍。短路电流因为电流很大，发热剧烈，如不及时切除，不仅会迅速烧毁电气设备和电缆，而且会引起绝缘油和电缆着火，酿成火灾，甚至引起瓦斯煤尘爆炸。此外，短路电流还会产生很大的电动力，使电气设备遭到机械损坏。在电网靠近电源的地点发生短路时，也会使电网电压急剧降低，影响同一电网中其他用电设备的正常工作。预防短路的主要途径是加强对电气设备和电缆绝缘的维护、检查和提高过流保护装置动作的可靠性。为此，应做到以下几点。

（1）正确选择设备和电缆的额定电压，使之等于或大于所在电网的工作电压，避免击穿绝缘。

（2）正确地安装电气设备和正确地敷设、连接电缆，并经常检查电缆的吊挂情况，防止电气设备和电缆的绝缘受潮和遭到机械损伤。

（3）坚持使用检漏继电器和屏蔽电缆，防止漏电故障扩大成短路。

（4）按《煤矿安全规程》的规定，定期检查电缆和电气设备的绝缘，定期对电缆的绝缘做预防性试验；对高压电气设备的绝缘油，要定期做物理、化学性能和电气耐压试验，并及时补充油量。

除以上各点外，为预防短路，还应防止误操作。为此，在操作高压断路器和隔离开关时，应执行工作票和工作监护制度；隔离开关操作手柄与断路器操作机构（或接触器停止按钮）之间要有机械闭锁装置。

二、井下漏电故障的排除

引起漏电继电器动作、开关跳闸的漏电故障，按性质可分为集中性漏电和分散性漏电两种。

具体内容已在 76～77 页有所叙述。

三、提升机电控系统常见故障及处理

直流提升机电控系统的故障监视分为两大类：一类是电气设备的故障监视；另一类是机械设备的故障监视。

1. 电气设备的故障检测和监视类型

（1）电枢变流器同步电源的监视。通过检测同步电压的幅值确定同步是否缺相，是否欠压。出口电路为继电器。

（2）电枢变流变压器的温度检测。通过热敏电阻检测变流变压器的温度。出口为两个继电器，一个是报警信号，另一个是跳闸信号。

（3）电枢变压器交流抑制电路的故障检测。若交流抑制电路出现故障（通常是保护抑制电路的熔断器熔断），说明抑制电路没有抑制过电压的能力，变流器无法安全工作，所以要通过监视抑制电路中的熔断器来监视交流抑制电路。交流抑制电路的故障检测原理如图 4-17 所示。当抑制电路有任一熔断器熔断时，自动开关 Q_i 释放，触点 a/b 断开，表示出现交流抑制电路故障。

（4）电枢变流柜温度及风扇故障监视。

（5）电枢回路漏电监视。为了保证电枢变流器的安全运行，应该把能够造成直流侧短路故障的因素消除在萌芽状态，而电枢回路

的绝缘不良就是个因素。当电枢回路绝缘被破坏后，就会造成变流器直流侧短路故障。电枢回路漏电监视电路分两部分，一是停车期间的漏电监视，二是运行期间的漏电监视。当绝缘不良时（绝缘电阻小于 $1M\Omega$），发出声光报警信号；当绝缘电阻小于 $600k\Omega$ 时，安全回路失电。

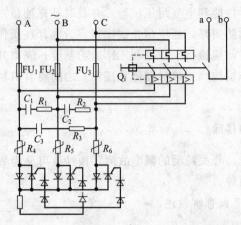

图 4-17　电枢变压器交流抑制电路的故障检测

（6）电枢变流器快熔熔断监视。

（7）可控硅变流器监视。

（8）磁场变流器同步电源的监视。

（9）辅助电源监视。

（10）电枢均方根电流检测及过载监视。

（11）调速系统故障监视。

2. 提升机械设备的故障检测和监视类型

（1）测速发电机的监视。

（2）钢丝绳滑动监视。

（3）连续速度监视。

（4）速度监视。

（5）运转方向及停车监视。

（6）电动机温度监视。

（7）井筒开关的监视。

（8）机械闸的监视。

（9）闸瓦磨损监视。

第五章 矿井安全监控

第一节 概述

矿井监控系统是煤炭高产、高效、安全生产的重要保证，世界各主要产煤国对此都十分重视，研制、生产和推广使用了环境安全、轨道运输、胶带运输、提升运输、供电、排水、矿山压力、火灾、水灾、煤与瓦斯突出、大型机电设备健康状况等监控系统，提高了生产率和设备利用率，增强了矿山安全。由于煤矿井下是一个特殊的工作环境，有瓦斯（主要成分是甲烷）等易燃、易爆性气体，有硫化氢等腐蚀性气体，具有淋水、环境潮湿、空间狭小、矿尘大、电磁干扰严重、电网电压波动大、工作场所分散且距离远的特点，因此，矿井监控系统不同于一般工业监控系统。这主要体现在电气防爆，传输距离远，网络结构宜采用树形结构，监控对象变化缓慢，电网电压被动适应能力强，抗干扰能力强，抗故障能力强，不宜采用中继器传感器，宜采用远程供电，设备外壳防护性能要求高等方面。

矿井监控系统是由单一甲烷监测、就地断电控制的瓦斯遥测系统和简单的开关量监测模拟盘调度系统发展而来的。这些系统监测参数单一，监测容量小，电缆用量大，系统性能价格比低，难以满足煤矿安全生产的需要。随着传感器技术、电子技术、计算机技术和信息传输技术的发展和在煤矿中的应用，为适应机械化采煤的需要，矿井监控系统已由早期的单一参数的监测系统发展为多参数单方面监控系统，例如环境安全、轨道运输、胶带运输、提升运输、煤与瓦斯突出、大型机电设备健康状况等监控系统。

环境安全监控系统主要用来监测甲烷浓度、一氧化碳浓度、二氧化碳浓度、氧气浓度、硫化氢浓度、风速、负压、湿度、温度、风门状态、风窗状态、风筒状态、局部通风机开停、主要通风机开停、工作电压、工作电流等，并实现瓦斯超限声光报警、断电和甲烷风电闭锁控制等。

轨道运输监控系统主要用来监测信号机状态、电动转辙机状态、机车位置、机车编号、运行方向、运行速度、车皮数、空（实）车皮数等，并实现信号机、电动转辙机闭锁控制等。胶带运输监控系统主要用来监测皮带速度、轴温、烟雾、堆煤、横向撕裂、纵向撕裂、跑偏、打滑、电机运行状态、煤仓煤位等，并实现逆煤流启动、顺煤流停止闭锁控制和安全保护等。

提升运输监控系统主要用来监测罐笼位置、速度、安全门状态、摇台状态、阻车器状态等，并实现推车、补车、提升闭锁控制等。

供电监控系统主要用来监测电网电压、电流、功率、功率因数、馈电开关状态、电网绝缘状态等，并实现漏电保护、过流保护、馈电开关闭锁控制等。

排水监控系统主要用来监测水仓水位、水泵开停、水泵工作电压、电流、功率、阀门状态、流量、压力等，并实现阀门开关、水泵开停控制等。

火灾监控系统主要用来监测一氧化碳浓度、二氧化碳浓度、氧气浓度、温度、压差等，并通过风门、风窗控制，实现均压灭火控制等。

矿山压力监控系统主要用来监测地音、顶板位移、位移速度、位移加速度等，并实现矿山压力预报。

煤与瓦斯突出监控系统主要用来监测煤岩体声发射、瓦斯涌出量、工作面煤壁温度等，并实现煤与瓦斯突出预报。

大型机电设备健康状况监控系统主要用来监测机械振动、油质量污染等，并实现故障诊断。

矿井监控系统可按监控目的、使用环境、复用方式、网络结构、信号的传输方向、同步方式、调制方式等进行分类。按监控目的不同可分为环境安全、轨道运输、胶带运输、提升运输、供电、排水、矿山压力、火灾、水灾、煤与瓦斯突出、大型机电设备健康状况等监控系统。按使用环境不同可分为防爆型（本质安全型、隔爆兼本质安全型等）、矿用一般型、地面普通型和复合型（由防爆型、矿用一般型和地面普通型中两种或两种以上构成）系统。按复用方式不同可分为频分制、时分制、码分制和复合复用方式（同时采用频分制、时分制、码分制中两种或两种以上）系统。按采用的网络结构不同可分为星形、环形、树形、总线形和复合形（同时采用星形、环形、树形、总线形中两种或两种以上）系统。按信号传输方向不同可分为单向、半双工和全双工系统。按所传输的信号不同可分为模拟传输系统和数字传输系统。按调制方式不同可分为基带、调幅、调频和调相等系统。按同步方式不同可分为同步传输系统和异步传输系统等。

　　按监控目的分类便于系统选型，按技术特征分类便于进一步了解系统的技术性能。在实际应用中通常将上述分类方法结合使用。

第二节　矿井安全监测系统的组成结构及原理

一、安全监测系统的种类

　　监测系统按工作侧重点分为环境监测系统和工况监测系统两大类。每种系统又可能包含若干子系统。如环境监测系统可能配备瓦斯突出预报子系统、顶板监测子系统；工况监测系统可能配有综采监控、胶带监控等各类子系统。

　　环境监测系统一般侧重于监测采掘工作面、机电硐室、采区主要进回风道等自然环境的参数，其主要功能为监测低浓度瓦斯（3%以下）、高浓度瓦斯（3%～100%）、一氧化碳、二氧化碳、氧气、温度、风量、风速、负压、矿压、地下水、通风设施、煤尘、烟雾等参数，除实时显示检测数据外，还应按《煤矿安全规程》的要求及各矿井实际情况，在一定地点及工作场所设置报警（灯光、音响）和执行装置，以便防止和预报灾害。

工况监测系统一般侧重于监测机电设备，其主要监测参数有采区产量、井下煤仓煤位、采煤机组位置、运输机械、提升机械监控、设备故障监测及效率监测等。

监测系统的信息有两个流向，其一，检测信息从传感元件到分站再传输到地面接收机（主机）；其二，控制信息（指令）又从主机到分站，再到执行机构。

监测系统的功能包括：各种参数监测与传输、超限报警、断电，以及对各种模拟量和开关量进行实时的参数统计、分析、处理、显示、存储；同时，还能对各种信息进行记录，打印报告，显示和绘制各种图形曲线等。

监控系统还可通过模拟盘直观地显示出模拟图形，以及对计算机和系统进行故障再诊断。

整个监控系统可在汉字操作系统支持下有效地进行工作。如果某些监控系统配备有计算机局域网，则能更有效地处理大量信息，形成矿区（矿务局、地区）型的大型集中监测网。

二、安全监测系统的结构

矿井安全生产监控系统的系统结构分为集中式和分布式。

1. 集中式

集中式控制是一种中心计算机直接控制被控对象的系统。其特点是信息采集、分析处理、信道管理、控制功能均由地面中心站计算机完成。数据传输量大、负担繁重，中心站计算机是系统关键性节点，当中心站和传输通道发生故障时，将导致整个系统的瘫痪。集中式控制系统大多为星形结构，其特点是结构简单，将多个节点连接到一个中心节点；增加、扩展节点十分方便。中心节点是整个系统的"瓶颈"，该系统的可靠性很大程度上取决于中心节点。如图 5-1 所示。

2. 分布式

分布式多级计算机控制系统简称 DCCS 系统，是实时控制系统中广为采用的一种系统。分布式多级计算机系统就是由分布在不同地点、以协作方式互相配合进行工作的多计算机系统。一般在几个地方设置执行简单任务的低档计算机，而较复杂的任务则集中由中、高档计算机去执行。执行局部独立控制功能的低档计算机称为下级计算机，而对各下级机起协调作用、担任

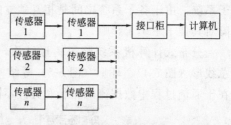

图 5-1 集中控制结构

高级控制与管理职能的称为上级机，一般分布式系统都有这两个层次。由于下级机有信息处理功能，因而与上级机间的信息交换往往是被压缩的信息，这种最少通信原则无疑提高了系统可靠性。矿井监测监控分布式系统多用树形结构来实现（图 5-2）。树形结构拓扑简单，适合于矿井安装施工；信息单一，系统的规模易于扩展，易于构成多级分布式系统。地面中心站只需用一根电缆直通井下，井下各分站都并联在这根主传输电缆上。这种结构方式，分站连接十分方便灵活，可根据矿井现场情况灵活配置。由于分站与分站之间并联连接，因此，任一分站的故障对其他分站无影响，分站的可靠性较高，但在首末分站距离较远时阻抗难以匹配。

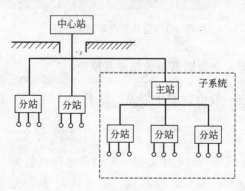

图 5-2 树形结构框图

上述树形结构只需一根主传输电缆，因此也叫单树结构。为了克服单一信道的缺点，可以采用多树结构。根据矿井的规模，从井

口到井底敷设适量的传输电缆，每根电缆可带适量的分站构成一个子系统，由于各子系统之间是相互独立的，所以，任一子系统的故障对其他子系统无影响。

分布式计算机系统除了树形结构，还有星形（图 5-3）、公共总线形（图 5-4）、环形（图 5-5）等结构形式。它们之间的区别仅在于通信过程中数据流的路径和方式不同。

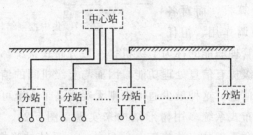

图 5-3　星形结构框图

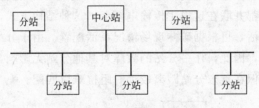

图 5-4　公共总线形结构框图

三、矿井安全监测系统的组成及原理

监测系统一般由地面中心站、井下工作站、传输系统三部分组成。

1. 地面中心站

如图 5-6 所示，地面中心站一般由传输接口装置、电源箱、主机、电视墙（或投影仪、模拟盘、多屏幕大屏幕）、数据服务器、文件服务器、管理工作站、打印机等装置组成。为了计算机稳定工作，还配备了机房恒温调节、不间断电源等辅助设施。

主站（或传输接口）接收分站远距离发送的信号，并送主机处

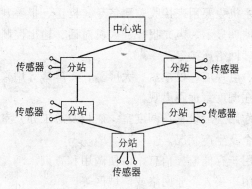

图 5-5 环形结构框图

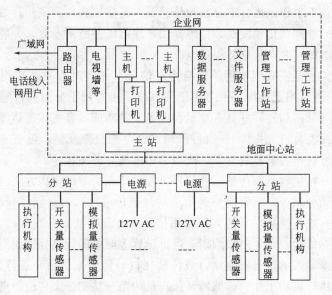

图 5-6 矿井监控系统

理；接收主机信号，并送相应分站。

主站（或传输接口）主要完成地面非本质安全型电气设备与井下本质安全型防爆电气设备的隔离，主站还具有控制分站的发送与接收、多路复用信号的调制与解调、系统自检举功能。

主机一般选用工控微型计算机或普通台式微型计算机、双机或多机备份。主机主要用来接收监测信号、校正、报警判别、数据统计、磁盘存储、显示、声光报警、人机对话、输出控制、控制打印输出、与管理网络连接等。

投影仪、电视墙、模拟盘、大屏幕、多屏幕等用来扩大显示面积，以便于在调度室远距离观察。

管理工作站一般设置在调度室、矿长及总工办公室，以便随时了解矿井安全及生产状况。

服务器用于存储监控信息，以便调用和查询。

路由器用于接入企业网络或广域网等。

2. 井下工作站

井下工作站由井下分站和传感器（又叫探头）构成。分站负责数据的处理和传输发送，传感器用来检测矿井监测参数。一般分站自备电源，并向传感器提供电源。

传感器将被测物理量转换为电信号，经 3 芯或 4 芯矿用电缆（其中一芯用于地线、一芯用于信号线、一芯用于分站向传感器供电）与分站相连，并具有显示和声光报警功能（有些传感器没有显示，或没有声光报警）。执行机构（含声光报警及显示设备）将控制信号转换为被控物理量，使用矿用电缆与分站相连。

分站接收来自传感器的信号，并按预先约定的复用方式（时分制或频分制等）远距离传送给主站（或传输接口），同时接收来自主站（或传输接口）的多路复用信号（时分制或频分制等）。分站还具有线性校正、超限判别、逻辑运算等简单的数据处理能力，对传感器输入的信号和主站（或传输接口）传输来的信号进行处理，控制执行机构工作。传感器及执行机构距分站的最大传输距离一般不大于 2 km。因此，一般采用星形网络结构（一个传感器或一个执行机构使用一根电缆与分站相连）单向模拟传输。分站至主站之间最大传输距离达 10 km，为减少电缆用量、降低系统电缆投资、便于安装维护、提高系统可靠性，通常采用 2 芯（用于半双工、或单向）、3 芯或 4 芯（用于全双工）矿用信号电缆时分制或频分制多路复用（也有采用码分制）；树形网络结构、环形网络结构、或树形与星形混合网络结构，串行数字传输（基带传输或频带传输，异步传输或同步传输）。

电源箱将井下交流电网电源转换为系统所需的本质安全型防爆直流电源，并具有维持电网停电后正常供电不小于 2 小时的蓄电池。

3. 传输系统

矿井监控信息传输标准是矿井监控系统硬件通用、软件兼容、信道共用、信息共享的基础，对促进矿井监控产品标准化、提高产品质量具有重要作用。矿井监控信息传输标准对矿井监控系统的传输介质、网络结构、工作方式、连接方式、传输方向、复用方式、信号、同步方式、调制方式、字符、帧格式、输入输出方式、传输速率、误码率、传输处理误差、最大巡检周期、最大传输距离、最大节点容量等进行了规定。

（1）传输介质 煤矿井下的特殊环境制约了井下无线通信的发展，因此，除移动设备的监控外，一般都采用价格低廉，又便于安装维护的双绞线矿用电缆，也有采用大容量的光缆，以适应多媒体综合监控的需要。因此，矿井监控系统的传输介质可以是电缆、光缆等传输介质。

（2）网络结构 一般工业监控系统电缆敷设的自由度较大，可根据设备、电缆沟、电杆的位置选择星形、环形、树形、总线型等结构。而矿井监控系统的传输电缆必须沿巷道敷设，挂在巷道壁上。由于巷道为分支结构，并且分支长度可达数千米。因此，为便于系统安装维护，节约传输电缆，降低系统成本，宜采用树形网络结构。

（3）工作方式 现有矿井监控系统均为主从工作方式。主从工作方式同无主工作方式相比，具有抗故障能力差等缺点，但考虑到环境安全、轨道运输、带式运输等单方面集中监控的需要，矿井监控系统宜采用主从方式。

（4）连接方式 为满足环境安全、轨道运输、带式运输等地监控的需要，矿井监控系统的连接方式宜灵活多样，既可单层连接，又可多层连接，如图 5-7 所示。

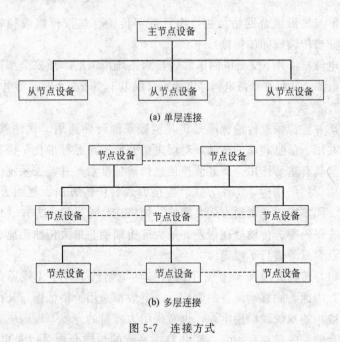

(a) 单层连接

(b) 多层连接

图 5-7　连接方式

（5）传输方向　单向传输仅适用于监测系统，全双工传输使用传输通道较多。因此，矿井监控系统宜采用半双工传输。

（6）复用方式　常用的复用方式有频分制、时分制、码分制和它们的混合方式。频分制各项指标均不如时分制和码分制；码分制虽在信道自适应分配方面优于时分制，但在模拟量与开关量共同传输和设备复杂性方面劣于时分制。因此，矿井监控系统宜采用时分制复用方式。

（7）信号　模拟量信号可以是模拟信号和数字信号两种。数字信号同模拟信号相比具有如下特点。

① 抗干扰能力强。

② 传输中的差错可以控制，传输质量高。

③ 可以传递各种消息，灵活通用。

④ 便于计算机存储、处理、传输。

⑤ 便于本质安全防爆隔离等。

（8）同步方式　串行传输与并行传输相比具有使用传输通道少、适宜远距离传输等优点。矿井监控的监控点分散，每一分站传感器（或执行机构）每次需发送或接收的数据（或状态）较少，信号变化较慢。宜采用适宜低速、小容量、设备简单的串行异步传输方式。现有矿井监控系统大多数采用性能价格比较高的 MCS—51 系列单片机及其改进的兼容系列，这些单片机均提供了串行异步传输方式。因此，矿井监控系统宜采用串行异步传输方式。

（9）调制方式　基带传输与频带传输（含调幅、调频和调相）相比具有设备简单、成本低、便于本质安全防爆及树状系统使用（传输频带在低频段）等优点。调频和调相抗干扰能力强。因此，矿井监控系统宜采用基带、调频和调相传输。

（10）字符　矿井监控系统的字符长度宜为 8 位，由 1 位逻辑"0"表示开始，1 位逻辑"1"表示停止，任意长度的逻辑"1"表示空闲。字符最高位与停止位之间设 1 位地址数据标志位，该位为逻辑"1"，表示字符为地址字符；该位为逻辑"0"，表示字符为数据（除地址之外的各种信息）字符。字符最高位与停止位之间也可设 1 位奇偶校验位。

（11）传输速率　理论分析及试验表明，当无中断传输距离为 10km 时（使用矿用电缆作为传输媒介，采用树形网络结构），最大传输速率为 4800bps。考虑到现有系统在无中断最大传输距离为 10km 时，传输速率为 600bps、1200bps 和 2400bps，因此，矿井监控系统的传输速率宜在 1200bps、2400bps、4800bps 等中选取。

（12）误码率　监测矿井监控系统的误码率要求较低，而监控矿井监控系统的误码率要求较高，因此，监测矿井监控系统的误码率应不大于 10^{-6}，监控矿井监控系统的误码率应不大于 10^{-8}。

（13）传输处理误差　为降低系统成本，模拟量一般都采用 8 位字长来表示，在 A/D 转换过程中的处理误差 $\leqslant 0.5/256$。因此矿井监控系统的传输处理误差应不大于 0.5%。

（14）最大巡检周期　为保证实时性，需对最大传输容量下巡检周期进行规定。由于矿井监控信号的变化比较缓慢，因此矿井监控系统的最大巡检周期应不大于 30 秒，并应满足监控要求。

（15）最大传输距离　　根据我国煤矿的具体情况，为满足大、中、小各类矿井的监控需要，主站至分站、分站至分站之间的最大传输距离应不大于 10km。高产高效工作面的走向长度可达1500m，工作面长度可达 200m。因此，传感器及执行机构至分站的最大传输距离不小于 2km。

传输系统是用来将井下信息传输至地面和将地面中心站监控指令传输至井下分站的信息媒介。

第三节　矿井安全监控系统的特点及性能要求

煤矿井下是一个特殊的工作环境，有易燃易爆可燃性气体和腐蚀性气体，潮湿、淋水、矿尘大、电网电压波动大、电磁干扰严重、空间狭小及监控距离远等。因此，矿井监控系统不同于一般工业监控系统。

一、特点

1. 电气防爆

一般工业监控系统均工作在非爆炸性环境中，而矿井监控系统工作在有瓦斯和煤尘爆炸性环境的煤矿井下。因此，矿井监控系统的设备必须是防爆型电气设备，并且不同于化工、石油等爆炸性环境中的工厂用防爆型电气设备。

2. 传输距离远

一般工业监控对系统的传输距离要求不高，仅为几千米，甚至几百米，而矿井监控系统的传输距离至少要达到 10km。

3. 网络结构宜采用树形结构

一般工业监控系统电缆敷设的自由度较大，可根据设备、电缆沟、电杆的位置选择星形、环形、树形、总线型等结构。而矿井监控系统的传输电缆必须沿巷道敷设，挂在巷道壁上。由于巷道为分支结构，并且分支长度可达数千米，因此，为便于系统安装维护、节约传输电缆、降低系统成本，宜采用树形结构。

4. 监控对象变化缓慢

矿井监控系统的监控对象主要为缓变量。因此，在同样监控容量下，对系统的传输速率要求不高。

5. 电网电压波动大，电磁干扰严重

由于空间小，采煤机、运输机等大型设备启停和架线电机车火花等造成电磁干扰严重。

6. 工作环境恶劣

煤矿井下除有甲烷、一氧化碳等易燃易爆性气体外，还有硫化氢等腐蚀性气体，矿尘大、潮湿、有淋水、空间狭小。因此，矿井监控设备要有防尘、防潮、防腐、防霉、抗机械冲击等措施。

7. 传感器（或执行机构）宜采用远程供电

一般工业监控系统的电源供给比较容易，不受电气防爆要求的限制，而矿井监控系统的电源供给受电气防爆要求的限制。由于传感器及执行机构往往设置在工作面等恶劣环境，因此不宜就地供电。现有矿井监控系统多采用分站远距离供电。

8. 不宜采用中继器

煤矿井下工作环境恶劣，监控距离远，维护困难，若采用中继器延长系统传输距离，由于中继器是有源设备，故障率较无中继器系统高，并且在煤矿井下电源的供给受电气防爆的限制，在中继器处不一定好取电源，若采用远距离供电，还需要增加供电芯线。因此，不宜采用中继器。

二、性能要求

矿井安全监控系统主要用来监测甲烷、一氧化碳、二氧化碳、氧气和硫化氢等浓度，以及风速、风压、湿度、温度、风门状态、风窗状态、风筒状态、局部通风机开停、主要通风机开停、工作电压、工作电流等，并实现瓦斯超限声光报警、断电和甲烷风电闭锁控制等。

为满足矿井环境安全监控要求，矿井安全监控系统除应满足矿井监控信息传输要求和矿井监控系统通用要求外，还应满足下列要求。

1. 对模拟量及开关量的监测

系统应具有甲烷、风速、压差、一氧化碳浓度、温度等模拟量及馈电状态、设备开停、风筒开关、烟雾等开关量监测和累计量监测功能。

2. 系统应具有声光报警和甲烷断电功能

(1) 甲烷浓度达到或超过报警浓度时，声光报警。

(2) 甲烷浓度达到或超过断电浓度时，切断被控设备电源并闭锁；甲烷浓度低于复电浓度时，自动解锁。

(3) 与闭锁控制有关的设备未投入正常运行或故障时，应切断该设备所监控区域的全部非本质安全型电气设备的电源并闭锁；当与闭锁控制有关的设备工作正常并稳定运行后，自动解锁。

3. 系统应具有甲烷风电闭锁功能

(1) 掘进工作面甲烷浓度达到 1.5% 时，系统应能切断掘进巷道内的全部非本质安全型电气设备的电源并闭锁；当掘进工作面甲烷浓度低于 1.0% 时，系统应能自动解锁。

(2) 掘进工作面回风流中的甲烷浓度达到 1.0% 时，系统应能切断掘进巷道内的全部非本质安全型电气设备的电源并闭锁；当掘进工作面回风流中的甲烷浓度低于 1.0% 时，系统应能自动解锁。

(3) 采用串联通风的掘进工作面进风流中甲烷浓度达到 0.5% 时，系统应能切断被串掘进巷道内全部非本质安全型电气设备的电源并闭锁；当被串掘进工作面进风流中甲烷浓度低于 0.5% 时，系统应能自动解锁。

(4) 当排除掘进工作面积聚甲烷使回风流中甲烷浓度达到 1.5% 时，装置应能切断掘进巷道内全部非本质安全型电气设备电源并闭锁，同时发出声、光报警信号，促使采取减少风量措施；当回风流中甲烷浓度低于 1.0% 时，系统应能自动解锁。

(5) 局部通风机停止运转或局部通风机风筒中的风速低于规定值时，系统应能切断掘进巷道内的全部非本质安全型电气设备的电源并闭锁；当局部通风机恢复正常工作或风筒中的风速大于规定值时，系统应能自动解锁。

（6）局部通风机停止运转、停风区域中甲烷浓度达到 3.0%时，系统应切断局部通风机的电源并闭锁；当停风区域中甲烷浓度低于 3.0%时，系统应能自动解锁。

（7）与闭锁控制有关的设备（含主机、甲烷传感器、设备开停传感器等）故障或断电时，系统应能切断该设备所监控区域的全部非本质安全型电气设备的电源并闭锁；与闭锁控制有关的设备接通电源 1 分钟内，系统应继续闭锁该设备所监控区域的全部非本质安全型电气设备的电源；当与闭锁控制有关的设备工作正常并稳定运行后，系统应能自动解锁。

（8）只有使用专用工具才可通过系统对已闭锁的局部通风机电源进行人工解锁，但不允许对已闭锁的动力电源进行人工解锁。

4. 系统应具有断电状态监测功能

断电状态监测是防止人为取消系统断电功能，保证煤炭安全生产的重要措施之一。断电状态监测就是系统对被控设备的馈电状态进行实时监测，当馈电状态与系统发出的断电/复电命令不一致时，报警并记录相应测点的甲烷浓度、断电/复电命令、监测的馈电状态、被控设备地点和名称等。根据系统现有功能和现场实际需要，断电状态监测方法主要有以下两种。

（1）将馈电状态传感器（馈电状态传感器不是设备开停传感器，而是一种监测电缆芯线对地电场的传感器，与负载是否工作、电缆有无电流流过无关，只要电缆芯线带电，则输出馈电状态；反之，输出非馈电状态）卡在控制被控设备的真空开关或电磁启动器的负荷侧电缆上，将馈电状态传感器的输出接至分站的开关量输入口，断电控制装置的信号输入端接分站的开关量输出口，断电控制装置的控制输出端接真空开关或电磁启动器，在中心站主机的软件内增加断电逻辑判别功能，当监测到的馈电状态与系统发出的断电/复电命令不符时，则报警并记录。

（2）将馈电状态监测和断电控制电路置于真空开关或电磁启动器中，馈电状态监测电路的信号输出接分站的开关量输入口，断电控制电路的信号输入接分站的开关量输出口，在中心站主机软件中增加断电逻辑判别功能，当监测到的馈电状态与系统发出的断电命令不符时，则报警并记录。

其中方法（2）不但能监测系统断电功能的使用情况，而且给人为取消断电功能增加了难度，是一种比较好的方法。

5. 系统应具有中心站手动遥控断电/复电功能

断电/复电响应时间应不大于系统巡检周期。中心站手动遥控断电/复电功能是防止瓦斯超限违章作业的措施之一。当瓦斯超限时，中心站值班人员可通过系统切断有关区域的电源，待瓦斯浓度降低、通风系统工作正常后，中心站值班人员可通过系统遥控有关区域复电。中心站手动遥控断电/复电功能由中心站发送命令，传输系统传至相应分站，因此，断电/复电响应时间应不大于系统巡检周期。

6. 系统应具有异地断电厂复电功能

异地断电/复电功能是解决接于 A 分站甲烷等被测量超限时，控制接于 B 分站的被控设备断电，以提高系统的灵活性。在主从式系统中，A 分站的监控信息需经传输系统传至中心站后，再经传输系统传至 B 分站，因此，断电/复电响应时间应不大于 2 倍系统巡检周期。

7. 系统应具有备用电源

当电网停电后，系统应能对甲烷、风速、负压、一氧化碳、局部通风机开停、风筒状态等主要监控量继续监控，继续监控时间应不小于 2 小时。

8. 系统应具有自检功能

当系统中传感器、分站、主站、传输电缆等设备发生故障时，报警并记录故障时间、故障设备，以供查询及打印。

第四节　监控系统检查与监督

通风安全监控的监察主要包括装备标准、监控设备、安装地点、报警门限、断电门限、复电门限、断电范围、测量误差、校准气样、技术资料、电气防爆等。

（1）矿井必须按瓦斯等级，装备矿井安全监控系统或甲烷风电闭锁装置和甲烷断电仪。通过现场观察，了解矿井的装备标准是否符合《煤矿安全规程》要求。

（2）通过现场观察，了解甲烷传感器等监控设备是否按《煤矿安全规程》及其使用说明正确安装与使用。

（3）使用调校好的便携式甲烷检测报警仪与甲烷传感器对照，观察测量误差是否符合要求。若超出允许测量误差，应使用空气气样和校准气样进一步确认测量误差是否符合要求。

（4）使用校准气样模拟报警浓度、断电浓度和复电浓度，测试报警门限、断电门限、复电门限、断电范围、馈电状态等是否符合《煤矿安全规程》的要求。

（5）检查监控设备铭牌的防爆标志是否符合要求：安全监控设备必须是本质安全型防爆电气设备，或是本质安全型与其他防爆型的复合型，输入/输出信号必须是本质安全型。

（6）检查外壳防护等级是否符合国家有关规定，外壳是否完好。

（7）检查分站电源是否按防爆合格证配接传感器、分站、断电器、报警器等设备。

（8）检查安全监控设备之间是否使用专用阻燃电缆或光缆连接。电缆吊挂是否符合《煤矿安全规程》的要求。

（9）使传感器、分站、断电器停电，检查是否切断该监控区域的全部非本质安全型电气设备的电源并闭锁。

（10）使地面主机停电，同时使用校准气样模拟超过断电门限，检查其甲烷风电闭锁功能和甲烷断电仪功能。

（11）检查校准气样是否按《煤矿安全规程》及其执行说明配制。

（12）检查技术资料及日报表是否齐全，签字是否齐全。

第六章 电工井下事故的预防

第一节　触电事故与预防

由于井下的特殊地质和生产环境，尽管井下电网采用了中性点不接地电网，以及必要的安全技术措施，但对触电事故的发生要做到绝对根除是不现实的，产生触电的可能性仍然是较大的。这主要是生产过程中一些无法预测的随机性的危害因素时有发生，以及部分人员存在着麻痹大意的思想甚至违章作业行为造成的。

一、触电事故的分类与危害

1. 触电事故分类

据统计，我国煤矿井下触电事故，其中低压电网触电事故占30.2%，高压电网触电事故占 11.1%，电机车架线触电事故占 58.7%。

2. 触电事故的危害

触电事故对人体的危害程度由下列因素决定。

（1）通过人体电流的大小和路径。电流大小对人体的影响程度如表 6-1。从表 6-1 中可见，电流越大，危险越大。

表 6-1　电流大小对人体的影响

电流类别 电流大小/mA	50Hz 交流电	直流电
0.6～1.5	开始有感觉,手指有麻刺	没有感觉
2～3	手指有强烈麻刺,颤抖	没有感觉
5～7	手部痉挛	感觉痒,刺痛,灼热

续表

电流类别 电流大小/mA	50Hz 交流电	直流电
8～10	手已难于摆脱电体,但还能摆脱,指尖部到手腕有剧痛	热感觉增强
20～25	手迅速麻痹,不能摆脱带电体,剧痛,呼吸困难	热感觉更强,手部肌肉略有收缩
50～80	呼吸麻痹,心房开始震颤	有强热感觉,手部肌肉收缩痉挛,呼吸困难
90～100	呼吸麻痹,持续 3 秒以上时间,则心脏麻痹,心室颤动	呼吸困难
300 以下	作用时间 0.1 秒以上,呼吸和心脏麻痹,肌肉组织遭到电流的破坏	

影响流经人体电流大小的因素是电压和人体电阻值的大小。电压越高,电流就越大,也就越危险。因此,煤矿井下限制操作控制电压不得大于 36V,手持电器的工作电压不得大于 127V。

人体电阻由两部分组成,即体内电阻和皮肤电阻。体内电阻一般很小（低于 500Ω）,而皮肤电阻由于表皮角质层的存在,其阻值较大,可达 10kΩ 以上,但皮肤电阻受外界条件影响变化很大,如角质层损伤,皮肤受潮、出汗、黏附有导电件粉尘等,都会使皮肤电阻大大降低。在煤矿井下从事繁重体力劳动者的人身电阻取最低值约为 800～1500Ω,在日常计算中多取 1000Ω 作为计算的标准值。

电流流经人体的路径不同时,其危险程度差异甚大,以电流通过心脏时危险最大,几十毫安的电流流过心脏,即可使心脏停止跳动,导致死亡。实际触电时,两手或两脚之间构成电流通路,电流就会经心脏,是最危险的。

(2) 触电时间的长短。触电时间越长,危险性越大。即使是安全电流,如果流经人体的时间过长,也会造成伤亡事故。反之,即使电流较大,若能在很短时间内切断电流,也不致发生危险。经国内外大量实践研究确定,以人身触电电流和触电时间的乘积 $K \leqslant 30\text{mA} \cdot \text{s}$ 作为安全极限值。因此要求保护装置动作时间为:

$$t = \frac{K}{I_R} = \frac{30}{I_R}(\text{s})$$

式中 I_R——人身触电极限安全电流值，mA。

（3）电流的种类和频率。由表 6-1 中可见，直流电比 50Hz 的交流电危害性小，经研究证明，50～60Hz 的交流电对人体伤害最严重。频率过高或过低，对人体危害性都较小。

二、人体触电抢救方法

人体触电后，虽然有时从外表上看已经没有恢复生命的希望了，但若及时进行正确的紧急救护，仍有可能"起死回生"。许多事实证明，在触电者心脏停止跳动、呼吸中断后，经过 3～4 小时或更长时间的人工呼吸急救后，又重新恢复了呼吸。

根据有经验的医生的临床实践，无论触电人所接触的电压有多高，或者在触电过程中人体所受到的灼伤或其他外部伤害多么严重，都应该迅速采取一切可能的方法进行急救。那种认为触电人呼吸中断、心脏或脉搏停止跳动就不能恢复生机，从而放弃或拖延急救工作的想法是不科学的，也是不正确的。

触电人的生命能否获救，绝大多数情况下决定于迅速脱离电源和进行正确的紧急救护。在救护过程中，动作稍有迟缓、中断或拖延时间，都有可能增加触电人员死亡的概率。经验证明，在触电人触电后 1 分钟就开始急救，90％的触电者都能救活；经过 6 分钟才进行急救的，则有 10％能够救活；超过 6 分钟后再急救，能够"起死回生"者就寥寥无几了。而且，不正确的救护方法同样可能引起不必要的死亡。所以，从事电气工作的人员必须学会触电急救方法。

人体触电后自己往往不能脱离电源，需要紧急救助才有可能使触电者转危为安。抢救方法如下。

（1）最要紧的是迅速切断电源，不要让电流再在伤员身上通过。如果电源开关离触电人较远、来不及断电时，要先用干木棒或其他绝缘物把电缆从触电人的身上挑开，使他脱离电源。因为电源通过人体的时间越长，人的生命就越危险。但千万不能用斧子砍断电缆。因为电缆带电，在砍的时候，不但自己有可能触电或烧伤，而且还会产生电火花，如果附近有瓦斯或煤尘积聚，就会引起爆炸,造成严重后果。

(2)触电的人脱离电源后,要把他抬到新鲜风流中,并根据不同情况立即进行抢救。对呼吸停止但有心跳或呼吸不规则的触电人,要让他平躺着,把裤带和衣服全部解开,迅速进行人工呼吸。对于已停止呼吸、心跳也已停止或心跳不规则的触电人,要同时用人工呼吸和心脏按摩法进行急救,人在触电后,有时会有较长时间的"假死",因此,急救者应耐心进行抢救,绝不要轻易中止。但千万要注意切不可给触电者打强心针。

(3)抢救触电人时,一定要注意防止不让自己触电,因此,救护者必须沉着。有条件时,要先戴上绝缘手套,穿上绝缘鞋。在触电人没有脱离电源之前,不要直接接触触电者。

(4)抢救触电的人要动作迅速,争分夺秒。

三、触电事故的预防

为了更有效地预防触电事故的发生,应采取综合性预防措施。

(1)对井下的电气设备应进行严格的科学管理,大型电气设备必须建立使用和维修档案,定期地对电气设备进行技术监测、试验和维护,并认真做好有关的记录,作为技术档案保存。绝不允许设备在低于规定的技术指标下或带病的情况下运行,以杜绝因设备的损坏而造成的电气事故所带来的触电情况发生。

(2)加强对设备的绝缘情况的保护和监视,防止因绝缘性能下降或受到损坏而引起触电事故。对于必须裸露的导体,要求安装在人体不能触及的高度以上,以防止人手的直接触及。例如井下大巷中的电机车线的安装高度不小于 2m,而在井底车场处则不小于 2.2m。此外,对各种裸露的电气接头必须要封闭在专用的具有隔爆外壳的接线盒内,以便对其实施保护和防止人的触及。

(3)电网和设备的电气连接都必须采用专用的电气连接头,电气连接头与导体的紧固以及连接情况必须符合电工工艺规定的要求。禁止采用导体之间直接缠绕的连接方法,以防止俗称"鸡爪子"的不合格连接现象的发生,杜绝因此而造成的相间短路或相地短路的事故发生。

（4）井下的所有电气设备的金属外壳和构架都必须认真做好保护接地，并定期加以检查，以确保其对触电事故的保护功能。

（5）井下电网对地的绝缘水平应定期加以监测，确保中性点不接地电网的安全优势以及防止因相间或相地漏电所产生的触电事故的发生。

（6）对于生产机械的电控设备中，凡是人工手动操作的控制线路，控制电压均不得高于36V安全电压。对于手持式电动生产工具的使用电压不得超过127V，并要求工具的把手对电气部分必须具有良好的绝缘程度，同时要求在使用前应做绝缘程度的测试，确认合格时方可使用，对不合格者严禁使用，以防止可能产生的触电危险。

（7）由于井下电网的中性点不准接地，因此要求其他向井下供电的发电机也禁止中性点接地，以确保井下电网中性点对地绝缘要求不因其他的供电方式而受到影响。

（8）井下各部分的输电电缆均应加设漏电保护装置，以便一旦出现漏电事故时，保护装置能自动地切断事故电路，防止因此而造成的漏电事故的发生。

（9）各种电气线路、设备在安装、使用和维护中必须遵循有关的技术规定和管理制度。必须制止那种不经任何请示和批准的擅自改动线路和增减设备容量或负荷量的行为，以防止造成电网的混乱和超载运行的现象，引起电气事故的发生。

煤矿井下触电事故具体来讲，可以分为三类：低压电网触电、高压电网触电和直流架线触电。其预防措施如下。

1. 低压电网触电事故的预防

针对低压电网触电事故发生的原因，应有针对性地采取如下预防措施。

（1）不准带电作业。

（2）电线不准有"鸡爪子"、"羊尾巴"和明接头接线。电缆必须按规定进行定期检查，对绝缘水平低的运行电缆要停止运行，进行处理。电缆按要求悬挂好，达到标准要求。

（3）电气设备安装使用要合理，绝缘水平达到《煤矿安全规程》要求，对受潮的电气设备要及时进行更换，升井干燥。绝缘老化的电气设备要更新，升井进行检修。

（4）380V、660V供电系统必须坚持使用检漏继电器，严禁甩掉不用。127V煤电钻供电系统和信号、照明系统必须坚持使用综合保护装置，也不准甩掉不用。从安全角度出发，磁力启动器里必须装设漏电闭锁继电器，以防漏电线路合闸送电。从寻找漏电故障来看，由于故障线路的磁力启动器不能合闸，便于判断故障范围，缩短寻找故障的时间。

（5）接地网必须完整，接地电阻必须小于2Ω。配电点要设局部接地极。

井下低压电网触电事故案例如下。

（1）某年1月30日，某矿1462上段三分层回风巷，带电移动开关柜干式变压器，由于干式变压器电源电缆芯线外绝缘磨破，芯线接触外壳，而采区变电所检漏继电器触点烧坏，系统处于无漏电保护状态下运行，使干式变压器外壳带电，两名工人手扶外壳触电死亡。

（2）某年8月29日，某矿二井皮带料井＋550车场临时变电所，电工在改钻机电源前，发现电缆泡在水里，在将电缆从水里拿起时，手触及"鸡爪子"处触电死亡。

（3）某年2月23日，某矿七井二采区，更换Qc83-225开关后，新开关的A相与操纵线的接相柱相碰在一起，使660V电压进入操作线，而操纵线又是芯线裸露操作，司机触及裸露带电部位触电死亡。

（4）某年6月15日，某矿二采区运输机道，电工去运输机道更换Qc83-80开关的变压器，打开开关验电，电源侧无电就进行作业，当将开关本体从外壳内向外拿时，装煤工发现无电就去变电所送电，电工当即触电身亡。

（5）某年1月17日，某矿工作面，煤电钻电缆绝缘破损，工人扒煤时触及电缆破损处触电死亡。

（6）某年 9 月 14 日，某矿开拓二队，工人去开喷浆机，手碰带电开关外壳时触电死亡。

（7）某年 1 月 2 日，某矿西 351 二层回采工作面，违章带电作业，触电死亡。

（8）某年 6 月 12 日，某矿 415 采煤工作面，采煤机组电缆磨破漏电，工人触及电缆破损处触电死亡。

（9）某年 10 月 20 日，某矿 1313 回采工作面上巷，工人运木料时，矿调度指示电工甩掉检漏继电器继续供电，运料工手扶电缆触电死亡。

（10）某年 5 月 11 日，某矿 102 回采工作面，工人向井上运排水管时，手扶 666V 电缆破损处触电死亡。

（11）某年 8 月 10 日，某矿 02 掘进队，局部扇风机开关冒火，工人在切断开关电源时，触电死亡。

（12）某年 3 月 20 日，某矿 270322 回采工作面，带电检修工作面刮板运输机开关时，触电死亡。

（13）某年 11 月 11 日，某矿综采一队，采煤机电缆绝缘受损有破口，处理时触电死亡。

（14）某年 2 月 5 日，某矿 106 采煤工作面，采煤工作面检漏继电器送不上电，采煤队长让电工垫上检漏继电器的触点继续生产，工人碰到电缆破口处触电死亡。

2. 井下高压电网漏电事故的预防

（1）不准带电作业。

（2）电气设备的检查、维护、修理和调整工作必须由专责的电气维修工进行。高压电气设备的修理和调整工作要有工作票和施工措施。井下检修高压电气设备，必须切断电源，并用同电源电压相适应的验电笔检验。检验无电后，必须检查瓦斯浓度为 1% 以下时，方可将导体对地完全放电。此后在停电的电源侧加装三相短路接地线，并悬挂"有人工作，不准送电"牌，只有执行这项工作的人员，才有权取下短路接地线和此牌送电。

（3）高压停、送电的操作要根据书面申请或其他可靠的联系方式，由专责电工执行。

（4）高压电气设备和高压电缆必须分别编号，标明用途，并有停、送电的标志，防止误操作。

（5）矿井变电所的高压馈电线上应装设有选择性的检漏保护装置，供移动变电站的高压馈电线上必须装设有选择性的检漏保护装置。

井下高压电网触电事故案例如下。

（1）某年 9 月 15 日，某矿井下—65m 泵房，两人正在—65m 泵房检修 6kV 刀闸。在检修时，电源侧未加装三相短路接地线。按规定地面变电所必须接到—65m 泵房通知后，才准送电。而—100m 泵房需开动煤水泵，变电所值班员在未弄清情况，误认为—65m 泵房要开泵，就去送电，使正在—65m 泵房停电检修的 2 人触电，其中 1 人死亡（事实是—100m 泵房和—65m 泵房的电源不在一个变电所）。

（2）某年 11 月 5 日，某矿—180m 南翼变电所，检修组长请示车间主任：检修变压器是否要停电。主任答复：停电也行，不停电也行。2 名电工检修变压器，由于所带工具不适用，必须将变压器移至水泥台边，1 名电工用 1.7m 长的钢轨撬变压器时，触及高压裸导线，触电死亡。

（3）某年 10 月 30 日，某矿井下变电所，电工在井下变电所工作，另一电工到距高压开关柜 0.5m 处坐下休息，手触前一天刚做的电缆头，发生触电死亡。

（4）某年 11 月 8 日，某矿井下皮带机室，试验组对—625 号皮带机室的 3 号、4 号两台 6kV 高压防爆开关之间电缆进行耐压试验，试验后急于恢复送电，在送电时触电死亡。

（5）某年 2 月 1 日，某矿井下中央变电所，水泵两股电，实际上有一相油开关触头未闭合，维修电工错误认为是熔体烧断，在取熔断器时触到井上送电的电缆头上，触电死亡。

（6）某年 8 月 10 日，某矿—300 水平大巷，因落雷，井下—300 泵房去东翼的 6kV 电缆击穿接地，白班电工将此电缆的电源

开关停电，并挂上停电牌。下午4点班3名电工下井处理时，发现
－300泵房外2m处一条高压电缆外皮受伤（这条电缆是去西翼的
高压电缆），误认为这就是故障点，在顺电缆找开关时，看错了电
缆，进泵房后看开关已停电就动手处理去西翼带电的电缆，造成触
电死亡一人。

（7）某年12月29日，某矿二井＋450大巷，电工带电盖6kV
电缆接线盒时触电死亡。

（8）某年2月10日，某矿八井－260变电所，给变电所第4台
防爆高压开关加油，电工请示机电师停总开关，机电师说：停什么
总开关，负荷侧拉开就没电了。于是两人开始打开开关加油，加油
后要恢复送电，发现操作机构不灵，欲将第5台开关操作机构拆下
来换给第4台开关用。机电师打开第4台开关时触及电源发生触电
死亡。

（9）某年4月15日，某矿190m水泵房做试验。双路供电，
断开6113开关，而另一路1617开关仍然有电未断开，试验人员把
接地线误接到1617开关时，触电死亡。

（10）某年4月26日，某矿井下中央变电所，电工在中央变电
所检查高压开关时，不停电作业，触电死亡。

（11）某年7月13日，某矿井底泵房变电所清扫卫生时，不停
电，触电死亡一人。

3. 直流架线触电事故的预防

（1）架线安装高度必须符合标准《规程》要求。在行人的巷道
内、车场以及人行道同运输巷道交叉的地方，架线安装高度不得低
于2m井下车场，从井底到乘车场，架线高度为2.2m。

（2）严禁工人扒车和乘坐空、重车。

（3）不准带电修理电机车弓子。

（4）人员上、下车地点都要有照明，架线必须安设分段开关。
人员上、下车时必须切断该区架线电源。

（5）架线、拉线安设质量要符合要求，绝缘符合规定，以防
漏电。

（6）工人拿长铁器要注意使用方法和执行安全措施，以防触及架线。

（7）直流架线要装设直流漏电保护装置。

直流架线触电事故案例如下。

（1）某年 10 月 16 日，某矿＋230m 水下二采区运输大巷，该大巷使用架线电机车运输，多人在大巷撤出 ZLQ20-3×35 型 6kV 铠装电缆时，与带电的架线接触，造成 51 人触电，电缆一处烧断，一处烧露芯线，幸免未发生人员死亡。

（2）某年 3 月 24 日，某矿，一工人坐架线电机车上，碰到架线触电死亡。

（3）某年 4 月 13 日，一工人在井底车场上车时，碰到架线触电死亡。

（4）某年 4 月 15 日，某矿，司机修理架线电机车弓子时，触到架线死亡。

（5）某年 7 月 12 日，某矿，一工人扛打眼钎子，碰到架线触电死亡。

（6）某年 8 月 4 日，某矿，翻车工坐电机车上，触及架线触电死亡。

（7）某年 8 月 11 日，某矿，水仓清扫工，乘坐已装满煤的矿车，触及架线触电死亡。

（8）某年 1 月 2 日，某矿，掘进工人扛打眼钎子，碰架线触电死亡。

（9）某年 5 月 3 日，某矿＋370 平硐，人站在行驶的矿车空车里，触及架线触电死亡。

（10）某年 7 月 5 日，某矿，架线脱落，掉在行人身上触电死亡。

（11）某年 7 月 14 日，某矿，电机车架线与拉线连电，工人触及拉线触电死亡。

（12）某年 7 月 23 日，某矿，电机车掉道，工人用铁道处理碰及架线触电死亡。

（13）某年 7 月 31 日，某矿，装车工站在装车台上滑倒，触及架线触电死亡。

（14）某年 1 月 5 日，某矿，一工人乘车下车时，碰到架线触电死亡。

（15）某年 6 月 19 日，某矿，一工人在井底车场，穿过矿车之间连接处时，触及架线触电死亡。

（16）某年 7 月 26 日，某矿二井，带电修电机车弓子，触电死亡。

（17）某年 9 月 16 日，某矿，工人扒乘空矿车时触架线，触电死亡。

（18）某年 2 月 8 日，某矿 1600 水平大巷，电机车穿过 23 石门时，牵引的材料车被风门卡住，工人从此处过时触及架线，发生触电死亡。

（19）某年 3 月 27 日，某矿三水平，工人扛管子，触及架线触电死亡。

（20）某年 9 月 24 日，某矿，电机车司机带电处理弓子时，触电死亡。

第二节　瓦斯事故与预防

瓦斯是对煤矿生产威胁最大的一种自然灾害，多年来，瓦斯爆炸事故死亡人数一直占煤矿各类事故总死亡人数的 20％左右。而瓦斯事故与电工作业行为、电工工作质量有着密切的关系。据对 361 起一次死亡 3 人以上重大瓦斯爆炸事故火源分析，其中由于电气火花引爆的高达 150 起，占火源总数的 41.55％。因此，加强电工作业安全管理，提高电工作业工作质量，对防止瓦斯爆炸事故有着十分重要的意义。

一、瓦斯的性质与发生爆炸的条件

煤是由古代的植物变质生成的。在成煤的过程中，也产生了很多种对人体有害的气体。在煤矿井下，把以甲烷（CH_4）为主的有毒、有害气体统称为瓦斯。有时单独指甲烷。在开采过程中，这些有害气体就会放散出来，有时会达到很高的浓度。如不注意，就会引起燃烧、爆炸或使人中毒、窒息，造成事故。但只要懂得了它们的性质，掌握了治理的科学方法，认真按照《煤矿安全规程》办事，也就不会发生危险。

1. 瓦斯的性质

（1）矿井瓦斯是一种无色、无味、无臭的气体，是否含有瓦斯及其浓度靠人的感官检查是不行的，必须使用专用的瓦斯检测仪才能测出来。

（2）瓦斯比空气轻，对空气的相对密度为 0.554。因此在风速低的情况下，会积聚在巷道顶部、冒落高顶和上山工作面等处。因此，必须加强这些地方的瓦斯检查和处理。

（3）瓦斯有很强的扩散性。如果从一处涌出瓦斯，就能扩散到巷道附近。这样，既增加了检查瓦斯涌出源的难度，也使瓦斯的危害范围扩大。

（4）瓦斯的渗透性很强。在一定瓦斯压力和地压共同作用下，瓦斯能从煤岩中向采掘空间涌出，甚至喷出或突出。利用这个特性，向煤层中打钻，抽放瓦斯，降低煤层瓦斯赋存量，并变害为利，开发利用。

（5）矿井瓦斯具有燃烧性和爆炸性。当瓦斯与空气混合到一定浓度时，遇到引爆热源，能引起燃烧或爆炸，严重影响和威胁矿井安全生产，一旦形成灾害事故，会对国家财产和职工生命健康造成巨大损失。因此，瓦斯是矿井灾害之首。

（6）当井下空气中瓦斯浓度较高时，会相对地降低空气中的氧气，使人窒息死亡。

2. 瓦斯爆炸的条件

瓦斯爆炸必须具备下列三个条件，缺一不可，否则就不能发生爆炸。

（1）瓦斯浓度。瓦斯与空气混合，按体积计算，瓦斯浓度在

5％～16％时具有爆炸性。

瓦斯爆炸界限不是固定不变的。如有别的可燃性气体或煤尘混入，或温度、压力增加后，瓦斯爆炸界限就会扩大。瓦斯浓度不到5％就可能发生爆炸，超过16％也会爆炸；惰性气体（如二氧化碳或氮气）混入后，可使瓦斯爆炸的界限缩小，瓦斯浓度达到5％也不爆炸，不到16％即失去爆炸性。如混入的惰性气体量很大，就可使瓦斯与空气的混合气体失去爆炸性。

（2）点燃瓦斯的火源。井下煤炭自燃，明火，电气火花，架线机车火花，吸烟以及摩擦、撞击和放炮生产的火花，都可以点燃瓦斯。在井下防止各种火源的出现对防止瓦斯爆炸是十分重要的。因此，任何人都应自觉地不把火种带到井下，不在井下吸烟，不随意开关矿灯。

（3）空气中的氧气含量。在空气与瓦斯混合的气体中，如果氧气含量低于12％，混合气体就失去爆炸性。在正常生产的矿井中，不可能采用降低空气中氧气含量的办法来防止瓦斯爆炸。对于已封闭的火区或正在处理中的火区，尤其是对高瓦斯矿井的火区，可以采取注入惰性气体、降低氧气含量的方法来防止瓦斯爆炸。

二、发生瓦斯爆炸事故的原因

（1）违背技术政策和法规开采。有的矿井风量不足，有的是自然通风，独眼井；有的矿井通风系统不合理、不完善，形成串联风、扩散风、循环风；有的矿井的采空区和盲巷不及时处理和封闭，形成瓦斯库，留下事故隐患。

（2）通风管理不善。有的矿井局部通风机随意停开；有的不按需要配风，巷道冒落堵塞，风流短路；有的风筒脱节、漏风、被压，不及时处理；有的风筒口距掘进工作面太远，使风量过小、风速低，导致掘进工作面微风作业，致使瓦斯积聚。

（3）瓦斯检查制度执行不严，有的矿瓦斯检查工数量不足，经常空班漏检；有的瓦斯检查工思想与业务素质不高，责任心不强，甚至作假记录；有的矿井瓦斯检测遥控系统安装不合理或检修不及时，不能发挥其作用。

（4）瓦斯顶排抽放不到位。有的矿井虽然建有瓦斯抽放系统，但抽放效果不佳，抽放时间不够，以致开采时瓦斯超限。部分有煤与瓦斯突出危险的矿井没有采取预抽卸压、开采解放层等措施，导致煤与瓦斯突出事故的发生。

（5）违章爆破。炮眼不装或少装炮泥，甚至用煤粉等可燃物替代；最小抵抗线不够和用多母线爆破，进行裸露爆破或放连珠炮。有的工作面虽然分上、下段爆破，但两段爆破间隔时间很短，以致酿成事故。

（6）电气系统管理不严及机械设备摩擦、井下照明和机械设备的电源、电气装置不符合规定；有的疏于管理，电气设备失爆或带电作业产生火花，以及机械设备摩擦产生火花引爆瓦斯。

（7）着火引发。采空区和旧巷不及时封闭，残煤自燃发火，有的是密闭管理不严，火区复燃；还有的是皮带着火引发瓦斯爆炸。

（8）职工安全意识薄弱。有的职工在井下抽烟，违章擅自动用火焊、电焊等。

三、预防瓦斯爆炸事故的措施

预防瓦斯爆炸事故涉及行政管理、技术管理、队伍素质、安全技术装备、科研教育等方方面面，必须采取综合治理措施，哪一方面出现漏洞都不行。

（1）加强对"一通三防"工作的领导，做到责任落实，管理到位。首先要落实好各级领导干部责任制。企业法人代表是安全生产的第一责任者，要定期组织研究本单位"一通三防"工作，制定规划和措施，保证"一通三防"所需的人、财、物；总工程师直接对"一通三防"技术业务工作负责；企业副职对其分管业务范围内的"一通三防"工作负责；企业分管安全工作的领导要对防止重大瓦斯爆炸事故所采取的措施进行认真检查，督促落实。其次要完善和落实各部门的业务保安责任制。地测部门要及时为通风部门提供地质资料和巷道贯通通知书；设计部门在采区、采场设计中，必须保证符合规程对"一通三防"的要求；机电部门、运输部门都要为"一通三防"尽职尽责；安全检查部门负责督促检查"一通三防"各项措施的落实。再次是要建立独立的通风机构，配齐人员，完善制度，使其有职、有权、有责，为防止发生瓦斯事故把好六关：一是设计审查关，二是重大措施审批关，三是安全技措费使用关，四是瓦斯管理关，五是防灭火管理关，六是通风质量标准化关。

（2）加强技术装备，努力提高抗御瓦斯灾害的能力，依靠科技进步，不断提高"一通三防"现代化水平，是防治重大瓦斯煤尘事故的根本出路。根据我国煤矿的具体情况，要着力提高以下四个方面的装备水平：一是国有重点煤矿要装备瓦斯遥测仪、瓦斯断电仪、风电瓦斯闭锁；二是高瓦斯和突出矿井的采掘工作面、回风道、机电硐室重要场所都要安装瓦斯传感器；三是瓦斯检查工、爆破工、区队长、班组长都应配备便携式瓦检仪或瓦斯报警矿灯；四是国有重点煤矿的高瓦斯和突出矿井要装备移动式瓦斯抽放泵站和对旋式局部通风机。这"四项装备"如能配齐并确实发挥作用，在一定程度上就可以达到预防和控制瓦斯事故的目的。

（3）加强通风管理，防止瓦斯积聚。对风量不足和通风系统不合理的矿井进行必要的改造，降低通风阻力，堵塞漏风，提高风量。特别要加强局部通风管理，努力控制掘进工作面的瓦斯事故。分析一次死亡 3 人以上的 361 次瓦斯事故，发生在掘进工作面的156 次，占 43.21%，分析一次死亡 10 人以上的 55 次瓦斯事故，发生在掘进工作面的 40 次，占 72.7%。很显然只要把掘进工作面的瓦斯事故控制住，就可以把煤矿的瓦斯事故大幅度地降下来。因此，必须下大力气抓好掘进工作面的通风管理，使掘进工作面保持足够的、稳定的风量，大大减少无计划的停电停风，对逆风距离长、瓦斯涌出量大的掘进工作面应安装双风机、双电源，实现自动换机，自动分风，并做到"三专两闭锁"。局部通风机必须由掘进施工工作单位指定人员看管，严禁随便停开。坚决消灭掘进巷道大循环风、微风现象。

（4）整顿非正规采煤方法，控制非正规开采工作面的瓦斯事故。实践证明，非正规开采工作面的瓦斯事故大大高于正规开采工作面。因为非正规采煤一般都是用局部通风机通风，很难保证采煤工作面有稳定的、足够的风量，也难以解决采空区瓦斯聚集的问题，所以要控制瓦斯事故，必须整顿非正规采煤方法，形成正规开采，保证风流畅通。特别是有煤与瓦斯突出危险的矿井，严禁非正规开采。对低瓦斯矿井，如地质条件复杂，只能采用非正规采煤的矿井，可在现有条件下经过改造，最大限度地减少循环风，符合规程规定，同时要加强通风管理，保证作业地点有足够的风量。对残采、回收煤柱及地质构造复杂的区域，只能采用非正规开采的，必须制定可靠的安全措施，并报上级主管部门批准。

(5) 加强机电设备维护，提高电气设备防爆性能。对井下电气系统要进行定期检查、维修，确保短路、漏电、接地三大保护完好有效。对损坏的电缆、电线要及时更换，消灭"鸡爪子"、"羊尾巴"。对 127V 煤电钻要安装综合保护装置。灯锁失灵的矿灯不准下井，在井下严禁打开或修理矿灯。要建立健全并严格执行机电设备使用、维护、操作、检查责任制，杜绝电火花的产生。局部通风和掘进工作面的电气设备的风电闭锁装置一定要可靠，高瓦斯或有煤与瓦斯突出危险的掘进工作面必须使用专用变压器、专用电缆、专用开关和风电闭锁、瓦斯电闭锁装置。

(6) 加强明火管理和放炮管理。要严格执行井下明火作业审批手续，井下带式输送机的防火措施和安全保护措施务必落实。对井下密闭火区特别是活火区要严格管理。井下放炮要推广使用水胶炸药或乳化炸药，尽快实现炸药更新换代。炮眼必须按规定封足炮泥，使用水炮泥，无封泥或封泥不足的炮眼及瓦斯越限情况下，严禁放炮。要坚持执行"一炮三检"制度和"三人连锁"放炮制度。

(7) 加强瓦斯抽放和瓦斯管理。凡应进行瓦斯抽放的矿井都应建立抽放系统，实行预抽预排，以减少开采时的瓦斯涌出量。瓦斯抽放要坚持"多钻孔、严封闭、综合抽"的九字方针，努力提高抽放率、抽放量。要严格执行瓦斯检查制度，要按《煤矿安全规程》

规定配齐瓦斯检查工，并做好培训持证上岗，增强其责任心，不断提高其技术业务水平。瓦斯检查工要保持相对稳定，使其安心为防治瓦斯站好岗、放好哨。在采场恢复生产、停电停风一段时间排放瓦斯时，工作面贯通、巷道贯通风路调整时，最容易发生瓦斯事故，对这个关键的环节务必高度重视，一定要制定专门的安全措施，通风部门要指派专人统一指挥，严格落实各项安全措施，防止瓦斯事故的发生。

（8）加强培训，提高职工防治瓦斯事故的意识和素质。防治瓦斯事故要坚持"管理、装备、培训并重"的原则。一项好的制度需要人去执行，再好的设备与装备都需要人来操作，离开人的正确管理和操作，都不可能发挥其效能。所以，提高职工的素质是非常重要的。各级管理部门和煤炭企业都要树立"以人为本"的观念，为防止瓦斯事故的发生，必须抓好对广大职工进行"一通三防"基本知识的教育，加强培训工作，尤其是使通风、安监部门的职工，也包括各级领导、各业务部门及直接操作的工人，都掌握防治瓦斯事故方面的实际本领，增加业务保安和自主保安的能力。

四、机电设备运行环境中瓦斯浓度的规定

井下最易积聚瓦斯的地点有：

（1）采煤工作面上隅角；

（2）独头掘进工作面的巷道上角；

（3）顶板冒落的空洞内；

（4）低风速巷道的顶板附近；

（5）停风的盲巷中；

（6）回采工作面采空区边界处；

（7）采掘机械切割机构的周围；

（8）发生煤与瓦斯突出、压出、倾出后形成的孔洞内。

电工在上述地点工作时，应注意该点的风速情况。发现异味、憋气等情况时，应立即使用便携式瓦斯检测仪测量局部瓦斯情况。只有当瓦斯浓度不超过 0.5% 时，才能进行停电作业。对于装备有

报警矿灯的采区，电工应在工作中注意报警矿灯的信号。

对采区机电设备运行环境风流中的瓦斯浓度，《煤矿安全规程》有如下规定。

（1）采区回风巷、采掘工作面回风巷风流中瓦斯浓度超过 1％或二氧化碳浓度超过 1.5％时，都必须停止工作，撤出人员，并由矿总工程师负责采取措施，进行处理。

（2）采掘工作面风流中瓦斯浓度达到 1.5％时，必须停止用电钻打眼。

（3）采掘工作面风流中瓦斯浓度达到 1.5％时，必须停止工作，撤出人员，切断电源，进行处理；电动机或其开关地点附近20m 以内风流中瓦斯浓度达到 1.5％时，必须停止运转，撤出人员，切断电源，进行处理。

（4）采掘工作面内体积大于 0.5m³ 的空间局部积聚瓦斯浓度达到 2％时，附近 20m 内，必须停止工作，撤出人员，切断电源，进行处理。

（5）因瓦斯浓度超过规定而切断电源的电气设备，都必须在瓦斯浓度降到 1％以下时，方可复电开动机器。使用瓦斯自动检测报警断电装置的掘进工作面只准人工复电。

（6）综合机械化采掘工作面应在采煤机和掘进机上安设机载式断电仪，当其附近瓦斯浓度达到 1％时报警，达到 1.5％时必须停止作业，切断采煤机和掘进机的电源。

五、电火花引起的瓦斯爆炸事故案例

1. 在井下因违章带电作业引起重大瓦斯爆炸事故案例

（1）某年 5 月 31 日，山西某县某煤矿，风筒脱开，工作面30m 无风，电工违章带电处理三通，引起瓦斯爆炸，死亡 15 人。

（2）某年 10 月 16 日，黑龙江省某市某煤矿，停风、停产两班后，瓦斯积聚，带电换电钻引起瓦斯爆炸，死亡 3 人。

（3）1991 年 1 月 9 日，江西省某市某煤矿，循环风瓦斯积聚，违章带电作业产生电火花，引起瓦斯爆炸事故。

（4）1991 年 6 月 22 日，陕西省某县一号井，停风后，瓦斯集聚，电工带电作业，电火花引起瓦斯爆炸。

（5）1991 年 8 月 27 日，云南省某县某煤矿，通风不良，电工带电安灯线，产生火花引起瓦斯爆炸。

（6）1991 年 9 月 35 日，重庆市某县某煤矿，带电修局部通风机，产生明火引起瓦斯爆炸。

（7）1991 年 9 月 21 日，辽宁某矿务局某矿综采面，风流短路，回风道瓦斯局部越限，修理开关时产生电火花，引起瓦斯爆炸。

（8）1991 年 10 月 6 日，吉林省某市某煤矿，局部通风机停风，瓦斯积聚，带电作业，产生火花，引起瓦斯爆炸。

（9）1991 年 11 月 8 日，云南省某县某煤矿，停风，带电检修电器，电火花引起瓦斯爆炸。

2. 在采区范围内电气设备失爆引起瓦斯爆炸的事故案例

（1）某年 6 月 4 日，某县某无烟煤矿，掘进风筒漏风，瓦斯积聚，开关失爆引起瓦斯爆炸，死亡 7 人。

（2）1990 年 6 月 14 日，某市某乡煤矿，循环风，瓦斯积聚，开关失爆引起瓦斯爆炸。

（3）1990 年 8 月 19 日，某市某矿，停开局部通风机，瓦斯积聚，开关失爆引起瓦斯爆炸。

（4）1990 年 7 月 5 日，某市某乡联办矿，总回风巷垮落，局部通风机循环风，绞车变压器失爆打火，引起瓦斯爆炸。

（5）1991 年 9 月 28 日，某煤矿，电铃失爆产生火花，引起瓦斯爆炸。

（6）1991 年 10 月 13 日，某市某煤矿，恢复生产后未排瓦斯，电钻失爆引起瓦斯爆炸。

（7）1991 年 7 月 11 日，某县某煤矿，微风作业，煤电钻失爆，引起瓦斯爆炸。

（8）1991 年 12 月 23 日，某县某煤矿，局部通风机循环风，瓦斯越限，开关失爆引起瓦斯爆炸。

3. 在煤矿井下摇兆欧表引起瓦斯爆炸的事故案例

某年 11 月 21 日，某矿务局某煤矿在二石门机道中，因敞开风门，风流短路，使二石门机道瓦斯积聚。由于在使用兆欧表前没有执行《煤矿安全规程》规定的："普通型携带式电气测量仪表，只准在瓦斯浓度 1％以下的地点使用"的要求，因而在摇兆欧表时引起了瓦斯爆炸事故，造成 9 人死亡的重大事故。

第三节 井下避灾与自救互救

一、井下避灾

1. 瓦斯、煤尘爆炸事故避灾方法

井下发生瓦斯、煤尘爆炸事故的时候，一般都会有强大的爆炸声和连续的空气震动，产生很强的高温气浪，并产生大量的有害气体。这时候一定要沉着，不可惊慌，也不要乱喊乱跑，应该积极自救。自救的方法如下。

迅速背向空气振动的方向，脸向下卧倒，头要尽量低些，用湿毛巾捂住口鼻，用衣服等物盖住身体，使肉体的外露部分尽量减少。在爆炸的一瞬间，要尽可能屏住呼吸，防止吸入大量的高温有害气体。与此同时，要迅速取下自救器，按照操作方法把它戴好。

戴好了自救器，就要辨清方向，沿避灾路线，尽快进入新鲜风流中离开灾区。撤离中，要由有经验的老工人带领同行。假如巷道中破坏很严重，又不知道撤退路线中是否安全，就要设法找到永久避难硐室或自己构筑临时避难硐室或到较安全的地方去暂时躲避，安静而又耐心地等待救护。躲避的地方要选择顶板坚固、没有有害气体、有水或离水较近的地方，并且要时时注意附近情况变化，发现有危险时，就要转换地方。

避灾中，每个人都要自觉地遵守纪律，听从指挥，并严格控制矿灯的使用。要主动照顾好受伤的人员，还要时时敲打铁道或铁管，发出呼救信号，并派有经验的老工人（至少两人同行）出去侦察。经过探险确认安全后，大家就可向井口退出，并在沿途做出信号标记，以便救护队跟踪寻找。如有可能，要寻找电话，及早同地面取得联系。

2. 火灾事故避灾方法

在井下不论任何人发现烟气或明火等火灾灾情，应立即向现场领导人汇报，并迅速通知附近工作的人员。

现场人员要立即组织起来，在尽可能判明事故性质、地点及灾害程度、蔓延方向等情况的同时，迅速向矿调度室报告，请求救护队的援救，并立即投入抢救。

抢救时，应及时切断灾区内的电源，并迅速通知或协助撤出受火灾影响区域内的人员。

如果火势不大，就应根据现场条件立即组织力量将火直接扑灭。如果火灾范围大或是火势猛，则应在撤出灾区人员、保证自身安全的前提下，采取稳定风流，控制火势发展，防止人员中毒和预防瓦斯、煤尘爆炸的措施，并随时保持和地面指挥部的联系，根据指挥部的命令行事。

如果现场人员无力抢救，同时人身安全有受到威胁的可能，或是其他地区也发生火灾，当接到撤退命令时，就要立即安全撤退。凡是见到火或突然接到火警通知，需要立即撤退的一切人员，无论在任何情况下都不可惊慌失措，盲目行动，而要在判明灾情和自己的实际处境、想好应急措施之后才采取行动。应急措施必须及时、正确、果断，即使是对待一次微小的火灾也不能麻痹大意，因为任何犹豫和疏忽都可能造成严重后果。

案例1：某矿4名包工队的工人在掘进工作面作业时，因违章爆破引起了仅脸盆大的一堆小火，本来只要用简单的扑打覆盖方法就可扑灭，但他们都惊慌地跑掉升井了。当有关人员在主风井发现烟雾逐级汇报后，又由于对火灾的性质作了错误的判断，采取了一些不适应的措施，当负责人率队下井在现场灭火时，发生了瓦斯爆炸，造成了9人死亡和全井的封闭。

案例2：某矿井下绞车房因绞车控制器短路引起火灾。当时因现场无人，火势发展很快。起火不久，恰好有矿通风区和救护队的4名工人途经该处发现火情，凶猛的火势和烟雾已弥漫了整个绞车房，浓烟正向采区进风巷蔓延，这4个人立即采取果断措施，切断了绞车房的电源，就地利用现场的砂子和黄土拼力灭火，同时迅速向矿调度室报告，救护队很快下井来到现场，迅速将大火扑灭，避免了一场恶性事故。

3. 矿井透水预兆与避灾方法

（1）矿井的透水预兆　采掘工作面或者其他地点透水前，一般都有以下预兆。

①挂红。水中含有铁的氧化物，在水压作用下，通过煤（岩）裂隙时，附着在裂隙表面，出现暗红色的水锈。

②挂汗。水在水压作用下，通过煤岩裂隙在煤岩壁上凝结成水珠，此时巷道接近积水区，但有时空气中的水分遇到低温煤块也会挂汗，这是一种假象。所以，遇到挂汗时，要辨别真伪，其辨别方法是剥去一薄层，观察新暴露面是否也有潮气，若有，则是透水先兆。

③煤壁变冷。工作面接近大量积水时，气温骤冷，煤壁发凉，人一进去就有阴冷的感觉，时间越长越感到阴凉，但受地热影响较大的矿井，地下水温高，当掘进工作面接近时温度反而升高。

④出现雾气。当巷道温度很高时，积水渗到煤壁后引起蒸发而形成雾气。

⑤水叫。井下的高压积水向裂缝挤压与两壁发生摩擦而发出嘶嘶的叫声，说明已很接近积水区。若是煤巷掘进，则透水即将发生，这时必须立即发出警报，撤出所有受水威胁的人员。

⑥顶板淋水加大。

⑦顶板来压。底板鼓起。

⑧水色发深，有臭味。老空水含铁质变成红色，酸度大，水味发涩。断层水呈黄色，水无涩味而发甜。溶洞水大多在石灰岩中遇到，水呈黄色或灰色，有时带有臭味，有时也出现挂红。冲积层水水色发黄，往往夹有砂子，开始时水小，以后逐渐增大。

⑨ 工作面有害气体增加，积水区向外散发出瓦斯、一氧化碳和硫化氢等有害气体。

⑩ 裂缝出现渗水，如果出水洁净，则离积水区已近。

当发现上述透水预兆时，必须停止作业，判断情况，向上级报告，如果情况危急，必须立即发出警报，撤出所有受水威胁的人员。

（2）矿井透水时避灾方法　井下发生水害事故时，在事故现场及附近的职工应认真观察、判断灾情，如突水的地点、水的来源、涌水量、发生原因、危害程度等，迅速向矿调度室汇报，并利用可靠的联络方式，及时向下部水平和其他可能受水威胁区域的人员发出警报通知，同时，按以下要求做好自身防护和抢救工作。

① 在突水迅猛、水流急速的情况下，现场人员立即避开出水口和泄水流，躲到硐室内、拐弯巷道或其他安全地点。如果情况紧急、来不及转移躲避时，可抓牢棚梁、棚腿或其他固定物体，防止被水冲倒或冲走。

② 如果是老空水涌出，使所在地点的有毒、有害气体浓度增高时，应立即佩戴隔离式自救器。在未确定所在地点的空气成分能否保证人员的生命安全时，禁止随意摘掉自救器的口具和鼻夹，以免发生中毒窒息事故。

③ 井下发生突水事故后，决不允许任何人以任何借口在不佩戴防护器具的情况下冒险进入灾区。

④ 积极妥善地组织抢救。突水事故的初期，应在现场领导干部和有经验的老工人组织带领下利用现有的人力、物力，迅速进行抢救工作。

a. 如果突水点周围围岩坚硬、涌水量不大，可组织力量，就地取材，加固工作面，尽快堵住出水口。

b. 在水源情况不明、涌水凶猛、顶帮围岩松软的情况下，决不可强行封堵出水口，以免引起大面积突水，造成人员伤亡，扩大灾情。

c. 对于受伤的矿工，应迅速抢救，搬到安全地点，立即进行急救处理。

案例：某矿井下掘进时透老空积水，涌出的 3700m³ 积水和大量的硫化氢气体使井下多名矿工遇险。事故发生后，从斜井井口向外喷出黄绿色的气体（后测定硫化氢浓度高达 0.1%），矿井职工急于救人，在无任何防护措施的情况下，盲目行动，冒险入井，结果行进不到 20m，便有 17 名职工发生了严重中毒，其中 4 人死亡。

4. 煤与瓦斯突出事故避灾方法

井下发生煤与瓦斯突出事故时，矿工必须根据具体情况正确进行避灾，想方设法保护自己，救护别人。

（1）佩戴隔离式自救器保护自己。在有煤与瓦斯突出危险地区工作时，矿工要把自己的隔离式自救器带在身上，一旦发生煤与瓦斯突出事故，立即打开外壳佩戴好，迅速外撤。

（2）进入可避难的地点。矿工在撤离途中，如果退路被堵，可到矿井专设的井下避难所暂避，也可寻找有压缩空气管或压风管的巷道、硐室躲避。这时要把管子的螺丝接头卸开，形成正压通风，延长避难时间，并设法与外界取得联系。如某矿在开拓放炮时发生了煤与瓦斯突出，有 34 名矿工被突出的煤炭隔堵在一条轨道上山的停车场，附近几千米巷道都充满了瓦斯。这些矿工立即用附近的防爆电话向井上呼救，同时用扳手把 5in(1in=2.54cm，下同）的压风管卸开，地面很快把压缩空气送了进去。矿领导一面采取措施排除瓦斯，一面组织矿工救护队在外边扒煤，终于扒出一条高 40cm、长 10m 的通道，救护队员立即携带隔离式自救器爬进去，给遇险矿工逐个佩戴，使 34 名矿工安全脱险。

（3）在新鲜风流区域的矿工要在统一指挥下，积极参加救护工作，但首先要通过电话或其他通讯方式向领导或调度室报告事故发生的时间、地点、遇险人数及其他情况，阻止未佩戴自救器的人员进入火区。

5. 在有烟雾的巷道里撤退时的注意事项

在有烟雾的巷道里撤退时，应当注意以下事项。

（1）在有烟雾的巷道里，停留避灾或是建立避灾场所的可能性一般不大。所以，应当采取果断措施迅速脱离现场，撤到有新鲜风流的巷道。

（2）在有烟雾的巷道里撤退时，必须及时戴好自救器。若自救器失效时，应捂毛巾。

（3）位于火源进风侧的人员应迎着新鲜风流撤退。如果位于火源回风侧的人员距火源较近，附近有脱险的通道，而且又有脱险的把握时，可以逆烟撤退，迅速穿过火区撤到火源的进风侧。如果位于火源回风侧的人员距火源较远，在烟气没有到达之前，可顺着风流尽快从回风出口撤到新鲜风流中去。如果在撤退途中遇到烟气有中毒危险时，应迅速戴好自救器，尽快通过捷径绕到新鲜风流中去。

（4）撤退途中如果有平行并列巷道或交叉巷道时，应靠有平行并列巷道或交叉巷口的一侧撤退，并随时注意这些出口的位置。在烟雾大、视线不清楚的情况下，要摸着巷道壁前进，以免错过连通出口。

在烟雾不严重的情况下，应尽量躬身弯腰，低头快速前进。如烟雾大、视线不清或温度高时，则应尽量贴着巷道底板和巷道壁，摸着铁道或管道等快速爬行撤退。

（5）在高温浓烟的巷道撤退时，还应注意利用巷道积水浸湿毛巾、衣物，或向身上淋水等办法进行降温，或是利用随身物件遮挡头、面部，以防高温烟雾的刺激。

（6）如果在自救器有效作用时间内不能安全撤退时，应寻找有压风管路的地点，用压风呼吸。

（7）无论逆风或顺风撤退，都无法躲避着火巷道或火灾烟气的危险时，应迅速进入避难硐室，或构筑临时避难所，等待救援。

（8）无论在多么危险紧急的情况下，都不要惊慌，不要狂奔乱跑，否则很容易疲劳，抵抗能力、行动能力和分析能力都会降低。过度的紧张和恐惧还会造成精神及行动失常。

案例：某矿胶带巷发生电气火灾，当时在附近的一个采煤工作面进风顺槽内有3名工人分别在两个地点工作。当其中两人发现烟雾由进风方向袭来时，立即顺着风流穿过相邻工作面的联络巷，由上一个工作面的回风巷绕过火区进入新鲜风流区脱险。当这两名工人在撤退中路过另一名工人的工作地点时，曾叫他迅速跟随撤离，但这名工人却没有立即行动，由于延误了时间，当烟雾袭来时因精神紧张及缺乏避灾知识，慌忙中迎着烟雾袭来方向奔向火区，结果不幸死在火源附近。

6. 冒顶事故预兆与压埋人时自救、互救方法

（1）冒顶事故的预兆 在正常情况下，顶板冒落事先都有预兆。

① 响声。岩层下沉断裂、顶板压力急剧加大时，木支架就会发生劈裂声，紧接着出现折梁断柱现象，金属支柱的活栓急速下缩，也发出很大声响。有时也能听到采空区内顶板发生断裂的闷雷声。

② 掉渣。顶板严重破裂时，折梁断柱就要增加，随着就出现顶板掉渣现象。掉渣越多，说明顶板压力越大。在人工顶板下，掉下的碎矸石和煤渣更多，工人叫"煤雨"，这就是发生冒顶的危险信号。

③ 片帮。冒顶前煤壁所受压力增加，变得松软，片帮煤比平时多。

④ 裂缝。顶板的裂缝一种是地质构造产生的自然裂隙，一种是出于采空区顶板下沉引起的采动裂隙。老工人的经验是："流水的裂缝有危险，因为它深；缝里有煤泥、水锈的不危险，因为它是老缝；茬口新的有危险，因为它是新生的"。如果这种裂缝加深、加宽，说明顶板继续恶化。

⑤ 脱层。顶板快要冒落的时候，往往出现脱层现象。

⑥ 漏顶。破碎的伪顶或直接顶在大面积冒顶以前，有时因为背顶不严和支架不牢出现漏顶现象，漏顶如不及时处理，会使棚顶托空、支架松动，顶板岩石继续冒落，就会造成没有声响的大冒顶。

试探有没有冒顶危险的方法主要有三种。①木楔法。在裂缝中

打入小木楔，过一段时间，如果发现木楔松动或夹不住了，说明裂缝在扩大，有冒落的危险。②敲帮间顶法。用钢钎或手镐敲击顶板，声音清脆响亮的，表明顶板完好；发出"空空"或"嗡嗡"声的，表明顶板岩层已离层，应把脱离的岩块挑下来。③震动法。右手持凿子或镐头，左手指尖扶顶板，用工具敲击时，如感到顶板震动，即使听不到破裂声，也说明此岩石已与整体顶板分离。

（2）冒顶压埋人时自救、互救方法　冒顶压埋人时，被压埋的遇险人员应立即采用呼叫、敲打等方法，发出有规律、不间断的呼救信号，以便撤出的人员了解灾情，组织力量抢救。当听到呼救信号后，营救人员要根据呼救信号，准确掌握受灾人员的位置、人数及伤害情况，抓紧时间，采取切实可行的营救措施。被埋人员敲打身旁的物料或岩块时，一定要避免敲打的震动使冒落物继续冒落。否则，会增添对自身的伤害，也会增加抢救的难度。

被压埋人员在条件不允许时，不能采用猛烈挣扎的办法脱险。因为猛烈挣扎会使被压埋人员周围的煤矸、物料失去暂时的平衡，导致新的冒落，反而不能脱险。正确的方法是，正视已发生的灾害，不要惊慌失措，注意保持自己的体力，等待救援。

营救人员发现冒顶压埋人时，首先要检查和维护好冒落地点及其附近的支架，以保障营救人员在救灾时的安全，并有畅通、安全的退路。

在维护好冒落地点及其附近的支架之后，还要指派专人观察顶板。在营救过程中，可用长木棍向遇险人员送饮料和食物。在清理冒落煤矸时，要小心地使用工具，在接近被压埋人员时，只能用手扒、捡煤矸，以免伤害遇险人员。

如果遇险人员被大块矸石压住，应采用液压起重器或千斤顶等工具将大块岩石顶起，迅速将人救出。

当把埋压的矿工营救出来后，要立即进行创伤检查和急救，不可未经创伤检查和急救就抬运出井，以免在抬运过程中扩大伤情。

如果救出的人身上有外伤，把他抬到安全地点后，尽快脱掉（或剪开）他的衣服，先止住伤口出血，缠上绷带。包扎时，如果伤口里有煤渣，不要用水洗，避免手直接触及伤口，更不可用脏布包扎。

如果救出的人有骨折等现象，允许时可给他吃点止痛和消炎药，但头部和腹部受伤时不可给他服药和喝开水。

如果救出的人已停止了呼吸，就要立即让他躺下，解开他的衣服和裤带，撬开他的嘴，取净他嘴里和鼻孔里的煤渣，用手帕或毛巾拉出他的舌头，然后进行人工呼吸抢救。若心跳也已停止，应进行心脏按摩，促使其恢复心跳。

进行上述急救后，尽快送达地面，转送医院治疗。

7. 有害气体中毒人员的抢救方法

当井下一旦发生爆炸、失火、透水等事故时，大都会有大量有毒气体生成。如不注意，就会发生中毒现象，在自救、互救中要做到以下几点。

（1）当感到有刺激性气体、有臭鸡蛋气味或有毒气体中毒症状产生时，除应立即向调度室汇报外，所有人员应立即戴好隔离式自救器（过滤式只能防护 CO 中毒，对其他气体无效），迅速将中毒人员抬离现场，撤到通风良好而又比较安全的地方，并就地进行抢救。

（2）井下放炮后，炮烟未吹散前不要入工作面，以防炮烟中毒，严禁在无防护措施的情况下进入或误入没有通风设施的废旧巷道。

（3）对中、重度中毒的工人应给予吸氧、保暖。严重窒息者应在给予吸氧的同时进行人工呼吸。有条件时可注射呼吸兴奋剂，如可拉明、洛贝林等。

（4）有因喉头水肿致呼吸道阻塞而窒息者，应速用环甲膜穿刺器对环甲膜穿刺或做气管切开术，以确保呼吸道的通畅。

（5）若呼吸和心跳都停止时，应进行胸外心脏按压术和口对口人工呼吸术，直至苏醒或救护人员的到来。

（6）对昏迷的伤员一定要采取侧俯卧位，使口中的分泌物流出，防止舌后坠，同时，要把舌拉出口外。昏迷病人可予针灸，针刺人中、内关、合谷等穴位，以促其苏醒。

（7）如果伤员出现脉搏微弱、血压下降时，应采取强心压措施。经过抢救待病情平稳后，迅速送往医院救治。

二、自救互救

1. 心脏复苏的方法

心脏复苏的主要目的是恢复自主的有效循环，常用的方法有心前区叩击、心脏按压、心脏复苏药物的应用等。

心脏复苏的方法适用于各种原因所引起的心跳骤停患者。症状是：对伤员呼之不应、听之不喘、心脏脉搏不跳、意识丧失。心跳呼吸刚刚停止，应立即抢救。操作方法如下。

（1）心前区叩击术　在心脏停搏后 90 秒内，心脏的应激性是增强的，往往可使心脏复跳。

操作方法：心脏骤停后立即叩击心前区，叩击力中等，一般可连续叩击 3～5 次，并观察脉搏、心音。若恢复，则表示复苏成功，反之，应立即放弃，改行胸外心脏按压术。

（2）胸外心脏按压术　使伤员仰卧于硬板或平地上，操作者站在病人一侧（或骑跨于伤员两大腿外侧），面对伤员，将右手掌之根部置于伤员胸骨体中下段，左手交叉重叠于右手背上，肘关节伸直，以操作者身体的重量有节奏地、冲击式地（非缓慢逐渐加压）用力，把胸骨下段垂直下压向脊柱，当胸骨被压下 3～5cm 深时，心脏即被挤压于胸骨与脊柱之间而将血液排出，随后迅速将手腕放松（非缓慢逐渐抬手），使胸骨因胸廓弹性而复位，胸廓弹回时产生的胸腔负压可使静脉血回流充盈心脏。然后如此有节律地反复进行。按压速率每分钟约 60～80 次，如图 6-1 所示。

在进行胸外按压时，宜将伤员的头放低约 10°～15°，以利于静脉血回流。两人操作时，一人施行心脏按压，另一人将伤员头部后仰，作口对口人工呼吸或作气管内加压呼吸。

注意事项：①使伤员尽快脱离现场，置于安全、通风、保暖的地方，使伤员平卧于平坦的硬地上，肩部垫高，头后仰，解开衣

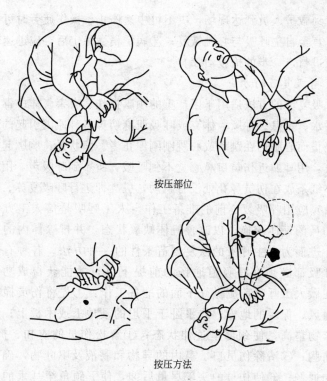

按压部位

按压方法

图 6-1　胸外心脏按压术

扣、裤带，裸露前胸，清除口、鼻内的异物，确保呼吸道的通畅；②胸外心脏按压的位置要正确，用力要稳健、均匀、规律，避免因位置不当、用力过猛、挤压范围过大而造成肋骨骨折、血气胸、心包出血、胃内容物反流、窒息等副作用；③开始按压时切忌用力过猛，最初的 1、2 次挤压不妨用力略小，以探索伤员胸廓的弹性，避免发生肋骨骨折；④在进行胸外心脏按压的同时，必须密切配合进行口对口人工呼吸，一般可由工人协作进行，每分钟心脏按压 50～80 次，对口吹气 15～20 次，以 4∶1 的比例进行，只有一人时，先行心脏按压 4～5 次，再做一次口对口吹气，应有节律地进行，一旦自主呼吸恢复时，口对口吹气的节律与自主呼吸的节律保持一致；⑤按压、抬手与间歇的时间间隔应大致相同；⑥心脏按压要坚持到救护人员到达现场，决不可中途停止，操作疲劳时可换人按压，直至自主呼吸与心跳恢复；⑦病情稍微稳定后，应迅速转运至医院进行进一步的抢救治疗。

2. 呼吸复苏的方法

呼吸复苏的方法适用于因严重的颅脑损伤、有害气体中毒、电击、溺水、窒息、昏厥、休克或呼吸肌麻痹等各种原因引起的呼吸刚刚停止而心脏仍在跳动或心跳刚刚停止者。病状是：胸廓起伏活动消失，用耳贴近伤员口鼻感觉不到呼吸，听不到呼吸声，用长棉絮或小纸条放在伤员鼻孔处没有飘动，应立即进行呼吸复苏。

(1) 应用呼吸复苏前的准备工作　人工呼吸是借人工方法来维持伤员的气体交换，以改善机体缺氧状态，并排除体内的二氧化碳，进而为自主呼吸的恢复创造条件的一种方法。各种有效的人工呼吸都必须在呼吸道通畅的前提下进行才能获得成功。因此，在做人工呼吸前应做好下面的准备工作：①先将伤员撤到安全、通风、保暖的地方；②平卧于平坦的硬地上或木板上；③肩部用衣物垫高，使颈部呈过伸状态；④解松伤员的衣扣、裤带，裸露前胸；⑤清除伤员口、鼻内的异物和黏液及呕吐物，确保呼吸道的通畅；⑥使伤员的头部尽量后仰，使下颌角至耳垂的连接垂直于地面，使下牙越过上牙高度；⑦面部偏向一侧，防止舌根后坠堵塞呼吸道。

(2) 口对口人工呼吸法　呼吸复苏的方法很多，以口对口人工呼吸法最好，因此，对循环呼吸骤停者进行呼吸复苏时，应作为首选。该法操作简单有效，它不仅能迅速提高肺泡内气压，提供较多的潮气量（每次约 500～1000mL），而且还可以根据操作者的感觉，识别通气情况及呼吸道有无阻塞。该法还便于与心脏按压术同时进行。其操作方法如下。

第一步，使伤员仰卧，肩下垫一软枕或衣物，头尽量后仰。

第二步，操作者跪于伤员另一侧，用手帕、纱布或口罩盖在伤员口鼻上，一手自下额将患者头部托起使之后仰，并使其口张开，另一只手将患者鼻孔捏住，以防气体由鼻孔漏出。

第三步，操作者深吸一口气对准患者的口用力吹气，吹毕松开捏鼻的手，让其胸廓及肺自行回缩呼气。保持每分钟 16～20 次，以胸廓可见扩张或听到肺泡呼吸音为有效标志，如图 6-2 所示。

注意：吹气时忌过猛、过短，亦不宜过长，以占一次呼吸周期的 1/3 为宜。

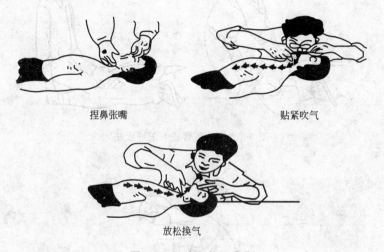

捏鼻张嘴　　　　　　　贴紧吹气

放松换气

图 6-2　口对口人工呼吸

（3）仰卧压胸人工呼吸法　第一步，让伤员仰卧，腰部垫一软枕，使头部和肩部略低。

第二步，操作者跪于伤员的头顶附近，以手各握伤员的两前臂中部，将两臂上举至头顶（180°），使胸部扩张。

第三步，2 秒后，将两臂屈曲紧贴胸前，并用伤员的肘部压迫胸部 2 秒，使肺内气体排除，如图 6-3 所示。

如此连续一举一曲（应形成半圆形运动），每分钟以 20 次左右为宜。

本法适于不能俯卧的伤员，但伤员的舌头容易阻塞呼吸道，口内分泌物不易排出。也可将伤员的两上肢放于身体两侧，操作者跪于伤员的大腿两侧，将两手贴于伤员两侧肋弓部，拇指向内，四指向外，用力向胸部上方压迫，将气压出肺部，然后操作者直腰松手，胸部自然回弹，使气体吸入肺内，如此反复有节奏地进行，如图 6-4 所示。

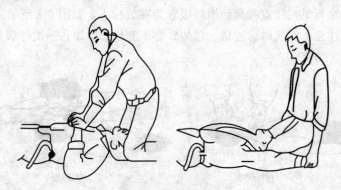

图 6-3　仰卧举臂式人工呼吸法

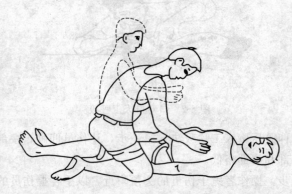

图 6-4　仰卧压胸式人工呼吸法

（4）俯卧压背人工呼吸法　第一步，使伤员俯卧，面部偏向一侧，头向下稍低，一臂弯曲垫于头下。

第二步，操作者跨过患者大腿跪在地上，两臂伸直，两手掌放在伤员胸廓下部最低的一对肋骨上，手指分开，然后使自己的体重通过两上肢从伤员的后下方压向前上方，持续 3 秒，将气体压出肺部。

第三步，操作者将上身伸直，两手松开，使伤员胸廓自然扩张而吸入空气 2 秒后，重复施行，每分钟以 20 次左右为宜，如图 6-5

所示。

　　注意：用力不可过猛，以防肋骨骨折。本法适于溺水者。

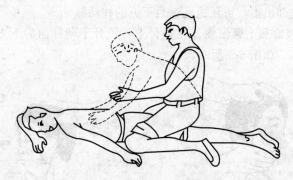

图 6-5　俯卧压背人工呼吸法

　　3. 创伤止血的方法

　　成人的血量约为 4500～5000mL，以重量计，约相当于体重的 1/13，若出血量达 1000mL 以上，则生命就有危险。在现场救护出血伤员，需迅速采用暂时止血法，以免失血过多，导致伤员失血性休克，甚至死亡。止血方法如下。

　　（1）敷料压迫伤口止血法　受伤情况紧急，为了争取时间挽救生命，可用敷料、较干净的毛巾、手帕、撕下的衣服布块等能顺手取得的东西进行加压包扎止血，亦可用于压迫伤口止血。此法适用于毛细血管及小血管出血。

　　（2）指压止血法　在不能使用止血带的部位，或没有止血带及其代用物的紧急情况下，可暂用指压法，即用手指把伤口以上的动脉干压在下面的骨头上，以达到止血的目的。此法属于一种临时应急止血方法。

　　指压止血可用于以下部位。

　　① 头、颈部出血。头部血管丰富，破裂后不易自动闭塞，常血流如注，用敷料加压包扎，出血常能停止。头顶和颞骨动脉出血，可压耳前的颞浅动脉，如图 6-6 所示。腮和颜面出血，可压下颌前面的颌外动脉，如图 6-7 所示。必要时亦可用手指压在气管与

胸锁乳突肌之间的颈总动脉上，用力向后、内将其压在颈椎横突上，但不可压迫气管，更不能同时压迫两侧的颈总动脉。如图 6-8 所示，枕部出血，可压迫乳突后下方的枕动脉。

② 腋窝和上臂出血。在锁骨上将锁骨下动脉向后下方压于第一肋骨上，如图 6-9 所示。

 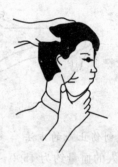

图 6-6　指压颞动脉止血法　　　图 6-7　指压颌动脉止血法

③ 前臂、肘部、上臂下端和手部出血。在上臂内侧的 1/3 处，压迫肱动脉于肋骨上，如图 6-10 所示。手掌、手背部出血在腕关节稍上方掌侧面的桡侧、尺侧，压迫尺、桡动脉搏动处。手指出血应压迫受伤手指根部的两侧，出血常能停止。

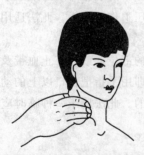

④ 下肢动脉出血。依出血部位可分别在腹股沟韧带中点或大腿中上 1/3 处，腘窝及踝关节后前方压迫动脉、腘窝动脉及胫前、胫后动脉，如图 6-11 图 6-12 所示。足部出血可压迫足背第一、二骨之间的足背动脉，亦可压迫内踝至足跟间的胫后动脉。

图 6-8　指压颈动脉止血法

（3）屈肢法　利用关节的极度屈曲，压迫血管，达到止血的目的。如前臂或小腿出血，可以肘窝或腘窝部放一棉垫，再使关节极度屈曲，然后将小腿与大腿或前臂与上臂用"8"字绷带将其捆拢一起。本法适于远端肢体出血，但不宜用于怀疑骨折或骨关节损伤的伤员，如图 6-13 所示。

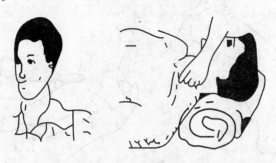

图 6-9　指压锁骨下动脉止血法

（4）止血带止血法　四肢较大动脉血管破裂出血，出血速度甚快，需迅速进行止血。可用止血带、胶皮管等，紧急时亦可用宽领带、绳索、三角巾等代替，但不可用炮线、电线、纫绳等用力捆扎，以空气止血带最好。

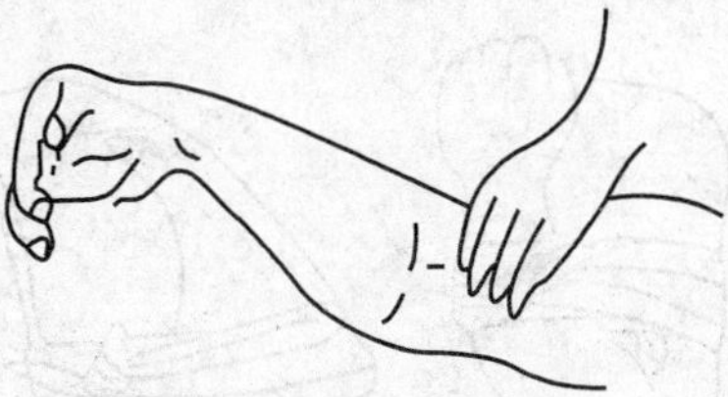

图 6-10　指压肱动脉止血法

采用止血带止血的步骤如下。

第一步，左手拿止血带，上端留 4～5 寸（1 寸＝1/30m）左右长，手背紧贴加垫处，右手拿止血带的长端。

第二步，右手将止血带在拉长、拉紧的状态下，缠绕在左手和隔有衣服或衬垫的肢体上，紧紧缠绕 2～3 匝，止血带之间应并紧，然后再将止血带放在左手中、食指间夹紧。

第三步，左手中、食指夹住指血带，顺肢体向下拉出手，止血带下面成环状。

第四步，将上端一头插入环中，拉紧固定，如图 6-14 所示。

用布带结扎止血法如图 6-15 所示。

采用止血带止血应注意下列事项。

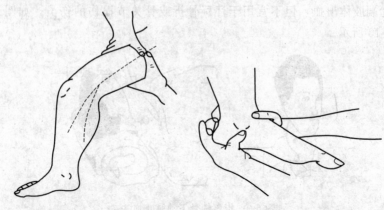

图 6-11　指压股动脉止血法　　图 6-12　指压胫前、胫后动脉止血法

① 使用止血带时，首先要在伤口上方的部位，用毛巾、绷带或衬

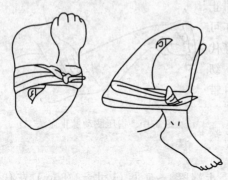

图 6-13　屈肢加垫止血法

垫在皮肤上绕几匝，或在衣服外面，使止血带不要与皮肤直接接触，以防皮肤或神经受损伤。

② 止血部位要正确。止血要在伤口的近心端，上肢应在上臂的 1/3 处，下肢应在大腿上段的前方中上 1/3 处。因这些部位血管在骨头旁边，容易压迫止血。前臂和小腿血管在两骨之间，不易压迫止血。上臂正中不能扎止血带，以免损伤桡神经。肢体断离后的残肢下端，止血带要尽量扎在靠近残端处。

③ 止血带应松紧适度，以能止血为目的，不可过松或过紧。上止血带后需每 30～60 分钟慢慢放松一次，每次约 1～3 分钟左右，以免产生肌肉、皮肤坏死和神经损伤。若放松仍继续有大出血的可能，则可不必放松止血带。

④ 动脉出血。血流出喷，速度快，危险大，应立即进行止血

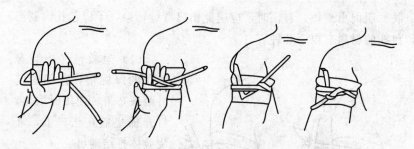

图 6-14　胶皮管止血带结扎法

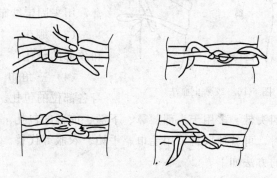

图 6-15　布带结扎止血法

处理，然后迅速转运到医院进行抢救处理。

⑤ 已上止血带的伤员，需注明上止血带的时间，以便接诊者能给予妥善处理。

（5）绞紧止血法　在没有止血带时，可用毛巾、三角巾、绷带、手帕、破布条等材料折叠成带状，在伤口上方加垫，绕衬垫一周打结，用小木棍插入其中，先提起，绞紧至不出血，然后将小木根另一端在下方用布条固定，如图 6-16 所示。

4. 创伤包扎的方法

在井下作业过程中，皮肤受煤、矸石、机械器具的砸、碰、擦、刮、挤、压等都会造成撕裂破损，出现创伤。创伤的症状表现为破损、裂口、出血。包扎是一般皮肤创伤所需的现场救护方法，它具有固定敷料、夹板位置、止血和托扶受伤肢体的作用。当皮肤、肌肉出现擦、裂伤时，应避免伤口继续污染，予以包扎。创伤包扎的材料有以下几种。

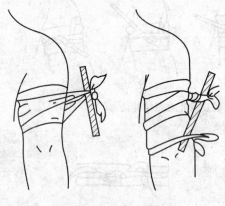

图 6-16　绞紧止血法

（1）急救包　内装有洁净的厚棉垫，背部固定有两条布带，使用时取出，打开棉垫盖在伤口上，环绕肢体打结即可。

（2）胶布　也叫橡皮膏，用来固定纱布的绷带。

（3）绷带　用于四肢和颈部的包扎。

（4）三角巾　用于全身各部位的包扎。

（5）四头带　多用于头部、鼻、下额、前额的包扎。现场没有上述材料时，可就地取材，用毛巾、手帕、衣服等代替。

包扎的方法如下。

（1）绷带包扎法

① 环形绷扎法。将绷带作环行重叠缠绕肢体数圈后即成。适用于头部、颈部、腕部及胸部、腹部等处，如图 6-17 所示。

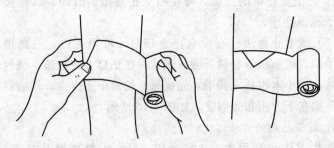

图 6-17　环形绷带法

② 螺旋包扎法。先用环形法固定起始端，把绷带渐渐地斜旋上缠或下缠，每圈压前圈的一半或 1/3，呈螺旋形，尾部在原位上

缠两圈后予以固定，如图 6-18 所示。该法多用于前臂、下肢和手
指等部位的包扎。

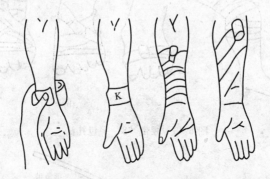

图 6-18　绷带螺旋包扎法

③ 螺旋反折包扎法。开始先做螺旋形包扎，待到渐粗的地方，
以一手拇指按住绷带上面，另一手将绷带自该点反折向下，至前圈
的 1/2 或 1/3。各圈反折需排列整齐，反折头不宜在伤口和骨头突
出部分，如图 6-19 所示。该法多用于粗细不等的四肢包扎。

④ "8"字包扎法。先在关
节中部环形包扎 2 圈，然后以
关节为中心，从中心向两边缠，
一圈向上、一圈向下地缠，两
圈在关节屈侧交叉，并压住前
圈的 1/2。如图 6-20 所示。该
法多用于关节处的包扎。

图 6-19　绷带螺旋反折包扎法

（2）三角巾包扎法　将 1m
长的正方形布对角剪开，在顶角
各装上一条长 50cm 的带子，即成为两块三角巾，如图 6-21 所示。

三角巾用途多样，适用于身体各个部位，如图 6-22 所示。

（3）毛巾包扎法　当现场有大批伤员、来不及准备三角巾时，
可用毛巾斜折成三角巾代替使用，它与三角巾一样用途很广，适用
于人身各个部位。

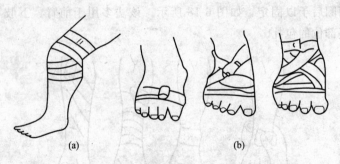

图 6-20　绷带"8"字包扎法

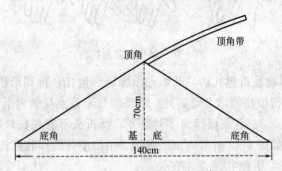

图 6-21　三角巾

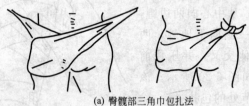

(a) 臀髋部三角巾包扎法

(b) 腹部三角巾包扎法

图 6-22　三角巾包扎法

包扎时应注意以下事项。

(1) 包扎的目的在于保护创面、减少污染、止血、固定肢体、减少疼痛、防止继发损伤，因此在包扎时，应做到动作迅速敏捷，不可触碰伤口，以免引起出血、疼痛和感染。

(2) 不能用井下的污水冲洗伤口。伤口表面的异物（如煤块、矸石等）应以去除，但深部异物需运至医院取出，防止重复感染。

(3) 包扎动作要轻柔，松紧度要适宜，不可过松或过紧，结头不要打在伤口上。应使伤员体位舒适，绷扎部位应维持在功能位置。

(4) 脱出的内脏不可纳回伤口，以免造成体腔内感染。

(5) 经井下初步包扎后的伤口，到地面急救站或医院后应重新进行冲洗、消毒、清创、缝合和重新包扎。

(6) 包扎范围应超出伤口边缘 5～10cm。

5. 创伤骨折固定的方法

骨骼受到外力作用，骨头的连续性或完整性遭到部分或完全破坏，称为骨折。骨折固定可减轻伤员的疼痛，防止因骨折端移位而刺伤邻近组织、血管、神经，也是防止创伤休克的有效急救措施。

(1) 抢救要求

① 根据受伤的原因、部位、症状、体征等，先做扼要的检查和判断，凡疑有骨折者，均应按骨折处理，若伤员有休克发生，则应先抢救休克。对开放性骨折伤员，应先处理创口止血，然后再进行骨折固定。

② 在进行骨折固定时，应使用夹板、绷带、三角巾、棉垫等物品，若手边没有时，可就地取材，如板劈、树枝、木板、木根、硬纸板、塑料板、衣物、毛巾等均可代替。必要时也可将受伤肢体固定于伤员健侧肢体上，如上肢骨折可与健侧绑在一起，伤指可与邻指固定在一起。若骨折断端错位，救护时暂不要复位，即使断端皮肤露在外面，也不可进行复位，而应按受伤原状包扎固定。

③ 骨折固定应包括上、下两个关节，在肩、肘、腕、股、膝、踝等关节处应垫棉花或衣物，以免压迫关节处皮肤，固定应以伤肢

不能活动为度，不可过松或过紧。

④ 在处理骨折时，应注意有无内脏损失、血气胸等并发症，若有，应先行处理。

⑤ 搬运时要做到轻、快、稳。

（2）固定方法

① 上臂骨折。于患侧腋窝内垫以棉垫或毛巾，在上臂外侧安放垫衬好的夹板或其他代用物，绑扎后，使肘关节屈曲90°，将患肢捆于胸前，再用三角巾或绷带将其悬吊于胸前，如图 6-23 所示。

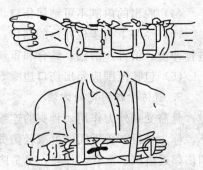

图 6-23　肱骨骨折固定　　　图 6-24　尺桡骨骨折夹板固定

② 前臂及手部骨折。用衬好的两块夹板或代用物分别置放在患侧前臂及手的掌侧及背侧，以布带或绷带绑好，再以三角巾或绷带将臂吊于胸前，如图 6-24、图 6-25 所示。

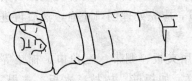

图 6-25　手臂骨折固定

③ 大腿骨折。用长木板放在患肢及躯干外侧，将髋关节、大腿中段、膝关节、小腿中段、踝关节同时固定。如图 6-26、图 6-27 所示。

④ 小腿骨折。以长 83cm、宽 10cm 的木板夹两块自大腿上段至踝关节分别在内外两侧捆绑固定，如图 6-28 所示。

⑤ 骨盆骨折。用床单或衣物将骨盆部包扎住，并将伤员两下

肢互相捆绑在一起，膝、踝间加以软垫，曲髋、曲膝，用多人将伤员仰卧平托在木板担架上，如图 6-29 所示。有骨盆骨折者，应注意检查有无内脏损伤及内出血。

图 6-26　大腿骨折夹板固定

⑥ 肋骨骨折。用 6cm 宽的长胶布条于伤员深呼气末了贴在断折肋骨平面的胸腔上，其前后两端应超过中线，若为多根肋骨骨折，应由上向下用几条胶布叠瓦式粘贴，如图 6-30 所示。

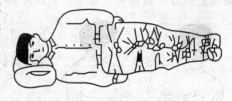

图 6-27　下肢骨折肢体相捆固定

⑦ 锁骨骨折。以绷带作"∞"形固定，固定时双臂向后过伸。如图 6-31 所示。

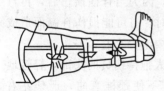

图 6-28　小腿骨折夹板固定

6. 伤员搬运的方法

井下条件复杂，道路不畅，转运伤员要尽量做到轻、稳、快。没有经过初步固定、止血包扎和抢救的伤员，一般不应转运。正确的搬运方法可以减轻伤员的痛苦，迅速送往医院进一步抢救。搬运时应做到不增加伤员的痛苦，避免造成新的损伤及合并症。搬运时应注意以下事项。

（1）呼吸、心跳骤停及休克昏迷的伤员应先及时复苏后再搬运。若没有懂得复苏技术的人员时，则可为争取抢救的时间而迅速向外搬运，去迎接救护人员进行及时抢救。

（2）对昏迷或有窒息症状的伤员，要把肩部稍垫高，使头部后仰，面部偏向一侧或采用侧卧和偏卧位，以防胃内呕吐或舌头后坠堵塞气管而造成窒息，注意随时都要确保呼吸道的通畅。

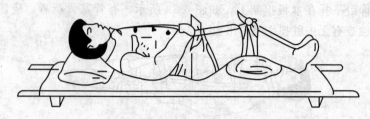

图 6-29　骨盆骨折的固定

（3）一般伤员可用担架、木板、风筒、刮板输送机槽、绳网等运送，但脊柱损伤和骨盆骨折的伤员应用硬板担架运送。

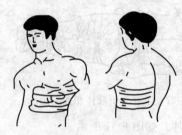

图 6-30　肋骨骨折胶布固定

（4）对一般伤员均应先进行止血、固定、包扎等初步救护后，再进行转运。

（5）对脊柱损伤的伤员，要严禁让其坐起、站定和行走。也不能用一人抬头、一人抱腿或人背的方法搬运，因为当脊柱损伤后，再弯曲活动时，有可能损伤脊髓而造成伤员截瘫甚至突然死亡，所以在搬运时要十分小心。

在搬运颈椎损伤的伤员时，要有一人抱持伤员的头部，轻轻地向水平方向牵引，并且固定在中立位，不使颈椎弯曲，严禁左右转动。

搬运者多人双手分别托住颈肩部、胸腰部、臀部及两下肢，同时用力移上担架，取仰卧位。担架应用硬木板，肩下应垫软枕或衣物，使颈椎呈伸展样（不可垫衣物），头部两侧用衣物固定，防止颈部扭转，且忌抬头。若伤

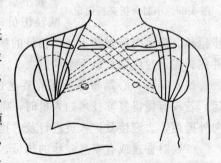

图 6-31　锁骨骨折固定

员的头和颈已处于曲歪位置，则必须按其自然固有姿势固定，不可勉强纠正，以避免损伤脊髓而造成高位截瘫，甚至突然死亡。垫枕如图 6-32 所示。

(6) 搬运胸、腰椎损伤的伤员时，先把硬板担架放在伤员旁边，由专人照顾患处。另有两三人在保持脊柱伸直位下，同时用力轻轻将伤员推滚到担架上，推动时力大小、快慢要保持一致，要保证伤员脊柱不弯曲。伤员在硬板担架上取仰卧位，受伤部位垫上薄垫或衣物，使脊柱呈过伸位，严禁坐位或肩背式搬运，如图 6-33(a) 所示。

图 6-32 垫枕

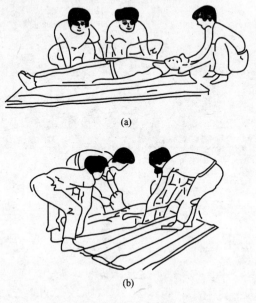

(a)

(b)

图 6-33 脊柱损伤的搬运方法

　　另一种办法是一人抬腿，一人抬头，中间两人托腰或用宽布托腰，不让腰部弯曲，抬到硬板担架上，伤员也可取俯卧位。若仰卧时，腰部下及两侧垫上衣物，防止伤员移动，如图 6-33(b) 所示。

　　(7) 一般外伤的伤员可平卧在担架上，伤肢抬高。胸部外伤的伤员可取半坐位。有开放性气胸者需封闭包扎后，才可转运。腹部内脏损伤的伤员可平卧，用宽布带将腹部捆在担架上，以减轻痛苦及出血。骨盆骨折的伤员可仰卧在硬板担架上，曲髋、曲膝、膝下边软枕或衣物，用布带将骨盆捆在担架上。

　　(8) 转运时应让伤员的头部在后面，随行的救护人员要时刻注意伤员的面色、呼吸、脉搏，必要时要及时抢救。随时注意观察伤口是否继续出血，固定是否牢靠，出现问题要及时处理。上、下山时，应尽量保持担架平衡，防止伤员从担架上翻滚下来。

　　(9) 运送到井上应向接管医生详细介绍受伤情况及检查、抢救经过。

参 考 文 献

[1] "煤矿安全规程读本"编委会编. 煤矿安全规程读本. 北京：煤炭工业出版社, 2005.

[2] 王树玉, 李炳阳主编. 煤矿电工安全知识读本. 北京：煤炭工业出版社, 2005.

[3] 赵全福主编. 煤矿安全手册. 第十一篇电气安全技术. 北京：煤炭工业出版社, 1992.

[4] 孙继平, 兰西柱编. 煤矿电气安全. 徐州：中国矿业大学出版社, 2002.

[5] 安效正主编. 安全仪器监测工. 北京：煤炭工业出版社, 2006.

[6] 煤炭工业职业技能鉴定指导中心组织编审. 矿井维修电工（初级、中级、高级）. 北京：煤炭工业出版社, 2005.

[7] 赖昌干. 矿山电工学. 北京：煤炭工业出版社, 2006.

[8] 岳淑琴. 矿山电气设备安装工艺. 北京：煤炭工业出版社, 1994.

[9] 许主平. 煤矿电气设备故障分析与处理. 北京：煤炭工业出版社, 1991.

[10] 刘蓉等. 煤矿监测监控综合技术. 长春：吉林电子出版社, 2004.

[11] 国家安全生产监督管理总局培训中心. 煤矿安全生产监察工作手册. 北京：化学工业出版社, 2009.

[12] 王尽余, 潘妙琼, 王涌. 防爆电器. 北京：化学工业出版社, 2006.

防爆电器手册　　　　王尽余　潘妙琼　钟梅　编著

本书主要介绍了矿用防爆电器、厂用防爆电器、粉尘防爆电器等系列产品的结构特点、适用范围、技术参数及外形图等，同时给出了防爆电器的选型原则，简单介绍了防爆电器的设计、安装和维护等内容。本书旨在帮助读者正确选用和维护防爆电器，提高防爆意识，减少火灾爆炸事故。

本书可供煤矿、石油、化工、石油化工等行业从事防爆电器设计、使用、维护的工程技术人员和技术工人阅读和参考。

16开　平膜　2009年1月出版　定价：33元

有毒有害气体检测仪器原理和应用　　　施文　编著

本书作者凭借在气体检测行业十几年的应用经验，用通俗易懂的语言，通过大量的数据资料，向读者详细介绍了各类有毒有害气体传感器及其检测

仪器的基本原理、有毒有害气体检测报警仪器的选用，并列举了气体检测仪器在日常工作监测、密闭空间进入检测、煤矿安全检测、环保应急事故处理、无线解决方案等方面的应用实例。

本书适合于各个行业（石化、煤矿、市政、环保等）的工程技术人员、仪表使用和维护人员以及相关气体检测仪器的市场开发和销售人员在工作中参考。

大32开　平膜　2009年1月出版　定价：20元

煤矿机械 PLC 控制技术　　　栾振辉　廖玲利　编著

本书介绍了可编程序控制器（PLC）的基本结构、工作原理、编程语言。控制指令及通信技术，结合煤矿生产的实际，阐述了通风机、空压机、排水泵及锅炉等机械设备的 PLC 控制原理，并给出了相应的 PLC 控制程序（梯形图）。

本书可供从事煤矿生产和管理的工程技术人员使用，也可作为高等院校相关专业的教学参考书。

B5开　平膜　2008年1月出版　定价：23元

触/漏电保护器　　　杨东　张应龙　林丛　李捷辉 编

　　本书从实用的角度出发，介绍触/漏电保护器的理论、结构、工作原理、技术参数和运行特性，同时也介绍触/漏电断路器的工作原理、技术参数、选择与使用、安装与接线、误动作及防范措施、常见故障及维修处理等方面的知识。

　　本书内容通俗易懂、资料丰富、观点新颖、实用性强，可供广大电工，特别是厂矿企事业单位电工、县乡所电工，各级安全用电管理人员，触/漏电保护器研究和生产人员，高等院校相关专业师生参考。

　　16开　平膜　2008年1月出版　定价：32元